U0916953

本书由兰州文理学院出版基金资助
本书为兰州文理学院学术文库成果

照亮你的灵魂

严英秀文学评论集

严英秀 著

中国大百科全书出版社

图书在版编目（CIP）数据

照亮你的灵魂：严英秀文学评论集 / 严英秀著. --
北京：中国大百科全书出版社，2020.7
ISBN 978-7-5202-0792-8

Ⅰ.①照… Ⅱ.①严… Ⅲ.①中国文学－现代文学－文学评论－文集②中国文学－当代文学－文学评论－文集
Ⅳ.①I206.6-53

中国版本图书馆CIP数据核字（2020）第126290号

出 版 人　刘国辉
策 划 人　胡春玲　曾　辉
责任编辑　常　川
装帧设计　乔智炜
责任印制　常晓迪
出版发行　中国大百科全书出版社
社　　址　北京阜成门北大街17号
邮政编码　100037
电　　话　010-88390969
网　　址　www.ecph.com.cn
印　　刷　北京君升印刷有限公司
规　　格　710毫米×1000毫米　1/16
印　　张　19.5
字　　数　230千字
印　　次　2020年9月第1版　2020年9月第1次印刷
书　　号　ISBN 978-7-5202-0792-8
定　　价　59.00 元

目 录

第一辑

第二辑

第三辑

第一辑

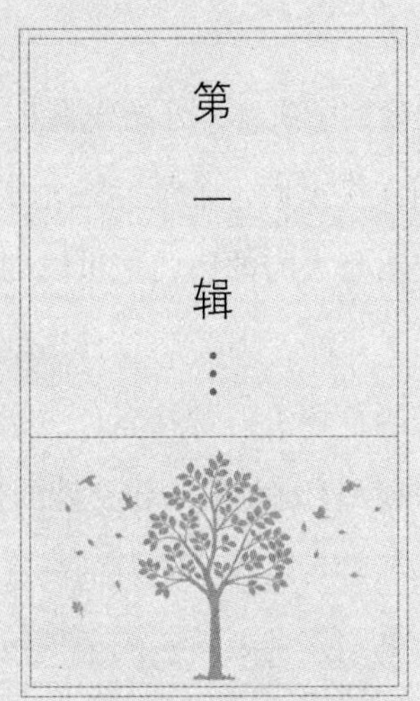

就连河流都不能带她回家

▲▲

我在上大学时才读到了萧红，开始便喜欢。一直到今天。其实，中国现代文学史上的女作家们，个个都魅力非凡，但私心里，总觉得冰心太淑女，那些明月大海的诗篇把世间的一切不堪荡涤得干干净净，固然纯洁，固然美丽，但却是一种遥远隔膜的风景，就像透过栅栏在看人家的花园草坪上一位穿着公主裙的女孩。而丁玲，过于风头浪尖，她的革命人生，她的写作，她的爱情，都是美丽强悍，引领时代潮流的，是寻常女子无法企及的高度。至于张爱玲，她太聪明犀利，她太华丽高蹈，她太点石成金，她的一支笔将人性最没有光的所在剖露出来。这样洞彻世事的女子，该是先天的就对爱情对伤害有免疫力的，偏偏，她却是爱了，也被伤了。张爱玲，她真是一个奇女子啊。

就是这样，在我极其性情化的个人阅读视野里，冰心太远，丁玲太高，张爱玲太深，而萧红刚刚好。用时下流行的话说，她就是邻家女儿那种类型的。萧红之于我，从来都不是激情的邂逅，而是街头巷尾的那种日常相遇。我常常看着她的照片，那张最多见的封面照上，萧红像旧式女人把头发全部向后拢去，挽成发髻，只是在前额上密密齐齐地留着她那标志似的刘海。她的脸庞是清丽的，不算漂亮但总是好看。打动人心的是她的眼睛，她的眼睛里，有一个天才的写作者该有的深邃的目光，也有几许孩子般的清澈和犹惧，更多的是属于女人的哀愁。萧红的眼睛不是清泉，是深的湖，倒映着低的天。

张爱玲的小说《红玫瑰与白玫瑰》里，有一幕颇有意味的情节。男主人公和被他始乱终弃的旧情人不期而遇，女人回答别后情景时说："我不过是往前闯，碰到什么就是什么。"然而男人并不怜惜她的面子，男人说："你碰到的无非是男人。"没错，无非是男人，是对这个世界极富概括性的一句话。在男人织就的天罗地网里，女人只是无处逃遁的网中之鱼。除了男人，女人还能有什么别样的遭遇呢？在走上文坛走进公众视野之前，萧红也只是一个这样的女子。她为了逃开家庭给她安排的男人，毅然走出了那死了老祖父后便不再有爱和温暖的呼兰河城。她是勇敢的，然而外面，也还是男人。她先是被恋人欺骗，后在困境中委身于未婚夫，怀孕后却遭遗弃，她求生不得求死都没有自由，因欠房租她被作为人质扣押在旅馆里，眼看着就要被卖到妓院。

是萧军救了她。二萧在哈尔滨的见面，是文学史上的佳话，也该是萧红生命中堪称瑰丽的一页。她终究不是寻常的女人。哪个男人会爱上一个饥寒交迫气息奄奄的大肚子孕妇呢？萧军看到了萧红最狼狈最丑陋的一面，然而他却爱上了她。是的，是爱，而不是什么豪爽仗义的同情。杜拉斯说过，没有爱，留下来不走，是不可能的。

肯定是任怎样的邋遢局促都难以全然掩去的清秀脱俗，肯定是怎样的千疮百孔都遮蔽不尽的纯净天真，肯定是怎样的走投无路都不甘认命的隐忍坚持，肯定是像石头缝里开出红红白白的花一样难以扑灭的炫目才华——最终征服了萧军。肯定是那个苦命的女人自身美丽的生命质地，救了她自己。没有一个男人，会舍得拿自己的爱情去温暖除了绝望别无他物的女人。

爱着是美丽的。依然是寒冷，依然是无穷无尽的饥饿，但知道自己从此不再是一个人，那份踏实便可以安妥心灵。饿了巴巴地等着萧军从外面找回来吃的，冷了套上他的长袍把自己穿成个大口袋。他们食不果腹居无定所，但依然恣意地快乐着。他们有时吵架但很快和好，他们把新做的棉袍送进当铺换包子吃，他们白天找生计，晚上在昏黄的油灯下写被收进二人合集《跋涉》里的那些诗文。那时候的东北汉子萧军是一团火一座山，萧红穿着花格子衣服靠在他胸前，一双扎着蝴蝶结的小辫流泻着俏灵灵的生机。

这些都是萧红的散文集《商市街》里的记载。《商市街》是极富私人化写作特征的一本书，二萧在哈尔滨一个名为"商市街"的地方开始的家庭生活是书里的全部内容。但在这样一部有关一对青年男女结合伊始的"非虚构"中，我们却很难找到情欲躁动的"身体书写"，和才子佳人赋词和诗的浪漫场景，甚至很少一般文艺青年所惯有的那种罗曼蒂克的时代忧患和宏大梦想，太多的篇章絮絮叨叨的都是贫贱夫妻的家常生计，是关于饥饿、寒冷的刻骨体验，关于苦难、动荡的深切感悟。今天的读者看这样一种"饿并快乐着"的人生，这样抱团取暖的爱情，定会觉得是一种残酷的美丽吧，而我在萧红令人心悸的文字中，一次次感受着新鲜的疼痛和震撼。萧红是怎样一个稚拙的作家啊！写到饿昏头时，她说："桌子可以吃吗？草褥子可以吃吗？"在家徒四壁只有一张桌子和草褥子的房间里，她只能从一张桌子和草褥子发问。但当她从一张桌子和草褥子发问时，她便担当了人间一切的饥饿和苦难。没有人不为这样的句子怦然心动。写到因饥寒而感受到生命的无趣时，她写道："我想雪花为什么要翩飞呢？多么没有意义！忽然我又想：我不也是和雪花一般没有意义吗？坐在椅子里，两手空着，什么也不做；口张着，可是什么也不吃。我十分和一架完全停止了的机器相像。"她写生病后被寄养在朋友家苦苦盼到了萧军到来时的喜悦时写道："好像父亲来了似的，好像母亲来了似的。我发羞一般的，没有和他打招呼，只是让他坐在我的近边。"

《商市街》里处处是这种令人心酸的情景，然而更令人心酸的是，《商市街》不是现场记录，而是时过境迁之后的回忆。写《商市街》时，商市街已一去不返，哈尔滨的漫天飞雪中雪花一样无羁抛洒的忧伤渐行渐远，那在最荒寒的日子里尽情演绎的灰姑娘的快乐已风雨飘摇。当现时态狰狞的真相欲藏还露，曾经的好和坏便都成了弥足珍贵。在《商市街》的好几篇散文里萧红都说：没有食物萧军外出时，她一个人呆着的家就像"没有阳光，没有暖的夜的广场"，"不生茅草的荒凉的广场"。而今，当她一字一句写下当年的感受时，才明白这个"广场"才是她短暂一生中所拥有的最为完整的家。《商市街》1936 年在上海的整理出版，该是藏着怎样的隐痛啊！不是炫耀，不是宣泄，而是对已然要逝去的所有，柔情缱绻的抚摸和挽留，是泪眼迷离的再回首，是张爱玲笔下那个极其苍凉的手势。在南方阴雨霏霏的哀愁中，《商市街》是一堆温暖的火，萧红用它烘烤着自己生命中再也拂不去的寒冷。

本来，最坏的都已经来过了。本来，后面该是长长的好日子。1934 年，二萧一路跋涉抵达上海。1935 年，他们在鲁迅先生的帮助下，出版了各自得以成名的小说《生死场》和《八月的乡村》。自此后他们有了安定的生活，更重要的是他们有了文学的声名。在恩师鲁迅的身边，这对文坛伉俪的人生追求有了切实的目标，该是携手写出更多更好的作品的时候了。然而，太多的爱情故事，只有在童话里，“幸福和快乐是结局”。1936 年，二萧裂痕日益加深，萧红只身东渡日本，以求解脱，但空间的距离依然不能使萧红理性地审视这份感情，她无力挥剑斩情丝，爱恨依旧。与此同时，萧军却再一次闹出与别的女人的情感纠葛。1938 年，他们几经波折，终于彻底分手。其时，萧红肚子里还怀着萧军的孩子。我不知道，当萧红终于放手时，脸上是怎样的表情？当她离开“父亲似的”“母亲似的”萧军，再次上路前途未卜时，巨大的疼痛是否还能让她哭出泪来？

几个月后，她生下了一个将要不幸夭折的孩子。这已经是第二次了。第二次，萧红孤苦伶仃地面对“刑罚的日子”，生下没有父亲没有未来的孩子。

这样的收场。让人心灰如死的收场。人说萧军的自私滥情伤害了萧红，人说萧红的柔弱依赖牵绊了萧军。而当我眼睁睁地看着半个多世纪之前他们的分手，眼睁睁地看着那个从北中国的冰天雪地一路驶来的爱的方舟终于沉没时，我了无心力说一句话，只是站在故事之外感受着尘埃落定的灰黯和冷寂。就这样戛然中止了。就这样零落成泥了。再来评价当事人是非对错还有什么意趣？这样的爱情竟然都会破碎，这样的相濡以沫竟然也会相忘于江湖，那么，这世界上还有什么是可以抓住的，是值得信仰的？

距离初次的阅读，二十多年时间已过去了。今天，生活的褶皱中积了更多的灰尘，而当我想起萧红，却依然是那种感觉。依然是那样疼痛。我就是这么没长进的人。李碧华说：她对他的绝望，是鱼对水的绝望。这样的句子，就像拿着一把刀片细细地慢慢地割过人的心。我无端地觉得这该是当年萧红的切肤之痛。我没有想到，其实我对一份想象中的完美爱情的绝望，也是鱼对水的绝望。可为什么，我们是鱼，只能是鱼?

萧红当然也有了别的男人，东北作家群的另一个代表人物端木蕻良。关于这段情缘，也是有人说好有人说坏，有人说萧红最后的时光很孤寂凄苦，有人说其实端木给了萧红安定幸福，尤其是尊严。至今，学界对此纷纷扰扰，无一了断。也许，二萧最终的分手对不起他们的过去，对不起寄厚望予他们的人，也对不起后来的端木。他们曾经的爱情光环肯定遮蔽了端木现实的存在，这是不公平的。就连我也常常想，萧军之后的男人，难道还会很重要吗?如果端木不好，无非是伤口上再撒一把盐，如果端木很好，曾经沧海的感觉定然也在损坏着萧红，“纵然是举案齐眉，到底意难平”。

端木蕻良，该是和萧军很不相同的一个男人。只是，只是他们一样地看不起萧红的作品，他们说：“她的散文有什么好呢?”“这也值得写，这有什么好写?”

但萧红还是写着。在他们时或妒忌时或鄙夷的目光中，在来自主流文坛的疏离和隔膜中，寂寞地写下去。她用不到九年时间的创作，最终超越了这些看不起她的男人，超越了时代。她无比执著地在生活一波未平一波又起的创痛和伤害中，坚持完成了后期的大量作品和《呼兰河传》。毋庸置疑，《呼兰河传》是萧红最好的作品。它延续了《商市街》的私人性话语，发展了《生死场》的独特的文本形式，将《生死场》中初露锋芒的那种令人不安的个人风格推向极致。《呼兰河传》比《生死场》更不像小说，但更行云流水，更淋漓尽致，更有自足的完整性。茅盾说它是“一篇叙事诗，一幅多彩的风土画，一串凄婉的歌谣”。时至今日，人们还在为《呼兰河传》到底是诗化的小说还是长篇散文在争论不休，其实是什么文体并不重要，重要的是萧红自此彻底放弃了她本不擅长的时代主题和宏大叙事，而用一种更纯粹更自我的方式进行写作。

《呼兰河传》是完全属于萧红自己的。

这是1940年的香港，最初的相遇称得上欢欣鼓舞，萧红说“这不正是我往日所梦想的写作佳境吗？”她厚积的写作热情喷薄而出，创作达到了巅峰期。同时，她还和夏衍、茅盾、田汉、史沫特莱、柳亚子等许多名人、作家交往，频繁参加社会活动，办刊物、开大会、纪念鲁迅、宣传抗日。仿若回光返照，萧红的香港时日，是她短暂一生中极炫目的阶段。

然而，命运情节永远比小说更会急转直下，更能一剑封喉。病魔伸出利爪狞笑着跳出来，原本身心俱疲的萧红，毫无悬念地倒下了。

“热闹是他们的，我什么也没有”，是的，最后的最后，萧红所能握住的，便只有回忆。她懂得属于自己的时日不多了，在难耐的病痛和深深的孤寂中，她沉湎于回忆，在回忆中踏上回家的路。她离开家乡已整整十年了，在这十年里，她曾经竭力逃亡竭力忘却。她以为她已成功地做到了这一点。可现在，隔着千山万水，当她蓦然回首，她才发现，她的故乡并没有消遁，而是藏匿在她的体内，与她的生命融为一体。才懂得，能慰籍她残破心灵的，只有留在那遥远的北国小城里的依稀的儿时记忆。

呼兰河就这样从幽深的岁月奔涌而来，三十年的时光，像不可抗拒的浩荡的河流，流进了萧红的生命。萧红借此缝合了由无数的零碎情感经验组成的个人的历史，借此穿越到了她的童年。她也许没有刻意选择，下笔时便自然出现了儿童叙述视角和口吻。她的眼睛是明澈的，好奇的，她的语言是短促的，罗嗦的，稚气天真的，她带我们一一走过呼兰河的大街小巷，观赏所有的热闹和有趣。她告诉我们，祖父是一个多么慈爱多么善良的老头儿，她家的后花园是多么丰富神奇的世界：

“花开了，就像花睡醒了似的。鸟飞了，就像鸟上天了似的。虫子叫了，就像虫子在说话似的。一切都活了。都有无限的本领，要做什么，就做什么。要怎么样就怎么样。都是自由的。倭瓜愿意爬上架就爬上架，愿意爬上房就爬上房。黄瓜愿意开一个谎花就开一个谎花，愿意结一个黄瓜就结一个黄瓜。若都不愿意，就是一个黄瓜也不结，一朵花也不开，也没有人问它。玉米愿意长多高就长多高，它若愿意长上天去，也没有人管它。蝴蝶随意的飞，一会从墙头上飞来一对黄蝴蝶，一会又从墙头上飞走了一个白蝴蝶。它们是从谁家来的，又飞到谁家去？太阳也不知道这个。

只是天空蓝蓝悠悠的，又高又远。”

然而，即便有这样美好纯净的画面，《呼兰河传》的底色依然是悲凉的，无奈的。就在萧红乐滋滋地说“是凡在太阳下的，都是健康的、漂亮的”之后，却又指给我们看那些阳光照不到的角落：呼兰河人陈潭死水般的生活，极端愚昧的精神境况，动物般生老病死的往返循环中对生命的麻木冷漠，小团圆媳妇的被虐致死，有二伯和冯歪嘴子的故事。“人生何如，为什么这样悲凉？”满目疮痍，萧红不由自主发出沉重的感慨。细致的观察，敏锐的发现，独特的生命感受，深沉的悲悯情怀，审视民族命运的忧患意识，让写作的萧红再次跌回到了现实中，她的口吻和视角不再是儿童的。不经意间，叙述者从天真懵懂的小丫头转换成了饱经沧桑的往事回忆者。

这种叙述视角的含混性，不应该看成是《呼兰河传》文本本身的的缝隙，而是萧红的情感不容回避无力弥合的一个矛盾。她本想用童年的记忆来对抗眼前冰冷的世界，她渴望在生命的最后用回忆完成对故乡的回归。回忆是萧红对自我灵魂的拯救，是企图实现的精神返乡。然而，现实横亘着铁一般的隔绝，无以逃避，她痛彻地醒悟到，她终究是回不去的。在1936年的散文《失眠之夜》中，她曾写到萧军热切悲壮的思乡之情，而她对沦陷中的东北故乡的态度是暧昧的，是不能与身为男性的萧军形成共鸣的：

“而我呢？坐在驴子上，所去的仍是生疏的地方；我停留着的仍然是别人的家乡。家乡这个观念，在我本是不甚切，但当别人说起来的时候，我也就慌了！虽然那块土地再没有成为日本人的之前，‘家’在我就等于没有了。”

是的，事实上，“家”从来都是一个缺席的存在。无法脱离身为女性，无法脱离永遭放逐的命运。对于萧红，家不再是某个特定的地方，而是成长中那些注定的凄风苦雨。十年前她逃出来的那个家，在十年后定然不会成为安妥她受伤的灵魂的栖息地。她无法真正回归梦中的后花园，她用作品构建的精神家园根本上只是一个虚妄的存在，一个她无法泅渡的彼岸。当萧红呕心以血，焚身似火，写完《呼兰河传》的最后一个字时，脸上该是冷月葬诗魂的凄绝吧？却原来，生命最后的停泊点，依然是“别人的故乡”。却原来，《呼兰河传》，只是，注定了只是一场幻灭的返乡之旅。

“呼兰河这小城里边，以前住着我的祖父，现在埋着我的祖父。

从前那后花园的主人，而今不见了。老主人死了，小主人逃荒去了。那园里的蝴蝶，蚂蚱，蜻蜓，也许还是年年仍旧，也许现在完全荒凉了。

大黄瓜，大倭瓜，也许还是年年地种着，也许现在根本没有了。

那早晨的露珠是不是还落在花盆架上，那午间的太阳是不是还照着那大向日葵，那黄昏时候的红霞是不是还会一会工夫会变出来一匹马来，一会工夫会变出来一匹狗来，那么变着。

这一些不能想象了。”

1942 年 1 月 22 日，萧红在沦陷中的香港离开了人世。窗外正在经历着一个大时代，烽火连天，喧嚣激情。那场被称之为“抗战以来最伟大的抢救工作”的“香港大营救”营救了民主文化人士及其家属 800 多人，却偏偏遗漏了因肺结核病与外界隔绝的萧红。曾经的文友们都走了，唯有她，在“平生遭尽冷遇和白眼，身先死”的千古遗恨中，病逝于香港圣玛丽医院。在狼奔虎突的世界里挣扎了太久的这个女人，她对自己三十一岁的生命是了悟的。她曾“向温暖和爱的方面，怀着永久的憧憬和追求”，然而，她始终是一个无家可归的人。她没有家。就连死了，也是一缕飘荡的孤魂。她给人世留下的最后的文字，是“不甘”。

不甘。

但幸亏这一生遇上的不只是男人。幸亏，除了男人，更有文学。有了文学的缘故，她虽然掉下来了，但确曾在低的天空，以稀薄的羽翼，美丽地飞过。

* 文中注释、参考文献，和原发刊物均略去，下同

你隔着金色的栅栏

▲▲

2009年，仿若命定，要与伊蕾重逢。

伊蕾是一个从一出现就让我不知如何是好的诗人。她以《独身女人的卧室》震撼了诗坛的时候，我还是一个大学里学写诗的女生。那时，我喜爱的是舒婷。那时，许多事还没发生，然而我还是先验地认定舒婷的“也许藏有一个重洋，但流出来只是两颗泪珠”是关于爱情的最幽深美丽的表达。我将《会唱歌的鸢尾花》抄在自己的日记本里，一遍遍地吟诵，一遍遍地体味那种淡淡的美丽的忧伤。但是后来有一天，突然出现了伊蕾。伊蕾就像一根暴力的棍子，一下子击中了我。读着她的诗，我第一次知道，诗歌原来可以这样地不含蓄，可以这样歇斯底里地表达痛苦，这样无所遮掩地走进内心的真实——这样地不美。那是在1990年，伊蕾之于我，是绝对另类的一种阅读体验。

我终于选择了不喜欢她。之所以用选择这个词，是因为对当时的我来说，喜欢一个诗人或不喜欢一个诗人，算得上是很严肃很重要的一件事情。伊蕾的诗，全然地不符合我那时业已形成的一种阅读趣味，不符合我对诗歌尤其是对“女诗人的诗”的期待视野。我只能不喜欢她。然而，我并不能忽略她。她使我不快。在那样的不快中，我分明感受到了自己和她的触碰。感受到情绪的深处，某一根思想的弦已被她破坏。是的，我已被她破坏。有了她之后，我再也不能全然地沉浸于那些温柔敦厚的诗歌的抚慰中了。从生活和诗歌的两面窗子，我都开始看见了巨大的残缺。

后来，就再也见不着伊蕾新的作品了。她就像一股来也匆匆去也匆匆的风。然而，她不是微风吹过树梢，不是清风吹起涟漪，她注定了是飓风，要打翻桅杆，是春天的沙尘暴，将沙砾和尘土狠狠地摔到人的脸上。伊蕾留下的诗歌印痕是凶猛的，强大的。正因如此，也就在她本人淡出诗坛远离诗坛的同时，她的名字被写进了当代文学史，与翟永明等人一起成为新时期中国女性诗歌的代表。这是对伊蕾诗歌的最高肯定，但我有时想，它何尝不是一种讽刺？伊蕾讨厌“被围困”，渴望“无边无沿”，然而，终究，她的诗被定格，走进“一本历史悠久的典籍”，被“白色的长方形”“整个框在其中”。在漠然的误读中，在刻板的分类中，“变得长些”“变得短些”，但无论怎样，都“紧紧随形”，“迈不出它的门槛”。

二十年就这么过去了。二十年的时间，我一天天地明白了，诗歌之于生活的无力。明白了诗歌在时间中的无力。然而，海子说，天空空无一物，为何给我安慰？对于一些踽踽独行的心灵，对于一些尚未完成的成长，有没有诗歌终究还是不一样的。注定了不会一样。但问题是，在今天的诗坛上，怎样的机缘才能让人邂逅到让生命注定不会一样的诗呢？

于是，蓦然回首，伊蕾从灯火阑珊处走来。伊蕾还是二十年前的伊蕾，而我，已是披着二十年时间之尘埃的我。然而，在2009年，我们必得重逢。唯有在这样看似偶然之极实则宿命的重逢中，我才看清了二十年前的伊蕾为今天的我留下了什么。或者说，隔着二十年时间的河流，二十年川流不息的疼痛中这些终于哭出来的，和永不能启齿的所有，伊蕾的诗才为我呈现出了它早就呈现过的，才结晶出了它应该结晶的。这是一次迟到的交汇，愚钝的我在二十年后才明白了当年的伊蕾为什么迅即地来，又悄然地去。才明白了一个诗人，一个女人，无所选择地说了那么多之后，最终选择的“不必说”：“有一些语言我不能说出 / 有一些感觉甚至变不成语言 / 有一些语言见到思想就疯子一样地逃亡 / 我有着健全的声带和舌头 / 可是失去了表达的功能 / 朋友啊，陌生人们 / 如果你理解我，我就不必说了 / 如果你不理解我，我有什么必要说呢？”

就这样，二十年后重读伊蕾。那最初的不适感不快感被一种更有力的东西击穿，曾横亘在我和她之间的阅读的隔膜感，土崩瓦解在一种强大的相通中。今天重读伊蕾，就像抚过自己新鲜的伤口。其实太多时候，我们读懂了一个诗人，那只是因为我们终于看清了自己走着的路，终于听到了自己心底最真的声音。伊蕾是一个多么聪明的诗人啊，她深谙这一切，她在《给我的读者》一诗中说：“朋友，当你读着我的诗 / 是你在倾听我呢 / 还是我在倾听你？ / 我们都是被压抑了这么久 / 我们的悔恨与绝望重于泰山……”

读我的诗吧，除了我，有谁能够诉说出这些渴望呢？伊蕾说。是的，悔恨，绝望，压抑，渴望，这一系列关乎到人的心灵的词语统统都是伊蕾诗的关键词。无以复加的巨大痛苦是伊蕾诗的主旋律。生而为人，有谁能拒绝痛苦？生而为一个诗歌的灵魂，又怎么能逃避痛苦的炼狱之火？伊蕾的诗一下子攫住你的心的正是这一点，对个体生命的痛苦直接的感性的淋漓尽致的表现：“太阳啊，你皮肤如此粗糙 / 满是疤痕 / 我已经衰老 / 至今无家可归”“啊，进亦难，退亦难，生亦难，死亦难 / 我被逼疯了 / 站在原地大跳 ，大吼 / 散了头

发拼命地舞蹈 / 我变成一股长头发的风 / 在四面墙壁上往返碰撞 / 希图找到逃亡的缝隙 / 直到精疲力竭，倒地化为尘土”。读伊蕾的诗，从最初到最后，心灵注定要被这样痛苦的烈焰所烧灼，注定要随着诗人一起“忍受这地狱般的炼火”，渴望“离开这一个活着的墓地”。伊蕾用她不加任何修饰的诗笔揭开了许多人生命深处的“噩梦”：“我被绑在火刑柱上 / 火刑柱设在一个现代的广场 / 四面干柴伸出愚蠢的舌头 / 准备着那嗜血的一刻……”。

诗歌不是无本之木无源之水，这样无可名状的强大的痛苦，这样揪结不去的痛苦中沉淀着深沉思索的心灵剖白，显然不是为赋新词强说的愁，伊蕾的痛苦感受来自于她作为一个鲜活的自由的灵魂在现实时态中的“被围困”，来自于她作为一个诗人的自由意志在社会话语中的被禁锢，也来自于作为一个女人对爱情不灭的追求，和这种追求终极的破碎。伊蕾《独身女人的卧室》太有名了，那句惊世骇俗的“你不来与我同居”以在那个时代显得绝无仅有的叛逆性成为她诗作最眩目的光芒。但对我来说，从一开始就呈现出了伊蕾诗歌独一无二的质地的，不是卧室里的呓语，而是另一些燃烧着火一般的烈焰喷射着火一般的激情痉挛着火一般的痛苦的诗句。我喜爱的是《流浪的恒星》《被围困者》《你隔着金色的栅栏》《没有誓言的日子》《情舞》《叛逆的手》等诗篇。二十年前颠覆了我的阅读趣味的是它们，二十年后照亮了我生命中最大的疼痛的，也是它们。它们收在作家出版社 1990 年出版的《伊蕾爱情诗》里。伊蕾说，我的诗里，除了爱情，还是爱情。可这些诗，仅仅只是爱情诗吗？或者说，爱情诗写成这样，又怎一个“爱情”了得！

“我为自由而生，也为自由而死”，这才是伊蕾诗歌中的最强音。“自由”一词是伊蕾诗歌中胜过了一切词汇的元元素，是诗人心底压倒了一切需求的生命本真的呼唤和追求。因为这种追求，诗人付出了长年流浪“在路上”的代价：“我心中这一个目的啊 / 我不可能把它想象得十分清楚 / 我甚至对我的情人也不能说清它 / 它不可能赤裸地面对任何人 / 我就这样孤独而压抑地又上路了”。这样的上路注定是孤独的，压抑的，是永远无法抵达的痛苦之旅。伊蕾是不屈的，也是焦虑的，是激情的，更是理性的，她丝毫没有为自由而战的“廉价”的热情和炫耀，没有缺乏指向的盲目的愤激之语，在“欢乐对于我像掠过头顶的鸟鸣一样短暂 / 而悲哀像千年大树在心中生长”的哀叹中，我们看到的是一个孤独的跋涉者冷峻穿透的目光。以如此目光打量现实人生，诗人与她的时代之间存在着的便只能是这样一种难以调和的痛苦而又紧张的对话关系：“自由！与生俱来的一物 / 被社会一寸一寸地剥夺 / 我落地生根即被八方围困 / 我学会走路，便被锁链而牵 / 我学会说话，便越来越恐惧地选择语言 / 我学会爱，便面对一万个先决条件”“我用尽人类高于动物的所有智慧 / 只是为了追求与动物同等的权利”“我试着迈出自由的一步 / 只一步 / 就接近了万丈深渊”。

新时期以来，伍尔夫的“一间自己的屋子”对中国女性文学的影响可谓是革命性的。仿佛突然之间，大家从那样的一间屋子就心知肚明了关于女性生存境况的种种。作为女性诗歌的领军人物，伊蕾的女性意识当然是鲜明的，甚至是激进的，但她表达女性意识却不止步于女性意识，她的女性意识更多地建构在社会学的向度上，而非纯然的性别角度，没有“自然”的女性，更没有架空的“女性意识”。基于这样的认识，伊蕾的笔下出现的是迥异于太多其他女作家的“一间小屋”：“铁栅间一整夜一整夜响着风声 / 出门去！出门去！ / 可是钥匙在哪儿呢？ / 魔鬼的脸时隐时现 / 要我答应一个小小的条件——/ 对一切听而不闻，视而不见 / 这条件看似渺小 / 却得以我的灵魂为代价 / 我要出门去！出门去！ / 我正梳妆，灰发于瞬间委地。”

伊蕾诗歌突破了女性诗歌单一而褊狭的女性立场的特质，正在这里。她不囿于所谓女性的种种纯粹的“经验”，不囿于女性对男权的简单控诉，生而即为“被围困者”，她更多地表现的是被围困的集体的人的普遍感受。她的诗歌中，充斥着“我是谁？”“我从哪里来？”“我往哪里去？”的终极叩问，这不是给诗歌刻意披上的思想的外套，不是对上个世纪 80 年代以来风行的追逐哲学思潮的潮流的跟风，而是源自于生命本体的灵魂的发问。其实，准确地说，伊蕾就是用诗歌的形式袒露了她生命中的巨大困惑，提出了日夜折磨着她的问题：“我要到哪里去？”“我从哪里来？”“我为什么而来？”“我是谁？”。在这样的发问中，在这种永无答案的求索中，伊蕾多角度、全方位地抒发了“被围困者”“我被围困，就要疯狂地死去”的“痛苦”。应该说，这种痛苦，在社会人的生活中是一点都不陌生的经验感受，但大多数人习惯了“被围困”，同时也习惯了漠视甚或无视被围困的自我内心。所以，当这种感受一旦成为问题，反映的就是发问者主体意识的醒悟和自觉，对围困的警惕和反抗，对真我的追求和坚守。在这一点上，伊蕾是高度清醒的，是强烈的，大胆的，深刻的，她揭示了我们生存的真相，“五面墙壁切断了我的目光 / 肉体与天空隔离”，这样的“墙壁”“有道貌岸然的边沿 / 苛刻的边沿 / 蛮横的边沿”，她写出了我们内心虚弱但永存的呐喊：“被缚的苦恼不如死 / 我迫不及待要冲出去 / 我不需要墙壁 / 那墙一分钟也不要存在”，她表达了我们对这个世界和被这个世界淹没了的自身的质疑：“你能否把我们已知的另做讲解？ / 你能否将你认为正确的给予否定？”“我能否走到边沿以外呢？ / 我能否在我愿意的任何时候走到边沿以外呢？”她终于喊出了对这个“巨大坚固、不可摧毁”的世界的最后的抗争：“这禁锢的岁月还要多久 / 我已四肢僵硬 / 热血停止流动”“我在偷偷积攒经验 / 酝酿一次爆炸行动”“我放弃了一切挣扎，不再修身养性 / 我昼行夜息，按照我的意志独自走去……”

经过了这样的叛逆和抗争，在颠覆和发现中，诗人重新拥有了自我，这是我们在现实的人生中一点点丢弃而且永难再捡拾的自我，也是诗人在诗歌的王国终于找到了的那个“丢失了的自我”，是经过披荆斩棘、淬心沥骨的求索之路终于完成了的自我：“我突然感觉到了我 / 我在大地上蹦蹦跳动 / 我的形态和天空合为一体 / 我包罗万象无所不有 / 我无边无沿。”

毋庸置疑，只有在这样的意义和高度上，才能懂得伊蕾爱情诗的分量。身处“我学会爱，便面对一万个先决条件”的大环境中，谁能拥有浪漫美丽不染污浊的爱情呢？在千疮百孔的爱情叙事中，又如何进行纯然的“女性话语”的言说？所以，伊蕾的爱情诗不是含蓄的，唯美的，精致的，像她的前辈诗人林子、舒婷她们那样；也不是深沉的，内敛的，婉约的，像她的同代诗人翟永明、唐亚平那样。她是狂躁的，反叛的，桀烈的，痛苦的，压抑如许深重，渴望就如许凶猛，爱有多么剧烈，绝望就有多么强大。伊蕾的爱情诗里，像《辉煌的金鸟在叫》那样明净、祥和的呢喃之语几为绝响，更多的是“在雨雪交加的晚上，我梦见 / 我的头发在你的手里忽然变白”的凄楚，是“我不需要望夫石 / 阻隔你的不是道路和天空”的哀伤，是“你隔着金色的栅栏向我凝望 / 而我不知怎样才能靠近你 / 不知怎样才能握住你的手啊”的煎熬，是“如果世界上只有一样东西可供我拥有 / 我抛弃一切只要你 / 这是一个不可饶恕的罪过 / 这是无可选择的选择”的悲壮，是“什么时候 / 天空长满青草 / 我和你一起私奔”的无望，是“白天鹅最后的歌声”中“等待而死或者叛逆而死”的两难，是“血从眼睛里流出”的痛苦，是“生命这样短啊 / 短得像一柄剑 / 与其苟活，不如勇敢的寒光一闪”的决绝。

爱情，在伊蕾这里，其实就是人生的全部分量，就是心灵的唯一欲求，说到底就是她至死追求的自由的化身。为自由而歌，为自由的爱呕血而歌，就是伊蕾的爱情诗。这样的情诗，出自一个女子一己的体验，从她生命深处的黑暗、寒冷和痛苦中顽强地开出花来，但它带着地火般的灼热和力度，刺痛的是更多人的心，使人在一种灵魂的炙烤和燃烧中，逼近要么涅槃要么毁灭的终极境地。伊蕾就像一面镜子，她突然间就照出了我们日日走过的路上，那如影随形的放弃和妥协；她就是一个参照，让我们看清了在无边无沿的被围困中，在安之若素的失去中，那么多未尽的梦想和挣扎。

伊蕾是超越了她的时代的，但她也根本地区别于之后的女性诗歌。在这点上，她长期以来被人泛泛地误读。因为她的率真、大胆、直接的诗风，更因为她写出了那组《独身女人的卧室》，许多人把她看成是诗歌领域身体写作的先驱。是的，伊蕾是不回避身体的，甚至她是歌颂欲望的，她说：“我的欲望是野火 / 最卑贱，最惨烈，最炽热 / 最无畏，最持久，最贪婪”，她说：“是哺乳世界的女性啊 / 是健康的女性 / 我没有羞愧。”伊蕾不羞愧，是因为在她笔下，身体和欲望是本色的，健康的，自然的，也是和爱情的渴望，心灵的苦闷，精神的追寻紧紧联系在一起的。这就使她从本质上和后来的“为什么不更舒服一些”的那类女性诗歌有了不言而喻的高下之分。伊蕾也写性，组诗《情舞》中的《我的禁区荒芜一片》就是一首性爱诗。但它依然是“形而上”的，是经过诗的理性过滤了的人性的美和尊严，它促发的是人对自身对生命本真的思虑和审视，而不是招来窥探和猎奇的目光。其实就是在那组《独身女人的卧室》中，也还是这样一个一以贯之的伊蕾，在貌似桀骜不驯的独白中倾泻着深深的心灵的痛苦。纯然的身体叙事怎能置放一个痛苦的思考者灵魂的重量呢？它反映的不过是流浪者伊蕾不同于“在路上”的另一种生命情致罢了。

二十年倏忽就过去了，当年风云一时的女诗人们现在有的写散文写小说了，有的搞理论了，有的不知去向了。而伊蕾，是比她们更早地告别了诗坛。据说她经商了，据说她画画了，无论怎样，怎样的锦衣玉食，怎样的失意无奈，总归是更彻底地告别了诗歌，告别了文学？今天的伊蕾，或许已是尘俗中人了，但一个经历了诗歌的女人，又怎能真正地被人群淹没？被尖锐的诗歌之美照亮过的女人，注定只能是不幸福的女人。触目惊心的孤独和妥协。老而弥坚的爱和伤害。她们击伤的永远是她们自己。她们破坏的永远是她们自己。时间中的人，是不能将爱恨进行到底的。唯有时间，碾过世间太多的爱恨，无始无终地进行着，把无底的黑夜留给人。没有谁，能在这样的黑夜幸免于难。诗人，又有何为？如今，诗歌越来越面容模糊，但诗坛永远喧嚣，后浪推前浪，新的名字正在成为新的潮流。所以，伊蕾，确乎是一个被遗忘多时的名字了。然而，二十年来，有一些成长在不变的被“被围困”中终不能走向实现，有一些抵达怎么跋涉都只能却步在“山那边”。我想，不写诗的女人伊蕾，今天她还能看见吗，为什么这世界上还有这么多这么好的爱，在“隔着金色的栅栏”呢？

“自传”如何“小说”？

▲▲

从2009年到2010年，读书界很是热炒了一阵女作家虹影的自传体小说《好儿女花》。据说此书一问世，就在本来就不沉寂的文坛上“投下了一颗重磅炸弹”，一时间，“业内各路评论家力挺，网络民意高涨”，说什么《好儿女花》是用“残酷人生与母爱和解”的心灵之作，表现了“大历史背景下每个小个体的小历史”，“比真实的历史还要历史”，说什么虹影敢于“直面严酷人生，深入人性，拷问心灵”，因其“独特而凌厉的现实主义笔法”被谓之“心狠手辣的现实主义”，如此等等，好评纷纷。

我认真读了《好儿女花》，我是不喜欢的。我不知道《好儿女花》这本书，若抛开加在虹影这个名字之前之后的譬如什么“脂粉阵里的英雄”、“女权主义文学的领军”，什么“文坛十女将之首”、“十大人气作家之一”，又什么“最受争议的作家”等等这类“修饰语”，抛开“自传体”这个极富招徕性的定性，其作为小说的独立的文本价值能有多少？它琐屑，重复，散乱，拖沓，纠结不清于几十年来家族阴暗暧昧的旧事，和“我”在海外的“辉煌”经历和迷乱的情史。因停留在过于具象、直白的生活的表面上，缺少有机的艺术沉淀和拓展，整部小说既缺乏个体生命的葳蕤体验，没有触及到深刻的内心问题，也鲜见社会历史的鲜明印迹，是一部视界狭窄格调低萎的作品。即使单从驾驭故事的能力，和叙述技巧上说，它的艺术性也是极其可疑，乏善可陈的。它唯一的卖点和看点其实最终都落实在一点，这就是：《好儿女花》是女作家虹影继《饥饿的女儿》之后的又一部“自曝家庭隐私”的“自传体小说”。

正是在这一点上，关于这部小说就牵涉到一个写作伦理的问题。“自传体小说”和“自传”之间是否可以划等号，“自传”如何“小说”？其实很多作者笔下的人物或多或少都是有自传色彩的，自《红楼梦》问世，就有索隐派从不间断地挖掘曹雪芹和怡红公子贾宝玉之间的对应关系，鲁迅小说里那个“离乡——回乡——离乡”，常觉得“北方固不是我的旧乡，但南来又只能算一个客子”的孤独彷徨者，大概也有着许多鲁迅的影子吧，还有巴金和《家》，还有郁达夫的“于质夫”，张贤亮的“章永璘”，女作家里（女作家似乎更容易“自传”），杜拉斯和她永远的中国“情人”，卢隐和《海滨故人》，杨沫和《青春之歌》，乃至张洁、林白、棉棉等等，这样的例子太多了。然而可贵的是，这些作家，留下的终于只是“小说”，是“文学”，而非“自传”。他们的“自传性”已然上升成了纯然的“小说性”，他们的个体经验最终提炼出的是人类的共同经验。再来探讨其中的自传性质，除了史料价值外，于小说本身其实并无太多关系。那么，相比这些带有一定自叙传色彩的作品，直接冠之以“自传体小说”之名的小说是否就可以“自传”得口无遮拦，汪洋恣肆，“自传”得接近于无限透明，“自传”得直接还原了生活的本来面貌呢？

《好儿女花》被传媒网络和“业内各路评论家力挺”的原因是这部书“敢于直面残酷人生”的“真实性”，诚然，真实肯定是自传体小说的最首要的元素，但却不应该是唯一的元素。一个创作自传体小说的作家，他仅有丰富的值得“自传”的人生经历是不够的，再加上有把自己的人生端出来给别人看的勇气也还是不够的，他必须同时具备另外两项更为可贵的禀赋，那就是回顾自己的人生时与自我形成审美距离，把自己当成他者进行理性审视和自我批判的写作精神，以及能从生活的形式之真实中提炼出、升华出人生的实质之真实的艺术能力。也许我这句话其实就是对近年来时常遭人诟病的被人斥之为落伍观点的“文学源于生活，高于生活”的重复，但即便是，又有什么错呢？如果自传体小说不高于自传，自传不高于传主真实琐碎的日常生活经历，如果读者看到的只是“真实”，如果这种“真实”不能提供给我们深刻的人生感悟，庄严的责任意识，不能让人看到有启迪意义和引示价值的别一种人生，甚至退而求其次，都不能让人在阅读中体味到一种美好的纯粹的审美愉悦，而只能昏昏然地随着作者的笔，一头扎进他所设置的狭窄琐屑的自怜自恋的怨怼泄愤的泥淖中，那么，我们又有什么必要期待这种原生态的以自曝隐私为噱头的“真实”呢？

袒露“真实的自己”的勇气，《好儿女花》的作者虹影从来就不缺乏。虹影说过，中国当代的不少女作家都太自恋，她和她们不一样。看上去，虹影真的是特别敢于面对自我，特别不自恋的一个，她不美化自己矫饰自己，回忆自己的过去时始终抱着“白刀子进去，红刀子出来”的决绝态度。在第一部自传体小说《饥饿的女儿》中，她自剖了自己贫穷低微的贫民窟出身，世人眼里卑贱罪恶的私生女身份，以及更为惨烈的十八岁怀孕堕胎出走的遭遇。应该说，这样的文字确实有一种惊世骇俗的力度。但问题是，这种虹影式的残酷的成长是特殊的、个案的，它的“小说性”太弱，无法折射、透析人的普遍的共同的境遇。那个在长江边绝望地奔跑着的“饥饿的女儿”形象，她让我们联想到的仅仅只是作家虹影的少女时代，她停留在和一个具体的特定的人的对应关系上，从根本上缺乏一种超乎“真实”的文学力量。

许多人喜欢虹影卓尔不凡的才华，睥睨世俗的叛逆精神。确实，她是一个有着极致的个人风格的作家。然而，凡事都有度，自揭身世如太轻易太泛滥，就会失去原本的严肃和沉痛而走向暴露癖，不必要的近乎“自虐”的自我剖示，何尝不是另一种形式的自恋？事实正是如此，近十年来的虹影动辄在小说、散文、随笔、对话、创作谈里提到贫民窟、私生女、生父养父、名声不好的母亲，十八岁的性，以及后来的“鬼混”、浪游。这些关键词源源不断从虹影的笔下口里流出，广为人知，渐渐变得习以为常，失去了最初切割人的神经震撼人的心灵的那种疼痛的力量。我们当然无权指责虹影对自己历史的过于沉溺，一个人只有身处其中，才能明了那样的恐惧和黑暗有多么幽深，对生命的侵蚀有多么强大。但问题是，你既然选择了以文学的方式叙说这些经验，那么你就必须离这些经验的产源地远一点，离那些不能忘怀的时间和空间远一点，离原生态的“真实”远一点，换句话说——离“自己”远一点。离这一个“真实的自己”远一点，才能与更多人需要的文学近一点。

和当年为她奠定声名的《饥饿的女儿》一样，其续篇《好儿女花》依然是一部离作者自己太“近”的小说。作品以母亲过世“我”回重庆老家奔丧写起，在丧期三天里，一点点地揭开家族阴暗沉重的历史，对母亲卑微而顽强的生平进行了回顾。与母亲的生前际遇这条线索并行展开的是两个女儿的情感经历：“我”当年跟着学者丈夫移居海外，勤奋写作终赢得于国际文坛声名鹊起，但家庭遭变，她真心想要相伴一生的丈夫给她的不是一个家，而是“性爱俱乐部”。在这样令她身心破碎的“自由”中，她遭遇了真正的爱情，但这段异国恋终究无疾而终。后来，她离开伤心地伦敦，定居北京写作。

另一条线索是“我”的小姐姐出国到英国后和小唐生情，她为了要和小唐在一起，毅然和国内的丈夫离婚。他们在英国一起生活了七八年，按英国法律已构成事实上的婚姻。后来小唐到中国的大学教书，临别出海关时两人还抱在一起难分难舍，然而小唐一到中国，就有了新情人。小姐姐为此专门回国想要挽回，然而小唐情断义绝，态度恶劣，视旧人如陌路，于是小姐姐决计报复，借母亲丧礼之名把小唐骗到重庆，众姐妹闷棒打昏小唐，把他拖到山洞，让他“在老鼠药和硫酸中选一样”，若不下跪求饶，就“下他身上一个零件”“让他余生当太监”，但最后看小唐自残了手指就心软放掉了他。

“我”被丈夫所伤，小姐姐被小唐所伤，小唐被自己的花心所伤，世间太多故事，都不过是“男女”二字。伤心的婚恋故事，读多了，也只扼腕叹息罢了。但虹影的故事绝不止于此，她让“我”的故事和“小姐姐”的故事在最后突然有了一个石破天惊的重叠：小姐姐暴力报复小唐之后，“我”冲小姐姐吼道：“他是我丈夫，还轮不到你来对他做什么！”

这就是媒体热炒的所谓“二女侍一夫”！这就是曾羡煞了多少人的“文坛金童玉女”婚姻的最后版本。自然，这也是《好儿女花》这本书最赚人眼球的地方。虽然虹影把此书献给了女儿SYBIL，自言写这本书的初衷是为了让女儿通过这本书知道自己的外婆，自己的妈妈是怎样的女人，知道自己有着怎样的血脉之根。但她的女儿还只是幼童，书写成后她并没有藏之高阁等女儿长大，而是交给了市场和读者，这就意味着她的写作愿望和外界的期待视野是两条并无太多交叉的线，“外婆是怎样一个人”的叙述，固然能打动人心，尤其是母亲晚年因身边儿女的不体贴到江边捡垃圾的事确实能刺痛世间每一个为人儿女者，虹影的忏悔之笔刀一般划过了我们共同的伤痛，但只要是对虹影有一定了解的读者，大致在《好儿女花》之前就已对“母亲”知之大概，况且这样一个善良苦难隐忍坚韧的母亲形象，除了所谓的“坏名声”之外，与我们在生活中在文学中熟悉的经典母亲形象并无二致，所以到头来，“外婆是怎样一个人”已不复重要，它只成了背景故事，整部书的聚焦点实际上还是落在“我”这一代人的故事上。

其实说穿了，“二女侍一夫”在我们的文化语境中本身并不具备多么猎奇、惊艳的力量，有力量的是这“二女”是谁，这“一夫”又是谁。到了这个层面，我相信许多人宁愿这只是纯粹的小说而已，但作者在故事推进中处处设置的无法不对号入座的“真实性”，强有力地解构了整部小说的“小说性”，使之基本丧失殆尽，剩下的就只是“自传体”了。

关于作品中的男主人公，这“二女”共侍的“一夫”，虹影有这样的整体评述：“他一面是个大学问家，一面是个让我想起就会心酸疼痛的人。不管是作为我的丈夫或是作为小姐姐的情人，他都不是一个坏人。”然而，这样的好评价虽看上去显得公正平和，但因其含糊、笼统显得极其微弱，而与“他不是一个坏人”相反的那一面却在丝丝入扣的叙述中显得无比鲜明丰满：他在80年代离婚后从伦敦回北京找一个可以做妻子的人，他大撒网，约会了很多女人，“和女画家在公园亲热”。后来他把这些艳遇都讲给“我”听，说到关键处就卖关子，说“敬听下回分解”，他与“我”一见面就问我是否处女，知道不是后很高兴地说“你就是我想找的人”，见面当天他就要求看对方身体，要求做爱。他把“我”接到英国后，说不能养着“我”，建议“我”去做人体模特赚钱，因为“我”不想拍脱得一丝不挂的情爱录像，他极其失望。结婚后，“他说你可以和任何男人女人睡觉，但得告诉我”“但不许对别人说爱，不许爱上，我就会永远爱你”。“他有时要我对他的朋友好，要我和他的朋友做那种事。他的朋友当着我的面说，并不喜欢我。”他说他的梦想就是所爱的女人在俱乐部跳脱衣舞给他看，“我”勉为其难，终究没有脱光衣服就停住了，为此他很不快。他在“我”怀孕之后，断然说我们是不需要孩子的，然后在“我”做流产手术的当天，就抽身离开去见前妻。他和小姐姐住在“我”用稿费买的房子里。当着“我”的面，他和情人去上床。一起吃饭，他永远都是让“我”付钱。在两人的关系进入白热化阶段后，他躲避再三不和“我”见面，但一见面就提出让“我”给他买手机……

够了。再用不着说他把前来国外投奔“我”的小姐姐变成他的情人，然后在拥有了小姐姐的痴情后又有了新的情人，用不着说他在“我”官司缠身时以帮忙为名行了离婚之实等等这些大动作，真的用不着再罗列太多恶行劣迹了，单凭以上那些“小事”，读者完全可以做出判断：所谓“文坛金童玉女”的表象下，其内里却是如此龌龊不堪的真相！而在这样糟透了的婚姻中，那个大学问家男人扮演了一个多么致命的角色啊。一个活动在公众视野中有一定影响力的文化名人，就这样在又一个前妻的“小说”里，被剥下了最后一件遮羞的衣服。

但触目惊心之后，可否问一句：这个体无完肤的男人，真的是“真实的那一个他”吗？

这样问，并不是质疑这个以“真实”为主打色的故事的真实度。我倾向于宁可相信虹影是一个不说谎的女人。但为什么，就这桩婚姻和这个男人，她不久前会写下完全不同的文字呢：“我当然是睁着眼睛找丈夫，满世界男人里挑……老天可怜我，唯一的一次，好运的光环掉在了我的头上。”“感激给了对方相识的机会，说话的机会，感激相互价值的认可；感谢相互给予，相互需要——虽然经常他不在我身边，但我也能感到他的气息他的声音他的微笑，他就在我身边，我一点也不孤独。”

孰是孰非，孰真孰假？我倒认为它们都是“我手写我心”，都是由衷之言，之所以如此“始终参差，苍黄反复”，答案只有一个：此一时，彼一时也。人都爱说事情的“真相”如何云云，其实世间没有绝对的真相，只有此时此刻此情此景中看得见的“真相”。虹影自己在书里说得极是：“男女关系真是奇妙，好时两个人恨不得时时刻刻就是一个人，不好时比仇人还仇人。”所以，“好时”的真相和“不好时”的真相哪一个才是“更高的真相”？哪一个才更趋近“本来的真相”呢？

做这样的比较是无谓的，自古清官难断家务事，公婆各有说法，问题的核心是：就算你当下掌握着自以为的真相，那么，把它抖出来亮出来，就是合理的吗？就是必要的吗？除了晾晒男女私人空间中人的卑琐原形外，它能为读者提供什么艺术的愉悦感和有价值的思考？一个人有了作家的身份，是否就公然地拥有了给隐密事件穿上一件“小说”的马甲然后满天下出版发行的特权？在一场失败的婚姻中，在这样多少显得畸形甚至变态的三角多角关系中，“我”对重要当事人小姐姐的过错无一触及，对自己，也缺乏应有的自我审视，只有“要说有罪，那就是我，我是罪的源头”的泛泛之语，而所有具体的实质的罪责都落到了另一个人身上，这样的立场，是否太少一个为文者应有的理性和公正？这样的“真实”，是否太过缺失对人性的深度剖示？这样一部没有“小说”只有从一己的私心出发的“自传”，这样一种缺乏人类共同的情感、经验，共同的信仰支撑和美好的道德激情，只能满足读者的窥视欲而无力对他们的心灵生活产生积极影响的“文学”，为社会，为人文，还能提供多少有益的东西？

虹影说她写《好儿女花》不是为了报复谁，但实际上她报复了；她说她不是要泄愤，但实际上她这样做了；她说她把“他”当作亲人，当作父亲，但实际上爱情没有了，取而代之的绝不是亲情。

看看这些刻薄怨毒的文字吧：“我是一个没有心的人，他把我的心弄坏了！“他年纪那么老，思想教条陈腐不堪，为人骄傲，眼界窄小，一身匠气，脾气还固执，他毫无生活情趣，喝咖啡也是速溶，逢年过生日从未送人礼物或庆祝，与人交往，永远隔着一层心思，你想想你收过他一束鲜花和巧克力吗？他走路完全是一个老年人，身上气味也是老年人，手上皮肤都是老年斑，从不做家务，睡觉打呼噜，不喜欢运动，不喜欢戏院影院餐馆，也不讲究衣着。”“他总自誉受西方高等教育，满脑子西方自由主义，却是个传统的中国男性中心主义思想的人”，“六十好几了，年龄不饶人，每月必将一头白发染黑，死神在逼近！怀抱一个年轻的女人，可以借女人的青春抵抗衰老，可以靠性欲的快乐，延长生命。”“而我丈夫呢，和他在一起的照片，我几乎都是暴露身材，曲线毕露，很浓烈的口红，红艳放荡，甚至是小娼妇，小婊子。他呈现我的另一面，或把另一面夸大。”

“褒见一字，贵逾轩冕；贬在片言，诛深斧钺。”其实笔下留情并不比刀下留人来得轻飘，为什么要如此地用文字的利刃劈伤曾“相互给予，相互需要”的人，也劈伤自己？为什么不能再沉淀一点，再淡远一点，再距离一点，再“小说”一点？这些事，这样的情绪，这种太陷于事象的真实，如此地“自传”出来，于当事人，是一种极不公平的“缺席审判”；于读者，只能多让人看到一些“没有光的所在”；于自己，虹影说：“我知道，只有写完这书，才不再迷失自己，并找到答案，即使部分答案也好。”她痛苦地发问：“上帝，人怎么做才能获得救赎呢？”但我觉得，这本书很难使她找到不再迷失的答案，她如此的写作绝非一条有效的救赎之路。因为母亲的“好儿女花”是污泥里开出的洁净之花，宽容之花，因为开给女儿的“好儿女花”应该是从“长年堆积在心里的黑暗”中破土而出的澄明之花，感恩之花，因为要慰藉自我的“好儿女花”最终只能是心灵的悲悯之花，人格的良善之花，境界的高阔之花。

也因为，读者期待的，文学需要的，都不是——她今天拿出的《好儿女花》这样的“恶之花”。

此文写成时，却偶然地看到一条很有意思的旧新闻：《好儿女花》被评为“2009 亚洲周刊十大小说”第二名，而获冠军的正是张爱玲的“自传体小说”《小团圆》。真是无独有偶啊！

唉，《小团圆》，不说也罢！

虽然，在太多“真正敏锐的张爱玲欣赏者”们看来，只要是张爱玲的手笔，那便是毋庸置疑的繁花盛开，绚烂之极，如同胡兰成说过的话：“我只觉世上但凡有一句话，一件事，是关于张爱玲的，便皆成为好。”但依我愚见，《小团圆》的写作，除了给今天的人们“贡献”了一个不堪卒读的“真的张爱玲”之外，实实称不上一个“好”，它只不过印证了傅雷先生早就对张爱玲做过的批评：走的是

“一条庸碌卑俗的下山路”罢了。

既然，被虹影奉为“文学的祖师奶奶”的张爱玲在“自传体小说”时尚且如此，那么，被张爱玲的“渊源”“传统”滋养成长的徒儿徒孙们，如此地“自传体小说”，也或者就不是什么奇怪的事情了。

照亮你的灵魂

▲▲

我之于女作家赵玫，经过了一个从忠实读者、认真的研究者，到虽然见面不多但算得上亲近的朋友这样的身份推进。有关她的一切，都在我的心里留下了鲜明的印象，最突出的是她的爱人任先生对她的评价：赵玫，就是一劳模。

是的，无以复加的劳模般的勤奋。几十年如一日的写作是赵玫的基本生活方式。因为专注于写作本身，她无暇顾及其他，从来她都是一个独立而安静的写作者。在当下文坛层出迭起的喧哗与骚动中，她不曾高调标榜过自己的“女性”和“少数民族”身份，虽然她对此有着沉潜而深挚的认同。她从无意于卷入任何的文学思潮和流派中，但近三十年来，她的创作还是长久地一以贯之地被文坛瞩目着，这其中最为重要的原因，就在于她进行到底的独特的写作特质。是的，赵玫是有着极其个人化风格的作家，她独创了一个山高水长的文学世界。我们或可以评论她洋溢的才情和惊人的勤奋，但却很难对她的作品做出最接近她本色的阐释。她几乎是一个无法被归纳的作家。

赵玫是一个优雅的女人，文如其人，许多人也曾用“优雅”来定性赵玫的文字。确实，赵玫作品中，优雅是一个不可忽视的关键的要素，但她的优雅不仅仅是一种品味和情调，一种“贵族”文化的生活表象。赵玫的优雅，是和谐和高贵的统一，气韵和品质的统一，生命的力量和文化的格调的统一。多年来，赵玫专注于对经典的“美”和“永恒”事物的追求中，专注于对未来的不弃的梦想中，面对太多的喧嚣和变化她处乱不惊，执著地在文学世界中维系着一种超越的价值。这样的特质，显然不仅仅来自于她优雅的品味、风度，浪漫唯美的诗人气质和诗化的语言，而应该是出自一种更有力量的东西，那就是高贵的精神，独到深刻的思想，灵光沉潜的智慧。所以，赵玫的优雅其实就是一个思想者的生活方式，一个知识分子对于人生的态度和信念。正是从这个意义，我认为说赵玫是优雅写作，不如说她是知识分子的智性写作更为恰当。

记住你的责任，一定要更高尚，更重心灵。一定得照亮你自己的灵魂。这是弗吉尼亚·伍尔芙的话，但对熟悉赵玫的读者来说，它其实就是赵玫的话。还有，不要梦想去影响别人，成为自己比什么都重要。赵玫常常温习着这些堪称至理名言的句子，一遍遍把她从中获得的启示和教益告诉我们。赵玫就是这样一个作家，她总是在自己优雅美好的作品中让读者认识更多的读书写作的男人女人，她总是让她的思考连接更多思考着的心灵：尼采、叔本华、弗罗姆、萨特、休斯、海明威、福克纳、昆德拉、波伏娃、伍尔芙、杜拉斯，以及金斯伯格、克鲁亚克、厄普代克。当然，读书者不会陌生这些名字，但赵玫喜欢告诉你的是你更需要的东西，那些奇特的人生经历结晶的哲思，那些独一无二的爱情背后的牺牲和拯救，那些永不停息的激情和追问，那些有着思想价值和启迪意义的日常生活。赵玫要说的，其实就是在任何时代人类都不应该毁坏自己的精神力量，这是最深邃最高贵的力量。没有什么比这个更重要。

确实，还有什么比这个更重要呢？在现代生活全然走进了享乐时代的今天，人类却极其悲哀地需要一个自我拯救的良方，因为现代社会已无情地、有系统地剥夺和毁坏了人心深处最高贵的精神力量。打量一下当下的生活吧，越来越多的人不堪其扰却又乐此不疲地投身于庸俗琐屑的交际中，太多不需要的声音和信息狂轰乱炸在本该宁静的个人空间，当这一切不但在毁坏我们的思想而且在毁坏我们的健康时，赵玫的声音，就像一缕纯粹的夏日风送来弥足珍贵的清凉和宁静。她在随笔《怎样成为自己》中提醒我们，所有的纷乱和焦躁其实都是可以避免的。她介绍了那个叫弗罗姆的大师，他一生致力于爱的哲学，总是为自由、正义和爱思考、奔走着。他不是一个务虚的人，他告诉人们什么才是应该拥有的正确合理的生活，他甚至留下了如此具有日常操作性的人生提示：

“按照规律的时间起床，每天奉献定量的时间于沉思、阅读、聆听音乐、散步等活动。避开那些行尸走肉者。那些肉体尽管活着，灵魂却已经死掉的人；要避免那些思想和谈话都琐屑不值的人；那些用喋喋不休代替谈话的人，以及那些用陈词滥调代替思想的人。”

读书者赵玫就这样娓娓诉说着她从不间断的阅读中懂得的那些，那些穿透着她并给予了她力量的字句，她一一地描述出来，希望照亮更多人的内心。她总是执著地袒露自己的灵魂，以此与大师们对话。那些智者深邃的思想，崇高的精神状态，美丽的灵魂，超人的心智，始终是吸引她的力量。她读他们的书，挖掘他们的人格和文品，解析他们的思想，于是才有了像《一个女人的精神生活》《怎样拥有杜拉》《她的诉说终止了》《在优雅的背后，是把美丽和智慧结合起来的女人》《重读昆德拉》《写作之于激情》等一系列极具深刻的思想内涵的篇章。读这样的文章，不仅能感受到大师们的思想：伍尔芙的美丽、优雅，贵族式的精神和智慧；杜拉斯超人的才华、毅力、平民式的亲和力与生命力，坚持独立自我的勇气；波伏娃纯精神的体验和生命的深刻；昆德拉的诗意和悲伤，那永远的“布拉格情结”；福克纳敢于抨击世俗社会黑暗现象的正义感和拯救人类精神的高贵品格。更重要的是，分享这些滋养的同时，我们能强烈地感受到赵玫的灵魂之光，闪耀在她特有的敏感多思的情绪中，闪耀在她深刻理性的分析和激越的情感中，寻求着与大师们的心灵最高意义的契合。她不懈地追问着灵魂，她不止一次地告诫自己和读者：“重要的是，你一定要照亮你的灵魂。”赵玫和伍尔芙一样坚信，是灵魂，才使生命永恒。

然而，即便日日沐浴在这种美和高尚的启迪中，即便时时获知着这些现成的真理，赵玫依然觉得不够，她说：“依然不能够超越。总是我们自己的体验。因体验而经验。”而“现实是无法穷尽”的。这是赵玫的困惑，也正是赵玫的智性，她懂得任何认知注定都是局限下的认知。而没有什么比无法穷尽的现实更值得去阅读、去体验、去书写。因此，虽然赵玫一直生活在精神世界里，用灵魂观察人和物，用灵魂透视着人生，但她从不让自己停留在形而上的思考中，她更注重把思想置放到广阔的现实背景中去，用思想观照现时态的生活，探求个体的生命在当下的存在意义。她没有浮泛的浪漫、虚饰和矫情，而是一边深深地沉潜在强大的生活洪流中，直面人类残缺的存在，一边苦苦地追寻着那澄明光大的精神至境，试图用智慧之光照亮今天人们千疮百孔的生活。尽管在现时段，这样的努力也许看不到答案，但毕竟，赵玫面对着这样的境遇，担当着知识分子在人类精神领域的一份责任。她就像是一个

"戴着镣铐跳舞"的思想者，悲天、悯人、伤怀的目光穿透文字，直指现代人脆弱的灵魂深处，促发人对自我、对人生、对这个世界的苦痛思考。

赵玫的才华和智慧使得她游刃有余地穿梭在小说、散文、随笔、批评等多个文学领域，相比她那些华丽幽深的小说，如《我们家族的女人》《世纪末的情人》，以及"唐宫三部曲"和写于新世纪的《秋天死于冬季》《漫随水流》《八月末》等，我更喜欢她的《戴着镣铐的舞蹈》《从这里到永恒》《爱一次，或者，许多次》等散文随笔集的厚重、深邃和悠远。但其实，区分小说散文又有什么意义呢？对于赵玫这样一个作家，文体的樊篱是不存在的，甚至就连文本的意义都不再重要。重要的是思考，是那些历史记忆中的女人，当代时态中的女人，和男人们的故事。那些从个体的经验和他人的故事中沉淀而来的一切。永无了断的爱恨情仇。一如她所说过的话："那地球上所有的男人女人。性别的群体像蝗虫一般在天空飞翔。遮天蔽日。如同灾难。"这也许就是人类的无望，没有人可以绕过这一切，我们的生命就是在这样的"欲望旅程"中完成着，这是文学创作的母题，也几乎是赵玫写作的恒定主题。在对人性的最初本原的挖掘中，对欲望深处的本真剖示中，对两性之爱的深度诘问中，赵玫抽丝剥茧，炼字成刀地表现了置身于这种永恒的"灾难"中的男女。那些永无止息的挣扎和疼痛。挣扎和疼痛中永无答案的困惑和黑暗。在这样的书写中，她的文字是属于"懂得"的人所有的那种残酷和犀利，而她的思想是只有"穿透"了那一切的人才会有的透彻与悲悯，深邃与辽阔，澄明与斑驳。

这一路走来的三十年里，女性写作始终是一个极其热闹的园地，一些女作家在"女性"的旗帜下，忙着往自己身上贴这个主义那个流派的标签，而另一些女作家却在极力淡化、否认着这一点，唯恐避之不及的样子。赵玫埋头写作，游离于形形色色、新潮前沿的“理论”纷争中，但实际上，她是从一开始创作就表现出了鲜明的女性意识的作家，两性在社会层面和精神领域里的生存状态是她最常表现的话题，并且，赵玫从不讳言自己的女性立场，她说“除非不是女人”，她说超越性别“这几乎是一种虚妄”。看，这就是赵玫的坦荡和深刻。她从不信任所谓的“中性写作”，也不追求超越性别的“宏观视野”，在对两性关系的深度拷问中，她凸现了自己的女性立场。她告诫自己：“只能回到自身，在性别的前提下追求至善至美。”

于是，我们在她的《欲望旅程》《爱一次，或者，很多次》等作品中看到了全然的女性叙事，看到了生而为女人才会经历的那些别样的心路历程。赵玫诉说了一个个如泣如诉的故事，并在文本中表达了她鲜明的女性立场和思想。在《女人要的是什么样的男人》一文中，赵玫深刻地质疑和批判了像叔本华那样对女性有腐朽的偏见的男人，并以几位名女人在两性关系中的遭际为例，强调即使社会中很优秀的男性，在两性关系中的观念和行为方式，也不是个个都值得推崇。而女性，要想在两性关系中保持自己的人格独立总是那么难以实现，要想在付出美丽和牺牲之后找到真正的相守不渝总是那么艰难，所以对男性的挑选更要有理性的认识，不应被其外表的光环所迷惑。赵玫欣赏、肯定女性的力量，她往往把笔下的女性，塑造成敢于冲破父权规范、有着独立个体意识及丰富的爱与性的能力的女性，而男人相比之下却黯然失色。在《画家是另一种类型的男人》中，赵玫写了在两个女人中犹豫徘徊的懦弱自私的男画家，而女性要么大胆地争取所爱、要么不满男人的懦弱无能而勇敢离去；

在《圣殿中的男人》中，赵玫把圣殿中的男人——那个宗教的精神领袖的虚伪写得丝丝入扣，他引诱女人崇拜他、爱恋他、又献身于他的性欲望，最后却把一切过错推卸到女人身上，诅咒和羞辱无辜的女人——这是一个卑劣无耻的男人；在《希拉里的心情》中，赵玫由衷地欣赏希拉里在克林顿丑闻中表现出来的坚强和智慧，赞赏她在关键的时刻能够控制男人控制局势并有效地控制她自己，相比之下，克林顿却成了一个需要保护的懦弱的男人；在《残阳如血》里，赵玫写了一群有着强大的精神力量的家族女性，她们不屈的生命意识，惨烈凄美的爱恋苦痛，虽死犹生的坚强品格，穿透一百年的时空犹如圣光照耀着生者："很不相信她已死去。仿佛她的气息和话语，依然轻柔地绕在耳边。我时常想，是不是她已亡失的身体中那不懈的灵魂，正悄悄吸附在我的生命中。""她一直坚守着，不让灵魂失落。"

从个体的经验和他人的故事出发，赵玫多角度、多层面地探讨了人在性别关系中所遭遇的种种文化的精神的制约，她对于男人和女人、爱情与欲望的诠释，既充满了炽热的激情，又沉淀着冷峻的思考，是体验思考之后用心灵的汁液酿成的文字。太多属于"女人的问题"萦绕在赵玫的笔下，像循环往复的抒情慢板，那低回不已却又奔涌着激情的基调像女人心底千年的哀声，又像愤激的诉说：为什么美丽高贵的心灵总是受到伤害？为什么在男女原该和谐美好的关系中，却始终充满着背叛、谎言和欺骗？那些"说谎的男人"为什么拥有了爱情却又抵御不住新的诱惑？他们为什么把罪恶归结到女人身上？他们如何甩掉不再明媚鲜艳的女人？他们为什么没有忏悔意识没有罪恶感？世间到底有没有真正的爱情？怎样才能证明彼此拥有？

于是，我们不光从《两性都不完美》《一张稳定的床》《怎样证明彼此拥有》《怎样成为自己》等文中看到了赵玫作为现代知识女性锐敏的观察、深切的感悟和高尚的文化品位，看到了赵玫是多么深入细微地道出了女性真实的心理感受，对她们在两性间的位置与情感，提出了极富思考价值的观点和疑惑。同时，我们还从她纯粹的女性话语中读到了对经典的再诠释，那是典型的女性主义者对权威的质疑和反叛：为什么叔本华恨女人，为什么他关于女人的那些貌似深刻实则远远落在时代和真理后面的观点，多少年来竟被视作哲学？我们为什么要相信这样的哲学？为什么，安徒生所讴歌的女性，总是为了男人牺牲自己甚至迫害自己，让自己每迈一步都如行走在地狱中，最终还要变成美丽而忧伤的泡沫化为乌有？又为什么，就连女性主义的鼻祖波伏娃都要说，没有主人，女人就是一束散乱的花？在波伏娃和萨特堪称绝唱的50年的心心相印中，谁又知道隐藏着多少的泪水和羞辱，痛苦和妥协？因为就算波伏娃这样的女人，其实她毕生也都是附丽于萨特的，因为就算是波伏娃和萨特这样由纯精神铸成的爱情中，能决定一切的依然是男人！

就是这样。男人和女人。两个群体。爱与恨。还有，性与暴力，以及死亡。在《死于非命的女人，诗人的妻子和血》中，赵玫悲愤地讲述了那些死于非命的诗人们的妻子的命运。她时而“以心会心”，站在那些女人的角度宣泄情绪，时而用理性表达自己的见解，浓郁强烈的感情来自那些女人的痛苦，也渗透了赵玫如同身受的深刻体验，有一种蘸血以笔的凄美和决绝。其实，那些女人自己也是诗人，蝌蚪、谢烨、普拉斯，还有阿希娅。但她们的灿烂被诗人丈夫强大的阴影遮蔽着。并且，当她们死了，锦样年华那样无助悲惨地死于伤害，也只能以诗人的妻子这样的身份和称谓被人们论起。历史在太多时候惨无人道得就像诗人顾城砍向妻子的那把斧头。但诗人却说，黑夜给了我黑色的眼睛，我却用它寻找光明。那是怎样的眼睛，怎样的光明？赵玫说，诗人们那不朽的诗行是女人的生命和鲜血滋养的，诗人的桂冠是由女人的眼泪和那扎在胸口的荆棘编制而成的。在《智者与狂人》中，赵玫更进一步指出，从来，“圣殿是男人永远的居所，而女人，永生永世要做的，就是供奉于殿堂的牺牲品。像那些被宰杀的被当做祭品的牲畜。留着血。女人的血就是用来祭祀男人的”。

这就是生为女性的赵玫，她彻底，决绝，不原谅，不苟且，不退缩。然而，赵玫并不是女权主义阵地上呐喊厮杀的斗士，而只是桌前灯下不倦地读书思考写作的女人。她用她独特的女性视角和女性语言描述了男女之间的和谐与隔离、忠诚与背叛的关系，她以她的犀利和深刻为解构男权中心文化做出了不懈努力，但这并不是她写作的终极目标。和许多女作家一样，赵玫之所以有这样决绝的女性立场和文化姿态，实非所愿，而出于社会历史情势所迫。她们从不想颠覆了男权话语中心之后再创建一个女权话语中心，而只是想用自己的写作“唤醒公民注意历史和现实性别文化的残缺，参与全人类合理化生存的文化实践。”从根本上实现双性和谐、社会健全发展的终极理想。

最初是从散文集《一本打开的书》认识了赵玫那种触动灵魂的文风，那种高贵天然的气质。那部作品的字里行间，一种源于个人生活和内心体验的感觉奔涌而来，这些感觉化的语言和不无感伤的人生述说，细腻传神的景物描绘，飘忽灵动的意象，以及如歌如泣的抒情调子融会在一起，散发着独特的不容置疑的艺术感染力。赵玫那么善于把握人物的情感，女人内心世界每一寸纤细的感受，男人灵魂深处每一次反叛的悸动，她都表现得情怀激荡，使人不忍释卷。就这样，开始认识赵玫的优雅、唯美、宽宥、智性，以及唯美而智性的文字所表达的温暖和明亮，那些关于男人和女人，爱和欲望，关于这个世界的真谛。和大多数女作家一样，那本“打开的书”有着太多的自叙传色彩，赵玫情感浓烈地书写了她无可比拟、山重水复的爱情，但她依然是独特的。那是上个世纪的1995年，那一年的中国文坛充斥着炫目的潮流和旗帜，当代女作家们几乎集体性地告别了“爱，是不能忘记的”无穷思爱，走进了颠覆男性不谈爱情放逐欲望的新叙事时代。在如此的“喧哗与骚动”中，赵玫却那么“古典”地思念着她远去的爱人，静定地沉浸在天老地荒的爱情苦痛里：“那是种生命本身的苦痛，是一种几乎熬不过去的苦痛，是一种绝望，那绝望充满了力量，是因为，爱曾充满力量。”一个有着深刻的生活和思想阅历的女人，一个读书写作的知识女性，其实她是懂得爱的，懂得爱的美好、纯粹和坚韧，也懂得爱无处不在的伤害、背叛和黑暗。然而懂得之后她还可以那样相信爱，就像书中那篇《九零年冬》里坚守在寒冬里的红叶：“它们在最后的冷风中疾驰，坚持着火一般的最后的温暖。”

当然，这只是赵玫自己的故事，但三毛说：“我的人生观，就是我的爱情观”。一个人在爱情中的善良、宽容、坚持和信仰，反映的其实也就是他对自己、对他人、对这个世界的态度和信念。赵玫生命中这种“火一般的最后的温暖”使读者一次次陷入惊艳之后的深思，感动之后的坚信。她温暖了那些在黑暗而脆弱的人性中迷失挣扎、在绝望和放弃中坚持着的心灵。谁能在没有爱没有信仰的路上走到尽头呢？人类需要互相取暖互相鼓舞。而赵玫，正是以她内心深处稳定的信仰支撑和美好的道德激情，使得她的作品对读者的心灵生活产生了普遍而持久的积极影响。

因为心中有爱，赵玫虽有毋庸置疑的女性立场和反抗姿态，但却能保持理性和节制，她从未把文化的体制的罪恶拿来清算个体的男人，她反对两性关系中任何霸道的一方，对某些女性缺乏谦逊宽宥的强权偏激，表示了深刻的质疑。在《和女权主义者共进晚餐》一文中，赵玫写了一碰到男人就义愤填膺的女人，对她们的偏激意识和行为方式，很不以为然。她对两性关系的问题，有着自己独到的包容心，她强调爱和关怀，强调女人要有一颗不拒绝生活不拒绝真爱的真实的心，强调两性要相互公正、公道与博爱，她希冀符合人类整体利益的两性伙伴关系，她守护的是男女两性的本真存在。

赵玫之所以有这样理性认识的高度，就因为她知识分子写作的智性特质。源于知识分子的视野、品格和精神，使得她很早就突破了女性主义写作很难突破的瓶颈。赵玫深知两性都不完美，她说“女人难道不需要检讨？为什么，我们总是陷入细枝末节。眼泪和妒嫉。我们奉献。但奉献转瞬之间就变成了要求。奉献便有了权利。牵制住爱。”“所以后来只好成了怨妇。落入历史的巢臼。成为可悲的标本。”基于这样的认识，赵玫认同伍尔芙的“双性同体”的思想，提倡两性互补互爱，她说“我们是彼此的父母”。而拥有一个人，必须要拥有他的思想。精神，是女人成长自己强大自己的唯一途径。沐浴着精神之光辉的女人，内心充满了善和美，也有勇气去面对世界的真。她不会在两性战场上轻易言败，也不会在自己的生活和文学中驱逐男人，那无异于驱逐了自己最重要的梦想，更不会把自己关在自恋自闭的“独身女人的卧室”，成为越到后来越拒绝的乖戾的玫瑰。拥有着精神力量的女人，她有一面朝阳的大窗子，外面是变幻无穷而又静定永恒的风景，那是无法穷尽的人性之深，也是我们投身于其中并不断获知真谛的生活本身的温暖。

这就是赵玫对男女关系做出的独到的女性主义阐释，对男权中心主义的讨伐，对不合理制度的清算，一切都必须建立在女性个体和群体觉醒的基础上。一个乞望着被他者解放的性别是可悲的，一个只会讨伐不懂自省，只会破坏不知建设的性别更是色厉内荏，没有前途的。女人平衡人类，就像水平衡地球，那强大的力量该产生于自身内部，那种美丽执著润物细无声的力量。而拥有这种力量的女性，定然是“能够将美丽和智慧结合起来的女人”。赵玫是如此推崇精神的力量，所以，她始终如一地热爱着那以终其一生的激情写作征服了世界的杜拉斯，那个日日都在读书思考写作的知识分子伍尔芙，那个“最美的存在主义者”波伏娃。赵玫一遍遍地读着她们讲述着她们，她们是如此深刻地影响了她。从这些堪称精神偶像的女性身上，赵玫知道了“思想才是一切美丽的源泉，也才是美丽能够驻足、能够永恒下来的唯一的处所。”而拥有了这种美丽的女人，就拥有了自足的精神家园，拥有了心灵飞翔的自由。她是强大的。

赵玫就是这样一个让精神之光照亮自己灵魂的有力量的女人，也是为双性和谐的文化建构、为人类的健全发展做出了自己独到的人文贡献的知识分子。一个真正的知识分子的思想和知识，态度和立场，良知和责任，充盈在赵玫那些关于文化文学，关于男人女人，关于人类精神的出路的思考中。她看穿一切，却又分担一切；懂得爱，依然相信爱；她解构着，更在建构着。如今，太多的人置身在深不可测的物质时代，深深沉溺于没有思想的黑夜，看不清历史隧道中人类的来处，而未来和家园还在彼岸，还在无法辨明的某一个出口。这样的时刻，我们需要赵玫这样的作家。我们愿意被某种光芒照亮。

正如赵玫自己，刚刚幸福地做了外婆。一个优雅的外婆宣告诞生，一个永不停息的写作者还在继续。她经历了很多，但还在经历生命每一个阶段的完整。她需要被温润的人生照亮。

女性主义的格调性写作

▲▲

蒋韵是一个美好的女人。这样的认识源于我对她的文字的认识。虽然“文如其人”这句老话已被无数次地证明了是并非绝对可靠的常识，但我仍固执地认定，一个人的文字该是从骨子里从脉血最温热动情处渗发出来的东西，文字的质地应该是那个创作文字的人最本真的质地。在对她断断续续的阅读中，十几年时间过去了，我从一个普通的文艺女青年，也成了羞惭地跻身于作家队伍的一员。我和蒋韵在网上有过交流，也曾远远地看见过她在人群中的样子。相比彼此的想象，我们确乎都是老去很多了。但在我心里，她始终都是那个最初的美好的女人。

其实，这十几年来的中国文坛，可谓沧海桑田。许多信仰被颠覆，许多主义被重构，在越来越前沿越来越现代越来越全球化的理论浪潮中，在“更快更高更强”的时代精神号召下，文学渐渐在人们的心灵世界中远去，文学正在一点点地流失着温暖人心安妥人性的力量。我们因无法感受到文学的翅膀在引领我们上升，所以只能把凡俗的尘垢“称之为一切”。但奇怪的是，文学的灰黯并不代表文坛的冷清，而且恰恰相反，这十多年来的文坛情形怎一个“热”字了得！从“70后”到“80后”，从“美女作家”到“梨花诗”，从

“躯体写作”到“底层写作”，从“韩寒现象”到“郭敬明现象”，从王朔骂人到很多人骂人、对骂、群骂，从口诛笔伐到法庭上接二连三的刀戈相见，文坛中人可算是让坛外人看够了热闹。在令人目不暇接奇峰迭起的“现象”中，太多的作家、文人从幕后跳到了前台，从写作者变成了公众人物，变成了娱乐明星，当然，也有的曾一度变成了沿街乞讨者和扰乱社会治安的裸奔、裸诵者。人们就这样看到了关于作家们的太多。曾经以为神秘的，曾经想象成神圣的，都不复存在。是的，十多年来，我们就这样习惯了看到的听到的一切。

可是，并不是所有的人都加入到了这几乎是集体性的暴露的狂欢，那些做秀，那些出丑中。有一些作家，他们在经过了这么多之后，依然只是把自己当成普通的写作者。他们不争夺话语权，不制造新闻，不做明星。他们藏在文字中，在文字背后注视着窗外的“喧哗与骚动”。他们可能远离人群，但却深深地沉浸在生活中。他们用文字注视着人们一起走过的日子，用文字抚摸着所有柔软而疼痛的心灵。他们有底线从不逾越，有坚守从不放弃。他们的沉默，是为了更大程度上安静地、清洁地贴近自己，贴近曾经有过、现在还在、将来也不会断绝的美好和崇高。蒋韵就是这样一个作家。或者说，在我的阅读视野里，她始终是这样一个作家。我十几年如一日地热爱着她，然而长期以来，除了知道她生活在山西太原，她的丈夫是作家李锐，她的女儿也在写作，初次之外，对她的一切我一无所知。她在生活中是一个怎样的女人，她和她的丈夫、孩子是怎样的情景，她喜欢炒菜煲汤吗？她用什么牌子的化妆品，喜爱什么款式的衣服？还有，更重要的，她是怎么开始创作的？她小说的素材来自哪里？她少年的梦想、青春的经历，她的婚恋，婚恋中的感受，她有过与众不同的残酷的成长吗？她有难以触碰的伤口吗？所有这一切，这多少带着窥视欲的问题，在许多女作家那里，是那么容易得到答案。她们是那么乐于给你答案。而在蒋韵这里，就像后花园花木掩映下的古井，静静的深深的，任什么也打捞不出一丝的秘密。

可是，关于蒋韵，我们难道真的还需要知道文字之外的什么吗？

蒋韵的写作是远离潮流的，从上世纪八十年代开始，她就站到了当代文坛层出迭起的思潮和流派之外，成为一个“无法被归纳的作家”。就连女作家云集的女性主义写作领地里，也几乎无人提及她的名字。那些只盯着这样那样的“宣言”“主义”而忽略其作品内里本质的评论家们，那些操着西方的理论工具削足适履地丈量中国文学的学院派们，他们没有看到，其实蒋韵才是多么的“女性”啊。为什么只有琐碎美丽的物质化细节才是“女性”，为什么只有关乎身体的欲望化叙事才是“女性”，为什么只有简单而暴烈的男性批判才称得上“女性”？蒋韵，这个沉静温婉的女人，她从来没有站在哪一面“主义”的旗帜下，但她脱离不了生为女人，从她写小说开始，她就没有停止过写女人。她写了那么多女人，她的小说首先就是对女性命运的探讨。而女性的命运，在蒋韵的笔下，往往就是人在这个世界上的命运。那么多的悲剧人生，那么多女性美好的生命走向殒落、熄灭，寓示的是所有生命美景的凋落，所有美好事物的渐次“失去”。

蒋韵的女性是天生傲骨蕙质兰心的人，她们太过惟美，善感，精致，优雅，她们只为精神活着，所以注定寂寞。在形而上的痛苦中，她们坚守苦难，从容赴死。这些女人，她们不妥协不苟且不解脱，她们信守诺言至死不悔，她们那么执拗那么决绝那么没有商量余地。勇敢和无畏是她们的品行，主动承担世界的罪与罚是她们的担当，而以香消玉殒来反抗邪恶和灾难是她们的终极命运。蒋韵赋予这些女性的其实是人类集体应具备的美德，但污浊的现实和严峻的生活使太多的男人浑噩、畏缩、疲惫、丑恶，他们是那么容易放弃、下沉，无力承受追问和拷打的使命。所以，只有女性义无反顾地将高尚的人类品质坚持到底。蒋韵的女性立场是这样鲜明，而她的女性叙事又是如此独特，以至于她和同时代的女作家有着如此大的不同。我想，虽然蒋韵是如此钟情于写女人，但性别并不是她的关注点和切入点，她要阐述的永远是人的品行，人的精神。在蒋韵看来，人和人的差别重要的不是男人和女人的差别，而是清洁、善良、正直、坚强的人和肮脏、邪恶、懦弱、背义的人的差别。

所以，蒋韵笔下的女性个个美丽绝伦、魅力四射。生命内里的尊严和高贵，美德本身的力量，赋予了这些女性一种神性的光彩，一种冰清玉洁的光华。《旧盟》中的谢莹，《落日情节》中的郗童，《冥灯》中的杏花，《绿灯笼》中的翠微，《旧街》中的冯明伦和叶旦妮，《栎书的囚徒》中的段金钗，《闪烁在你的枝头》中的幼容，《隐秘盛开》中的潘红霞，以及《完美的旅行》《上世纪的爱情》《北方丽人》中的女主人公们，个个都是这样的女子。她们或是在疯狂的世界里以从容的死换一个自尊的生，或是为了理想而刚烈地拒绝庸常的幸福，或是在心灵的自省中背负了一生的苦难，或是为了承诺的永恒而生死相许。蒋韵塑造的这些不留一丝退路没有任何苟且余地的女人，离我们所处的俗世尘缘似乎显得太远，但蒋韵并不“出世”，她以这些美丽女人们的故事告诉我们：我们在当下已经失去了什么，还在失去着什么？浮名俗利的躁热中，赃污野蛮依然当道的黑暗中，难道蒋韵的女人们没有给我们一种别样的反省警策吗？难道蒋韵的悲情不应该是我们每一个人的心头之痛吗？

和大多数女作家一样，蒋韵也写爱情。但她写的是荡气回肠地老天荒的爱情，所以，她的文本是完全剔除了关于身体、情欲、复杂人性等等之类的古典主义的纯粹。蒋韵的爱情叙事中，男女都推重那些正面的价值，比如永恒、完整、道义、信守，害怕间离，嫌恶背叛，没有谁会接受“曾经爱过何必拥有”的及时行乐，欲望化叙事在蒋韵看来是阴暗狰狞难以想象的。她宁愿要至悲至痛至美的残缺，也不允许一丝的亵渎。也许，今天的读者会觉得蒋韵太理想主义太乌托邦，但谁又能拒绝那“隐秘盛开”的爱情带给你的感动？“尘世间，只有极少数人，能够以神的完美方式来爱一个人。隐秘盛开，那寂静中难以抑止的激情……他们是爱的天才。”这个爱的天才，就是《隐秘盛开》中的女主人公红霞，她和茨威格笔下那个“陌生女人”一样，一辈子毫无指望又坚定不移地爱了一个人，在“爱永远是一个人的事，和被爱者无关”中完成了女性自己精神的救赎和升华。这是一个非凡的为爱而生而死的爱情神话，蒋韵呕心以血，写尽了爱中的绝望和绝望中的尊严。其间传达出来的那种对爱情宗教般的信仰，对人性的坚贞、尊严与高贵的热忱赞美，使这部作品在当今欲望喧嚣的时代拥有了无可替代的价值。这样的一种爱情，完成的何止是潘红霞一个人的生命？这样的一本书，安妥的何止是蒋韵一个人的灵魂？

中篇《心爱的树》不久前获得鲁迅文学奖。这是一个很高的荣誉，但蒋韵很淡然地说：其实这部作品艺术上比之先前的作品也没有什么超越，只不过现在人们认可了我一贯的情调、底色罢了。她说得对，《心爱的树》或许并不是她最出色的作品，只不过延续了她一贯的情调和底色。大先生心爱的小妻子梅巧，背叛丈夫抛弃孩子，跟着大先生钟爱的学生席方平私奔了。这样的一个故事。这样的故事在太多作家笔下该是怎样一副“愈堕落愈美丽”的画面啊！他们会怎样地穷追不舍那世间为人为事如何失信如何失德如何失真如何失善的部分，他们会怎样流连忘返于那浑浊的暧昧的不见光的所在。然而，蒋韵没有。蒋韵接下来写的是，梅巧和席方平的浪漫出逃，既没有传奇美丽的落脚，也没有始乱终弃的夭折。因为他们，世上又多了一对贫贱夫妻。席方平得了肺痨，梅巧用自己的全部生命滋养着这个她“豁出去”跟了的男人，她不要他死，她要生生世世。大先生在日伪政权逼迫他做事时凛然反抗，差点玉石俱焚，随后迁移乡下。凌香千里寻母，她和父亲一样在心里头舍不下梅巧“这个狠心的女人”。许多年后，在三年自然灾荒时期，大先生和凌香找着了梅巧。他们开始从自己的牙缝里节省出、克扣出“那粒粒赛珠玑的粮食，那一点一滴的食物，那救命的挂面、饺子、糕点、白糖、鸡蛋”，去接济那对贫病交加的夫妻，去救为了席方平而不顾自己命的梅巧——心爱的梅巧，他们父女心头永远的伤口。

还能说什么呢？关于梅巧和凌香，关于大先生，关于蒋韵，和她一贯的情调、底色。这是对剑气箫心的中国君子的礼赞，是对“执子之手，与子偕老”的深情抚摸，是对失去的美好事物的回望和追悼，是文学对道德良善的呼唤和担当。蒋韵的情调不再是个人的小情小调，而是一个时代的挽歌。失去“君子”，失去家园，失去一切美好的东西。这种“失去”的感觉，漂泊流浪的感觉，正在成为中国人集体的情感底色。也许很久了，每一个人走在人潮拥挤中，却像被遗弃的孤儿。我们在失去着，但我们正在遗忘。是蒋韵，她让那棵“心爱的树”，在这一刻如此贴近了我们的疼痛，让我们留下了温暖的泪水。韦伯说过：文学应该是“培养和鼓励人最有价值的东西：个人责任心、高尚的追求，对人类精神和道德价值的追求。”“为民族保留下去那些肉体和情感的美好品质。”我想，蒋韵她做到了。

不能不提到蒋韵的语言。我历来坚信，语言抵达的地方，才是思想抵达的地方。蒋韵的语言是那种绵密而简约、抒情又矜持的语言，一如她笔下的女性们。那么精致那么高贵，又那么旷远而忧伤，使人想起海子的诗“万里无云，如同我的悲伤”。她的语言又是极能激发想象力，极能营造画面的，如同北方秋天的庄稼和她时常写到的那条“无声奔流，永守秘密”的大河，在视觉上就给人一种天清地爽的感觉，大气而又惟美。

一直难以忘怀《绿灯笼》里的一个画面，那用凄美的笔致描画的刻骨铭心的情殇的画面：“她曾经在黑暗中，在冰冷的磨石拼花地板的房间里，向一个军人做出不要许诺的保证。但她多想要一个许诺。她想要一个许诺想得心碎。她匍匐在了他身上，无声饮泣，他抱紧了她。他像一个父亲像故乡的土地那样抱紧了这个女人，巨大的怜惜和爱使他说不出一句欺骗的话。他必须飞。一个在战火硝烟焦土鲜血和死亡中飞行的人，他没有权力对他心爱的女人轻言许诺。”最初读这些篇章时，有种让人疼痛不已却又难以言说、沉溺于其中的无力的落水的感觉，很长时间都不能从那种恍惚中走出来。

《心爱的树》是另一种风格。酸楚的温暖的语言，一点一滴地把一种爱和悲悯的力量传递到读者心中。写梅巧16岁初为人妇的不情愿和无奈时，蒋韵写：“她伸手一抓，摊开手掌，满掌的阳光。又一抓，握紧了，再摊开，又是满满一掌。这么多的时光要怎么过才过得完？”写8岁的凌香彻夜在院子里等离家的妈妈时：“夜露下来了。像树的眼泪，一大颗，一大颗，滴下来，是那种无法言说的大伤心。”写梅巧在出走的夜里诀别女儿凌香：“她安顿她睡下，睡稳，然后，久久、久久，凝望这孩子的脸，美丽的、难割难舍的、血肉相连的脸。”写凌香跪求父亲允许她出去念书：“这一跪，是悬崖绝壁前的摊牌，是生死的摊牌，不容分说，决绝，大义凛然。”写凌香千山万水找到了抛弃了她的母亲，告诉她“你不值得我这么牵挂”，接下来写道：“其实，在凌香看到梅巧的最初一刹那，她就原谅她了。看到她从茅屋里，烟熏火燎地钻出来，蓬着头发，穿打补丁的衣服，手上沾着菜叶的那一刹那，她就原谅她了。或者说，更早，在她乘坐的木船被炸沉，整整一船人，葬身水底，那和她一路行来已情同手足的流亡学生们，那和她一样年轻一样茁壮健康的生命瞬间灰飞烟灭的那一时刻，她就原谅她了。可她还是说了那句话，那句话，梗在喉头，坠在心头，是必须要说的。说完了，她才能重新成为一个善良温情柔软的孩子，一个悲天悯人的孩子。”写三年灾荒时，凌香带着父亲大先生省下的救命粮食一次次去看妈妈，而妈妈总是把所有好东西留给席方平，于是，“她逼迫梅巧，当着她面，一个一个地，吃下她带去的饺子。她像阎罗一样不留情面地逼迫着她，吃下一饭盒，一个不许剩。这是她能为父亲做的，唯一的事情，她能为白发苍苍的父亲做的，唯一的事情。”

我知道“流着眼泪读完”这样的话并不是对一部作品一个作家最好的赞美。但我还是想说，我之所以一字一句摘录上面那些句子，是因为它们让我一次次地流下泪水。好了，现在是最后，最后大先生得了绝症，在生命的尽头他去见了梅巧，恨了34年思念了34年的梅巧。她对他说“大恩不言谢”，他看着她的脸，“这脸，刻着时间的痕迹，岁月的痕迹，有了真实感。是梅巧，唯一的梅巧，老去的不能挽回的梅巧。午后的阳光，从阔大的玻璃窗里，照射进来，她整个人，沐在那光中，永逝不返的一切，沐在那光中。那光，就好像，神光。远处，有一辆列车，轰鸣着，朝这里开来了，是大先生就要登上的列车，是所有人，终将要登上的列车。他眼睛潮湿了。他想说，梅巧，下辈子，若是碰上了，还能认出你吗？”

蒋韵曾说过，如果有文坛，她就是文坛外的一个孤魂。其实她应该知道，我们一直都知道，她不是孤魂。她，是一棵树。一棵清峻孤独而高贵的树，一棵繁花满枝但轻盈自由如一只鸟儿的树。也许是她书中多次写过的槐树和栎树，也许更是北方原野常见的白杨。洒着绿阴，承接着阳光，有忧有惧却傲然挺立，看穿一切却又承担一切。在幽深的夜里，在无云的晴空下，这棵心爱的树，这个叫蒋韵的心爱的女人，用世间最纯粹最真实的秘密，温暖着每一缕走过的风每一颗聆听的心。

“看破红尘爱红尘”

——从《女同志》看政治权力生态中的女性命运

▲▲

莫言在2012年斩获诺奖的盛事，使得从来绵延不绝的关于中国文学与诺奖的话题一时间鼓噪而起，达到了无以复加的热闹。之后，又有国内的一些重大文学奖项，不断掀起着新一轮的“喧哗与骚动”。这样的情景，不由得让人回头打量起以往与评奖有关的一些作家作品，譬如范小青的《女同志》。这部长篇曾入围第七届茅盾奖，后遭落选。但时隔十余年我仍然觉得，相比当年摘冠的某些所谓大作，《女同志》更是一部好看而耐读的小说，是一部有读者的小说。这样的评价猛一看似乎显得太低标准，太平常，但事实上，静下心想想会发现，如今的文坛上称得上好看又耐读的小说并没有多少，因而，真正拥有读者的小说也没有多少。许多人认为现在是娱乐网媒时代，是看图时代，读者心浮气躁，只愿意消费一次性的文化快餐，而很难安心捧读四五十万字的长篇。这自然也算实情，但究其细里，道出的只是局部真相，问题的另一面是，那种真正能以作品本身的吸引力使读者安心坐下来的文学正在越来越成为稀缺的事物。所以，绝不能一味地把责任推诿给接受群体。

其实，这正是现下我们所处时代的病象之一：看似“文化”当道、文学盛行、书籍泛滥，据说长篇小说以年产三四千部的速度生长着，作品研讨会此起彼伏，但越来越多的读者却越来越远离着文学。常见的情景是，一部新作问世，马上就被炒作成“好评如潮”，或“恶评如潮”，但谁都知道，那样的“潮”，无论是“好”是“恶”，说到底都是“圈子”里的自娱自乐，并不关乎真正的人潮人海的好恶喜悲。GDP 依然在增长，城市人口终于在超过农业人口，但关注文学、真正用心读书的人数却从未有喜人的涨势，这其中的原委当然有大小内外种种因素，但毋庸置疑的一点就是，文学自身唤起人的阅读兴趣的能力在减弱。自现代主义成为新的传统，文学热衷于艺术技巧的创新，执着于思想意念的表达，漠视主题、忽略人物、淡化故事情节早已成为常态，应该说，这样的小说，自然有它无可替代的文学的实验性意义。但从接受层面看，小说，尤其是长篇小说，必须得有可读性强的故事，得有气韵饱满、呼之欲出的人物，方可吸引住读者的注意力。从这个角度说，范小青把自己归于了纳博科夫对作家所做的最传统的定位：“讲故事的人”。2006 年我初读《女同志》，最突出的印象就是，这是一部充分地显示了作者的叙事耐心，同时也是检验了读者的阅读耐心，可以培养读者纯正的文学兴趣的好作品。它直面当下社会现实，写人的处境和命运真实而贴切，不诡异不猎奇，不剑走偏锋不刀光剑影，是能引起大多数人情感共鸣的普通人的“奋斗史”。它写故事写得很老实地道，没有玩弄观念上的花样，细实绵密，稳扎稳打，情节复杂曲折但不离奇且有头有尾，与我们对生活本身的理解相一致，也符合一般读者对叙事文学的故事性的阅读期待。

小说题目很好，我相信，作者范小青肯定是懂得这个题目的醒目的。醒目的微妙、独特，醒目的反讽、挑战意味。当“同志”这个曾深入人心的称谓逐渐淡出社会主义中国的集体话语，并在另一个文化语境中奇怪地成为一个特殊人群的暧昧代称之后，“女同志”更是一种渐行渐远的记忆了。然而，一个语词的消失并不代表一个群体的消失，在当今的社会生活中，依然活跃着大批被称为“女同志”的女性。但奇怪的是，自上世纪新时期以来的小说，几乎写尽了形形色色的女性，但唯独在表现这个领域方面未曾有太多的建树。在文学话语中，“女同志”是一个遭到冷落和忽略的群体。这种现象，反映出的还是人们对女性的认识问题，好像只要写女性就天然地与宏大叙事与社会政治主题不搭边，好像只要写女性就只该是爱情婚姻的永恒主题，只该是身体叙事欲望叙事，只该是关于苦难和沦落的底层叙事。“女同志”这个称谓高调盛行在“时代不同了，男女都一样”的语境中，如今随着这个称谓的淡出，时代好像又再次不同了，好像又让女性统统回归了自然人的身份，退回到了“私人生活”，或者，只是让她们属于职场商场这些固定化概念化的领地。这种认识，实在是脱离国情，不接地气，它表现出来的只是文学的缺席，而不是生活的真实。我们知道，尽管女性解放的进程是如此任重道远，但毕竟，实际的情况是如今的女性已遍布社会公共生活的各个领域，包括自古以来专属于男人的官场。

范小青的《女同志》写的就是这样一类女性，活跃在从中央部门到地方乡镇各个党政单位的女机关干部，体制内官场上的女性。迈入新世纪后，有相当一部分小说开始涉足这一题材，以新颖的选材角度和独到的表现手法逐渐填补了一个文学领域的空白，其成绩可圈可点。范小青的《女同志》是其中优秀的一部长篇，以温婉而冷静、尖锐却不失温情的女性叙事，写出了女性的柔弱细腻和仕途官场的坚硬阴暗之间极富张力的文化对抗，表现了当下中国的政治女性群体复杂矛盾的心灵和命运。

“女同志”，只一个称谓，便框定了体制内一个普通而又特殊的女性群体的人生轨迹。“女”而“同志”，在性别和政治身份的双重规范下，在权力秩序的强力约束中，一群鲜活美丽、形态各异但正在被严酷的现实一步步格式化的女性，万丽是她们中的代表。这是一个在权力场上一步步成长起来的女同志，也是一个真正在小说细密紧凑的叙事中成长起来的人物。她初登场时，性格游移、简单，尚未定型，似乎是很随便的一次机会，她从一个中学女教师变成了市委机关女干部，人生走向由此彻底改变。用作品中另一个女性伊豆豆的话说，好戏就这么开场了。因为年轻漂亮，工作勤奋扎实，并且能写文章，从而赢得了向问秘书长的爱惜、赏识，她很快被提拔，并从此一步步卷进权力漩涡的中心。虽有坎坷沉浮，但在许多实力人物的提携帮助下，尤其是在初恋情人康季平甘愿以自己的生命为她铺平道路的奉献中，万丽的能力得到了最大程度的发掘，她在仕途上不断进步，官职不断晋升，在作品的尾声处，万丽已是南州市副市长的候选人了。

这很是一个立得起来的人物形象，她本性的善良、温情、率真，她逐渐炼就的成熟、理性、功利，她在私人空间的柔软感性和越来越趋同于环境的冷漠坚硬，她在权力场上滋长升级的欲望野心和在体制内行走的精神痛苦，她的一步步被政治撕裂、异化，和对此所做的清醒柔韧的抗争，在作品多重交织的刻画维度中，一点点地浮现，并逐渐地鲜明、丰满起来。万丽从政伊始，她的前男友康季平就评价说：“万丽，你是一个有野心的傻女孩，你这一辈子，会在无休止的欲望和善良天性的矛盾中痛苦到底，你会将这两者的斗争进行到底。”知万丽者，莫过于康季平，他这句话几乎就是对万丽未来官场生活所做的点破式的预言，同时，这也是万丽身边诸多官场女性的共同的内心情结。因为善良的天性，万丽在同行的人安之若泰地接受乡镇企业外贸加工的羊绒衫时，感到一阵阵的不安；当与她有利益竞争的女同事金美人、余建芳、陈佳等人在仕途上跌跟斗时，她不曾有一时半会的幸灾乐祸，而是从内心为她们感到痛惜；她从不抖露别人的隐私从没想过陷害别人，当向问东山再起她被提拔重用时，她没有志得意满的骄傲，而是觉得自己升迁得太快了见人都不好意思；因为善良的天性，她从没有利用过自己“年轻漂亮”的资源走所谓的“美色路线”，并对此怀着足够的警惕，当权力意志与公理正义发生隐秘的冲突时她一次次流泪，做着力所能及的反抗。她在个人生活中保留着纯粹的女人心，毫无顾虑地放弃了政治联姻的机会，不顾康季平“他不适合你他帮不了你”的反对声毅然嫁给了不求上进的小科员孙国海，只是因为“他好”；她放弃了在省委党校的毕业典礼上做重点发言的政治机会，连夜奔向生病的女儿。

这就是万丽，然而这又不是全部的万丽。全部的万丽，如季康平所言，注定了是一个要在权力欲望和善良天性中进行痛苦斗争的人，注定了要拥有清高但躁动的灵魂。从鬼使神差地偷偷报名参加机关招干考试开始，万丽便踏上了一条不归路，她一步步谙熟并顺应机关生存之道，在残酷的权力竞争中不断“进步”：从妇联的一个小干事到副科长、科长、办公室秘书、旧城改造指挥部副总指挥、区长、房地产老总，最后竞选副市长。随着职务升迁，她从一个文弱矜持的知识女性逐渐变成足智多谋、杀伐决断、大权在握的女强人，“一个越变越强悍的女人”，用女友伊豆豆的话说，“动辄一挥手，动辄一挥手，真像一个铁娘子。”她和丈夫的共同话题越来越少，连女儿看她，都是怯生生的眼神。她和康季平心心相印，情深意笃，但整个作品中写到的两人仅有的一次“幽会”，却因为精神不能完全放松、投入，而显得潦草、尴尬，与激情想象中的身心完美结合相去甚远。这样的描述看似平常而淡定，却蕴含着极其复杂的况味：仕途劳顿已在不经意间侵蚀、掠夺到万丽最隐秘、私人的空间，原本属于一个女人的简单纯粹的生活的美，和自然生命的欢乐之感，都从她的指尖渐渐丧失着。爱与被爱的能力，在另一种社会政治能力面前日见萎缩，不攻自破。小说接近结尾处有这么一个令人心酸的情节，康季平死后，她有一天去他的墓地，她计划不接任何电话，不想任何事，就那么静静地陪他一天。然而一接领导秘书的电话，她又本能地以最快的速度离开了那里，把康季平远远地抛在了墓地。

这是一个已然成长起来的万丽，在对权力的趋同，对功名的追逐中，她终于百炼成精，立于不败，但同时令人倍感温暖的是，这依然是一个“未完成”的人物形象，就像她那悬而未决的最后的职务一样。虽然工作已经占据了她全部的心思，“上进”之路已经侵吞了她所剩无几的个人空间，她作为女人的那一部分心性在严重地扭曲着，她的心灵发生了太多的畸变，她的人生在逐渐地被格式化，但尽管如此，万丽却绝非一个在名利场上如鱼得水心安理得地享用既得利益的官场中人，绝非在权力虚幻的光环下忘乎所以的浅薄之徒。在人性与现实的冲撞中，权力意志与性别文化的潜在抗争中，她依然有矛盾有挣扎，有理想有迷惘，她的个性和良知依然在顽强地生长着，她对政治对个体生命的异化，体制与秩序对个性心灵的强力规范有着清醒的认识。小说中几次写道：“万丽就觉得，自己心里那块坚硬的东西，继续一点一点地在扩大，在扩大。她想制止它扩大，但她制止不住。”“我的心在一点一点地坚硬起来，而且越来越坚硬，我要是不硬起心肠，我就工作不下去。”这实在是颇有意味的心理刻画，一个在权力漩涡中日夜费神的女性，却时刻关注着自己的内心，并对心灵的变化保持着如此的警觉，这说明在万丽日益强悍的铁娘子的外表下，依然掩藏着一颗敏感多思的女人心，在显赫的生活中她依然存留着强烈的痛感，她从未曾丧失拒绝被权力异化和奴役的独立品格，她是清醒的。

但问题是，清醒了又能怎样？醒后又去向何处？在对权力的追求本身中，又如何有效地抵制权力对人性的侵蚀？权力就像是无人能摆脱的魔咒，牢牢地控制着每一个对它心生向往的人，谁也不想急流勇退，而向上的路又是步履维艰，稍有闪失就可能前功尽弃，覆水难收。万丽身边的女同志们一个个饱尝着这样的辛酸：精明强悍的金美人一路风光，却只是因为无心纠正了首长把油菜认成萝卜的错误便戛然中止了接待处长的生涯；一贯作风谨慎的许大姐为给丈夫求官导致晚节不保；年轻清高的女研究生陈佳因与上级的恋情给仕途蒙上了阴影；潇洒历练的美女伊豆豆为了要给爱情一个交待，结束了自己的婚姻，结果却吓跑了多年苦恋她的男人，他不愿意拿半生的功名去换爱情；最惨的是余建芳，她兢兢业业，克尽职守，完全是体制内的顺民，但就在要上任县长职务时，却因为“私情”败露而丢掉了这一步步熬到爬到的位置，功亏一篑。

这就是这些体制内女同志的人生境遇，如作品中所说：“机关的女同志，是捂熟的花，开也是会开的，但不新鲜不生动，刚刚开出来，就好像已经枯萎了。”但在透视这未开先衰的悲剧性时，其实也不应该忽略事情的另外一个方面：某些女同志在政治上的落难恰恰因为是人性上的复归，坚硬的政治铠甲并没有从根本上磨灭她们内心深处对爱、对真情、对温暖的渴求，强大的权力意志也未能使她们的女人性消失殆尽。当一贯“满脸形势政策”的余建芳置功名前途于不顾，忘掉一切地扑到她暗恋的生命垂危的情人身上，“谁也拉不起来”时，那一瞬间她完成了从一个“女同志”向“女人”身份的回归，她丢掉的只是一个官位，她捡起来的才是一个本真的自己。所以后来，众人视野中的余建芳并无落魄潦倒之感，她依然踏实平静地工作、生活着。幸耶？不幸？成败得失来得如此残酷甚至荒诞，身处这样的环境，万丽常常感到渗骨的悲凉。然而她人在官场身不由己，她只能像康季平要求她的那样：“看破红尘爱红尘”。说来，红尘之事，人们往往痴迷于其中，最难是“看破”，但一旦“看破”，便也就冷了那份“爱”之心。所以，既要“看破”，又要去“爱”，这实在是一个不低的境界。《女同志》正是从这个角度，反映了身处红尘中的女同志万丽和红尘之间极富微妙的关系，凸显了万丽这个人物形象极富厚重和张力的模糊性。昆德拉说：“如果说小说有某种功能，那就是让人发现事物的模糊性。”本雅明也说过，真正优秀的小说，是“在生活的丰富性中，通过表现这种丰富性，去证明人生的深刻的困惑”。我想《女同志》就是这样一部让人发现了事物的模糊性，并证明了人生深刻的困惑的好小说。

也正是因为万丽这个人物的特质，《女同志》才与多年来盛行不衰的所谓官场小说区分开来，范小青的着力点，不在于描绘官场的阴谋斗争，那些形形色色的有关权力的潜规则，不在于暴露社会的黑暗、欲望的沉浮和人性的堕落，她所做的是向内心挺进，她关心的是人的灵魂。通过万丽这么一个官场女性，小说要表现的依然是文学恒常的主题，要追寻的依然是能够温暖普通人的那种爱和真情。这种爱和真情也许在当今的生活中已日见稀薄，但却真实地存在着，而且永远比权力更为深刻广大，更富有力量。基于这样一种认识，范小青在作品中，对体制和个体生命的对峙其实做了温婉柔曼的处理，情节推进中也完全打破了一写官场就要写腐败写交易，写人进了官场就得学坏而一学坏就马上官运亨通的模式，在万丽的成长道路中，我们看不到这样现成的公式，范小青没有把万丽处理成当下官场小说中那些被权利奴役，也被作者的模式化写作奴役的“符号”式的女性形象。很多次关键处，读者都悬着颗心，好像万丽就要“学坏”，好像整个环境中有形无形的力量都在拉扯着人物下坠，然而，终是没有。范小青在可靠的叙事中，让人物避免了在太多既定的思维中似乎必然遭遇的命运，让她的女同志万丽不管有多难，不管如何机关算尽，但在内心始终信奉着那些正面的价值：作为一个干部的工作能力和热情，作为一个知识分子的理想和思考，作为一个女人的情感和品格。康季平的朋友，有闲云野鹤之美名的肖世平第一次见万丽，就评价说：“万丽是个聪明的老实人。所谓聪明，就是能看透事物的本质；所谓老实，就是看透了以后，仍然做自己应该做的事情，不做自己觉得不应该做的事情。”这句话，对于万丽，算得上是一句中肯的评价，但从根本上说，这也是一种过高的期许，几乎不可能实现。身为官场中人，每一步都如履薄冰，殚精竭虑，怎么能坚持“只做自己应该做的事情”？在一个由“控制”“支配”“领导”“服从”这些关键词构成的权力生态中，一个人如何才能“不做自己觉得不应该做的事情”呢？事实上，万丽许多次无奈地做过违心愧悔的事，利用他人，欺瞒上级，背叛友情，这一切注定是无法避免的。但可以肯定的是，万丽始终以“做自己应该做的事情，不做自己觉得不应该做的事情”监督着自己，考验着自己，她在原则问题上坚守着良心、道义的底线。作品结尾，万丽再次遭遇强大的对手，面临严峻的考验，她是否会接受叶楚洲的建议，为扳倒对手不择手段呢？作者有意在这里结束小说，就是要为读者留下一个意味深长的悬念。我觉得，按照万丽自身的成长逻辑，她依然不会为了副市长的位置去做她“自己觉得不应该做的事情。”她虽爱“红尘”，却早已看破、参透，她不会为了“红尘”彻底弄脏自己。现在的她，早已不是故事开头时那个清纯稚嫩的女孩了，但她还是尽力让自己沐浴着斑驳的阳光，她应该是光明的。

钱钟书曾在《围城》中发表议论说，女人参与政治，对政治而言，无异于灾难。这是标准的男权中心观点。《女同志》这部小说，和小说外的现实生活中如许多叱咤风云的女同志，都证明了钱钟书这句话的腐朽和狭隘。但问题是，一代代传承下来的文化传统中，官场确乎是一个女性不该涉足的领域，就是在今天，在我们大多数人的观念里，政治依然是男人的政治，而大多时候事实也是如此。范小青作为女性，她其实是深知这点的，深知这些女性作为政治人尴尬的生存境遇，深知在强大的文化和体制双重规范下女性所付出的沉重代价，而社会洪流中，能够决定一切的依然是男人，所以，她笔下的每一个女同志，她们的荣辱兴衰几乎都和男性有着直接的联系，成也男人败也男人。从这里，我们看到了作者范小青在这部作品中表现出来的温婉冷静但又无可遮掩的女性立场，以及从女性立场出发的深刻的社会批判和文化批判的主题。

因此，不能不提到万丽身边的男人。万丽的进步可以说直接来自于向问秘书长（后来是组织部长）的赏识和提拔，后来，又是叶楚洲以雄厚的经济实力帮助她挺过难关，宣传科长赵军在万丽最失意时给过她帮助，就连那个拉着万丽的手说黄段子的让万丽惧怕不已的董部长最终也还是帮了万丽，这些男性人物的青睐，基本保障了万丽在艰难仕途上的顺利前进。更不用说康季平了。康季平，这是成功女人万丽“背后”的那个男人。他的存在就是为了万丽的存在。他为了心底对万丽一生一世的爱，也为了青年时期对万丽的亏欠，简直做到了为万丽的发展肝脑涂地无怨无悔的地步。是他帮助万丽走进机关，帮她揣测上司所好，帮她理顺同事关系，是他为她每一步的升迁做幕后高参，帮她做出正确的选择，是他高瞻远瞩费尽心机让她上了免试的研究生，先于他人实现了高学历。是他为她铺就了一张上通下达的关系网，上至省官大秘下至民间贤达，只要对她有用的人和信息他都四处去捕捉，为此不惜喝酒给自己的身体以致命的打击。是他连夜飞北京，为了让处在紧张工作中的她在那儿感受到“身边有他”，是他，在生命垂危的阶段，为了不让她操心谎称自己在国外，而在医院的病床上用电子邮件帮她解决着一个个难题。是他，因为怕她伤心，死都不肯死在她面前。

康季平，就是这么一个至情泣血、生死相许的男人，有关他的一切是这部作品最感人的所在。这么一个人物，让我们油然想起了“爱，是不能忘记的”时代，想起了新时期初一代女作家所精心构建的那些理想男性形象。那些完美的男子，代表了女性最高的爱情理想，同时也是女性的人生理想和生命追求的最为直接最为显明的外化。但自上世纪 80 年代中后期开始，女性主义文学话语便终结了“男性神话时代”，尤其到上世纪 90 年代，中国的女作家集体性地“不谈爱情”、驱逐男人，文学视野里几乎找不到一个“正常”人格的男人了，更遑论什么理想化的男性。可以说，男性已被置于万劫不复之境地。而《女同志》，却以精心塑造的男性形象康季平让读者重温了尘封已久的一种感动和浪漫。这不能不说是作者范小青在新的时代为女性文学所做的贡献：走出简单的两性对抗，建构双性和谐共处的人类终极理想。

但问题也就出在这至纯至真的人物身上。且不说小说对这个人物的过于理想化、神秘化的艺术处理，单就他和万丽的关系来说，虽然在生活中被这样一个男性珍爱着一路扶持着，当是做女人的最大幸福，但在这样一部表现人生深刻的困惑的作品中，康季平的存在毫无疑问毁损了万丽这个形象的普遍性意义。万丽真是太幸运了，并不是所有在“善良天性”和“权力野心”的交锋中挣扎的女同志，都能拥有这么一个爱人。万丽的“进步”之路险象环生，风生水起，但因了康季平的奉献，就显出了现成，轻飘，有点有惊无险的感觉，因而使得小说对女同志这一群体的艰难生存处境的表现打了折扣，可以说，作品在重新建构了男性神话的同时，很大程度上消解了“女同志”这个话题的沉重、深刻和悠长。尤其是到了最后，得知向问原来就是康季平的舅舅时，所有的疑惑便都有了答案，我相信读者会有一种受骗的感觉——原来如此。如此巧合，如此完满，如此山重水复但水到便是渠成，如此千辛万苦却原来早有佳人玉成。

这样的人间难得几回闻的爱情和浪漫，或许源自许多女作家共有的内心深处的理想主义情结，范小青也不例外。但对于《女同志》，它是一道美丽的樊篱，阻碍了作者向幽深的人性和人心做出进一步的探索，使得这部小说在一种有难度的写作道路上出现了相当程度的滑坡。尽管如此，在大多数普通读者看来，这仍然是整个故事中最好看最让人情不自禁地掉泪的高潮情节，仍然是这部小说之所以吸引人的魅力所在。在人心不古的后现代社会，太多的人只能在内心中保留着对一份恍若天籁的爱情的向往和存念，而除了文学艺术，还有什么能春风化雨般抚慰人生的残缺，为尘世中的我们馈赠这样一种弥足珍贵的安慰呢？

朝阳为爱升起

▲▲

岁月白驹过隙，台湾著名女作家三毛告别滚滚红尘已有许多个年头了。在这些年里，她的著作被海内外众多出版社一版再版，收集日趋全面，装帧更加精美。作为当年被有些人视为通俗文学作家的她，身后丝毫未曾减弱影响，而以永恒的艺术魅力更彻底地震撼了全球华文文坛，其文学史地位已经典化。大浪淘沙，真正的文学是历久弥新，永不会被时空阻隔的。

三毛是一个天才且勤奋的作家，在短暂的人生岁月里留下了近三十部著作。她的创作，一般被分为三个时期。前期作品，是少女时期创作的小说散文，结集为《雨季不再来》，其中作品大多内容感伤，有一种追求幻影的悲剧美。三毛自己曾做如此评价："这本《雨季不再来》的小书，代表了一个少女成长的过程与感受。它也许在技巧上不成熟，在思想上流于迷惘和伤感，但它的确是一个过去的我，一个跟今日健康进取的三毛有很大不同的二毛。"（《雨季不再来》自序）三毛中期的作品，是她离开台湾在国外结婚以后创作的大量小说散文，收在《撒哈拉的故事》《稻草人手记》《哭泣的骆驼》《温柔的夜》四本集子中。这些作品相比前期风格骤变，健康，豁达，洒脱不羁，令人耳目为之一新。三毛后期作品，主要指丈夫荷西逝世后创作出版的著作，有散文集《梦里花落知多少》《背影》《万水千山走遍》《送你一匹马》《倾城》《我的宝贝》《闹学记》《我的快乐天堂》等，书信集《谈心》和《亲爱的三毛》，电影剧本《滚滚红尘》和一些译作、有声书。这个阶段的三毛写尽了人生的生离死别，巨大的悲痛使先前洒脱幽默的文笔转而变得深沉、忧郁，字里行间抹不去刻骨寂寞。但三毛终于走出了哀伤，苦难的磨练使她更成熟、更坚强。相比那个活在浪漫爱情里的传奇女子，我们从后期作品看到的是一个在理想的执着、艺术的坚持、人生的期许上更入世的三毛，更有韧性精神的三毛。她以血泪为代价，把特殊生活的经验凝结成艺术的花朵奉献给读者。这个阶段是三毛对写作和生命最有信心的时候，也是她人道主义理想和热情最昂扬的时候。

曾有一些人认为，三毛中、后期作品主要以异邦情调、他国风光吸引了读者，以特殊生活经验打动了读者。因此曾把三毛和同样游历过撒哈拉沙漠的新加坡女作家尤今相提并论。这种说法，从强调内容的重要性来说，自然有一定道理。但我始终认为，重要的是“怎样写”，而不是“写什么”。三毛作品不仅选材独特内容新奇，更重要的是绝无仅有的艺术风格，非尤今式的游记散文可比。与描摹绚丽风光相比较，三毛首先是一个写人高手，人物形象的摇曳多姿，是三毛创作的重要特色。通过写多样化的人，三毛揭示了生活的丰富性与复杂性。三毛的语言艺术更是形象生动，风格多样，独树一帜。随着情景的变化，或活泼通俗，幽默诙谐，或沉重忧郁，凄婉缠绵；或古典蕴籍，风姿绰约，或返璞归真，简洁如话。文学是语言的艺术，语言的特色和质地把不同的作家截然地区分开来。三毛文字的美感无可比拟，有不同凡响的语言活力，是一种极端的风格。

三毛作品最独特的艺术魅力，是她善于开拓展现十分丰富的情感世界，以情取胜。无论是哪个阶段的作品，无论是小说散文还是剧本，都洋溢着浓郁的抒情色彩。她的笔尖总是蘸满感情，一种特有的温柔亲切，委婉细腻。而她所以能那么自如地抒真情，发己见，是与“以我手写我口”的写作理念有密切关系的。在她所有的作品中，“我”都是事件的目睹者或亲历者，通过“我”对人物和事件的真切感受，自然而直接地表露审美感情，并积极发挥美学评价作用。小说《哭泣的骆驼》中，对摩洛哥侵略者的憎恨，对游击队领袖巴西里夫妇的敬爱与同情，都是通过作者感情浓烈的文笔来表现的。反映黑人奴隶的悲惨命运的作品《哑奴》更是字字含泪，哑奴的痛苦、绝望，对妻儿热烈的爱和对奴隶主强烈的恨，在三毛的笔下被表现得那么细致，体贴得那么入微。长歌当哭，谁最理解？谁代诉说？出神入化的文笔背后是三毛对受苦受难者爱得那么深沉的心。在这里，打动读者的并不是什么猎奇的故事，而是生活在最底层的人物身上闪耀的人性美和人情美，是作者对苦难情感、对人间至爱的挖掘和表现。

散文集《撒哈拉的故事》使三毛一举成名。该书描写了奇特而富有情调的流浪生活，但作者不追求故事情节的戏剧化，而着力描绘生活的本色，不造作，不故弄玄虚，只是把真情实景以娓娓长谈的方式形象地再现于读者面前。如在《平沙漠漠夜带刀》《结婚记》《白手起家》等文中，把“我”初见撒哈拉沙漠人情风俗时的恐惧、惊喜和赞叹，在沙漠婚礼中感到的幸福和自豪，沙漠生活的孤寂和艰辛都写得活灵活现，使人如临其境，如见其人。三毛曾说：“我的文章是身教，不是言教”（《两极对话——沈君山和三毛》）。这些作品不见一句空洞的说教，而以最真实的心路历程告诉读者：“全沙漠最美丽的家”是用毅力、汗水和智慧建成的。生活中的强者，永远是那些知难而上，用行动改造自己，同时改造环境的人。“我手写我口，抒我情”，读者由此不仅了解了沙漠和沙漠生活，更认识了三毛这个人。她的多才多艺、有情有爱，她的乐观勇敢、时时把快乐传播给人的个性，她遇事冷静、善于化解危机的智慧，和充满正义感、路见不平即拔刀相助的侠女作风，都跃然纸上。《撒哈拉的故事》就是这样一部抒发对生活之爱的书，清新、悠远而又情深意浓，像一幅呈现开朗天地的画，把人心都洗干净了。

三毛曾是无数读者心中的梦想，三毛和西班牙人荷西的爱情婚姻则是这梦想的浪漫经典。三毛说过“真正的爱情，绝对是天使的化身”。从《撒哈拉的故事》《稻草人手记》《哭泣的骆驼》《温柔的夜》等书中，我们认识了三毛和她的爱人，了解了他们共同营建的那一份生死相许的爱情。三毛的一枝生花妙笔写尽了爱的幸福，一份美好浪漫、生机盎然如沙漠玫瑰的婚姻生活。三毛说：“我的写作生活，就是我的爱情生活；我的人生观，就是我的爱情观。”（谈话录《我的写作生活》）三毛的作品其实就是一篇篇坦诚的情感剖白，其深情溢于笔端，浓得化不开。但命运多舛，这一段神仙眷属的生活令人扼腕地结束了。1979 年秋，三毛的丈夫死于潜水。三毛的生活和创作从此走进了另一种情感世界。1981 年出版的集子《梦里花落知多少》篇篇情真、情深、情浓。三毛把她对丈夫荷西的追忆、眷恋、痛惜和怀念写得字字血泪，哀伤感人，那刻骨铭心的倾诉使无数读者热泪如倾。苍天！为什么一瞬间花落人亡？这是三毛杜鹃啼血的声音。但她并没有因为这一巨大打击而一味地消沉下去，而是“偏偏喜欢再一度投入生命，看看生的力量有多么的强大而深奥”。她只身回到了非洲加纳利群岛上她和荷西的家，顽强的活下去，并且继续写作。这种热爱生活、探索人生和在坎坷中奋斗的精神，令人振奋，给人力量。

爱和感激是三毛后期作品的情感基调。经过人生之剧变，三毛对人对事有了非常独特的认识。这种从痛苦中沉淀的深刻思考使三毛对生死处之坦然，而对现时的生命更充满了悲悯的珍惜。至情不死，一刹永恒。《梦里花落知多少》之后，读者看到的是从一己的悲伤中走出来的三毛，从个人情爱走向人类大爱的三毛。不见一字故作玄虚之词，依然是三毛式的春风化雨，最真挚的情感倾注在字里行间，体现着思想之结晶，深化着作品的主题。写父母之爱的名篇《背影》，选取了父母艰难独行的背影作为抒情的泉口，字字融注了父母对女儿苦难的痛惜，句句饱含了女儿对父母的感恩和深情："孩子真情流露的时候，好似总是背着你们，你们向我显明最深的爱的时候，也好似恰巧都是一次又一次的背影。""什么时候，我们能够面对面的看一眼，不再隐藏彼此，也不只在文章里偷偷地写出来，什么时候我才肯明明白白地将这份真诚在我们有限的生命里向你们交代的清清楚楚呢？"这种发自内心的真情实感，浸透在伤感的泪水中，但一点也不软弱，反显出了生命本色的力量和爱的强大。正如文中所说："爱到底是什么东西，为什么那么辛酸那么苦痛？只要还能握住它，到死还是不肯放弃，到死也是甘心。"

《送你一匹马》是后期写人类大爱的一部重要作品。三毛在诸多篇什里表现了亲情、友情、师生之情，以及在生活中感受到的种种关爱和鼓励，并且愿意把这种爱传递下去，以回报社会的赤子之情。在这本书里，她对自我有执著的反省和更大的突破。这是一个为公众超负荷燃烧的三毛，一刻不停地教学、讲演、座谈、开专栏、通信的大家的三毛。没有矫情的辞藻，没有故作高深的行文，爱和智慧使她在面对读者和学生时，不诠释又诠释了很多；不传道，事实上却传了道；不强迫别人，却又带给许多人自信、自爱、责任、感恩的观念。她启发，但不灌输。她是踏实的生活者，而不是形式的追求者。三毛写到这里，已是完全的天然去雕饰，文法活泼多样，风格清新洗练，简洁而又摇曳生姿，尽得风流。三毛全身心地投入到了人文的建设中，投入到了社会公益事业。其用心之苦，用情之专，其润物细无声的精神得到了全社会春风吹又生的回报。

三毛心神活泼，不拘形式，宽容博爱，不狭隘，热爱每一个真诚优美的民族，是真正的性情中人。但她在大方向上又坚持原则，对于家国故乡有很强的认同感和归属感。她一生中有十四年游历在国外，足迹踏遍大半个地球。但无论是在世界上哪一个角落，她都没有忘记自己是中国人。在散文《西风不识相》里，三毛谴责了洋鬼子以强国自居而任意欺辱中国留学生的卑劣行径，揭示出要做一个真正的炎黄子孙，就必须与不识相的洋鬼子进行斗争这样深刻的主题。《亲不亲，故乡人》一文中流露的爱国之情，更是深深地感动着读者："在台湾，也许你是你，我是我，在路上擦肩而过彼此一点感觉也没有。可是，当我们离开了自己的家园时，请不要忘了，我们只有一个共同的名字——中国人。"即使是写游记，叙事绘景中也融汇着对故国的情感。每当异国美景稍似祖国风光，那向往和眷恋之情，是那样自然而急切地凝聚于她的笔尖："我更加温柔地注视着这片杏花春雨，在我们中国的江南，大概也是这个样子吧！"（《逍遥七岛游》）三毛曾说："中国是血脉，西班牙是爱情，而非洲，在过去的六年来已是我的根。"（《归》）但在血脉深处，只有中国才被她视作真正的根。1989年，"万水千山走遍"之后，三毛决定"终于选择，我最不该碰触的，最柔弱的那一茎叶脉——我的故乡，我的根，去面对"（《悲欢交织录》）。在大陆母土，三毛不再是观光旅客的心情，而是游子回归的悲欢交织。她情难自抑，几番泪下，而记录在文字里的却是半世漂泊之后的淡然、安详，看似云淡风轻，实则蕴藉沉潜。站在鸣沙山的大漠长风中，三毛疲惫而深邃的目光穿越了时空茫茫，看清了自己的去处和来处。她这样说："我的生命，走到这里，已经接近尽头。不知道日后还有什么权利要求更多。"(《夜半逾城 敦煌记》)是一种尘埃落定的完成感和归宿感，是对自己终其一生的流浪生涯的总结，也写尽了对祖国再也无法用言语表达的那一份血肉相连的深爱。

"我的这一生，丰富，鲜明，坎坷，也幸福，我很满意。"(《假如还有来生》)这是三毛对自己人生的评价。昨日的她，雨季中的忧郁少女，蜕变为撒哈拉沙漠里风情万千的快乐妇人；然后经历人生之剧变，在丧夫的惨痛打击下，沦为万念俱灰的悲伤女子；继而又像浴火凤凰一般热烈燃烧起来，化身为发光发热的名作家。三毛的人生经历，就是这样的大起大落。她一生没写过虚构的故事，她只写自己。她写了自己的大起大落大悲大喜，也从根本上写出了人类之爱的美好、强大和永无止境。很少有作家像她一样做到了如此不折不扣的文如其人，文即其人。傅雷先生有一句话："如果东方的超脱、明哲、智慧与西方文学的热烈活泼、大无畏精神融合在一起，人类可能看到另一种新文化的出现。"以此来形容三毛的文化品位恰如其分。三毛正是集东方的超脱、明哲、智慧与西方的热烈活泼、大无畏精神于一身的女子，是我们时代的一个传奇。

1991年1月4日，三毛离世而去，经过生命的大冲击、大转折、大荣耀之后，终由绚烂归于平淡。她把完整的自己留给了读者。她是一本万壑千峰、奇花异树的大书，一部美与和谐的人生启示录。她的作品以其特殊的写作风格和美学品质，强烈的艺术个性和内在的生命力吸引了、滋养了一代读者，是真正让人读不厌的鲜明、丰富、有血有肉的文学。人类永恒真情不绝，三毛的文学便不会消逝。

三毛说：“岁月极美，在于它必然的流逝：春花、秋月、夏日、冬雪。”三毛使我们懂得的正是这个：生，如夏花之灿烂；死，如秋叶之静美。

鱼对水的绝望

▲▲

大部分人知道李碧华的名字是因为电影《霸王别姬》。这部出品于 1993 年的电影，不仅在当时票房大卖，且荣获多项国际大奖，更重要的是，光阴荏苒中它越来越奠定了华语电影的经典地位，二十多年来，一直被追赶，从未被超越。《霸王别姬》的成功当然是因为集合了一部电影之所以成功的一切元素，但其中最不应被忽略的是李碧华原著小说的功不可没。可以说，电影《霸王别姬》懂得李氏作品的底色和精髓，拍出了世事沧桑、岁月幻丽中的侠骨柔情，爱恨刻骨，那种“通俗中见斑斓，曲高而和者众”的好。

事实上，李碧华早在二十世纪八十年代，就以“继琼瑶、亦舒、林燕妮等之后的又一个言情小说女作家”这样的定位成名于港台文坛了。走不尽的情天恨海，说不完的痴男怨女，两性情感从来都是文学不变的主题，李碧华的作品一以贯之言情小说的内容和路线，改编为影视剧后，赢得了巨大的市场卖点，被读者、观众、媒体和评论界广泛关注，享誉海内外。但究其实质，李碧华又是极不同于其他的言情作家的，她的小说以其独特的内涵、深刻的主题、妖艳诡异的文风和独辟蹊径的艺术技巧，拥有着纯正的文学品格。李碧华是言情的，她写尽了人在情感和爱欲中的百味人生，表现了堪称绝唱的爱情追求。她擅长写情，但又不止于写情，她在写情中融入了历史的、社会的、美学的、哲学的意蕴，她笔下的人物独具一格，有着复杂丰富的心灵世界，故事不落窠臼瑰奇诡异，雅俗共赏，非一般言情小说可以比拟。李碧华开辟出了介于严肃小说和通俗小说之间的第三条道路，她在港台文坛乃至全球华文文学界，都是一个极其独特的存在。

我觉得，李碧华的小说首先属于“好看小说”，其文本给人的阅读快感是无可比拟的，可谓一路奇峰迭起，奇花异树，风光无限。李碧华扣人心弦、发人深省地塑造了一系列女性形象，对这些女性的情感、生活和命运做了深度探索。在两性书写这样古老的主题框架里，她完成了完全迥异于一般爱情小说的创新。在对女性性别宿命的描述中，她传达了自己的情感和价值取向，表露了鲜明的女性主义视角和立场，以独树一帜的艺术创造性表现了女性主义写作的反抗姿态。

女性是李碧华小说绝对的主角，在纯然的女性叙事中，每一个故事都是女性的故事，每一个女性形象都是鲜活生动、呼之欲出的。她们无一例外地具有美丽绝伦的容貌，同时又无一例外地甘愿为情而痴为爱而狂，不惜付出一切的代价，包括生命。《秦俑》中的冬儿在强大的帝王威势前毫无惧色地将活下去的机会送给蒙天放，自己像一只火凤凰纵身扑入火海；《生死桥》中的丹丹为了夺回失去的爱情，甘愿抛弃生命与尊严；《诱僧》中的红萼公主在战乱中用自己柔嫩的胸部为石彦生挡住了致命的一剑；《青蛇》中的白蛇为许仙上天入海、求盗仙草、水漫金山；《霸王别姬》中的菊仙为段小楼洗尽铅华，落魄时从不离弃，危难处挺身相救；《潘金莲之前世今生》中的潘金莲，情路坎坷欲海沉浮，但对武松的爱永远是纯粹的，不计代价的；《满洲国妖艳——川岛芳子》中的川岛芳子冒着巨大的政治风险，救出身陷囹圄的情人；《胭脂扣》中的如花为十二少诀别人世繁华，青春花容从容赴死，到阴间后因不见旧人音讯又毅然付出折寿的代价重奔阳间苦苦寻觅……

就是这样一群女人，爱得痴情狂烈，无一念功利算计，不留一丝苟且退路。这样的女人，应该是女人中的极品。然而，在女性几千年来被遮蔽被书写的历史中，她们却被男权文化视野界定为人所不齿的“妖女荡妇”。是的，她们当然不是传统意义上的好女人，她们出身卑贱，“不是婊子就是戏子”，不符合男权文化所期许的“天使贞女”的形象，但她们从本质上绝非妖女荡妇，她们身为下贱却从不自甘堕落，在红尘泥淖中苦苦挣扎只是为了内心纯真的渴望。她们只是些活在爱情中的女人。就因为“本分的东西都成奢望”，因为本该拥有的一切却拼死都难抓住，这些本为平常的女人才变得疯狂、叛逆、另类。

不肯认命、敢做敢为的抗争意识是李碧华赋予她的女性人物的最耀眼的光彩。冬儿是为秦始皇求长生不老药的五百童男童女中的一员，她的命运只能沿着既定的轨道发展，不可走错一步。然而当她遭遇到初恋，她做出了最彻底的反抗：抛却了童子身，并进而离开队伍扑向爱人的怀抱。她让爱情战胜了王权淫威，她以死挑战了不自由的生；芳子一生都在抗争被出卖、被背叛、被利用的命运；青蛇不甘于在西湖断桥下只做一条蛇，不甘于永远在姐姐的故事中扮演一个配角，她敢爱敢恨，敢作敢为，最终手持利刃结束了负了姐姐和自己的男人的性命；丹丹不甘心生活在平庸男人的羽翼之下，她不断从失败和挫折中奋起，硬是在上海滩闯出了自己的一片天地；菊仙勇敢地挣脱了妓女的生活，无畏地面对着抗争着一生中无休无止的世俗冷眼、战乱灾难、政治迫害，和永难摆脱的宿命的三个人的情爱纠结；如花向不让有情人终成眷属的黑暗社会做出了惊世骇俗的反抗，就是在阴曹地府，她都没有一丝让步；潘金莲在奔赴来生的路上，一把推开孟婆茶，字字见血地立誓：我不要忘记，我要报仇！

就是这样，李碧华的女性主义立场是鲜明而决绝的，她塑造了这样一群光彩照人的女性形象，歌颂了她们惊天地泣鬼神的爱情追求，但同时却让她笔下的男性几乎毫无例外地软弱、自私、委琐、渺小，他们是担当不起那样的女人、那样的爱情的。这其实是一些不相配的爱情。对男性劣根性的剖析，对男人深沉的失望和愤怒贯穿在李碧华的所有作品中。在《青蛇》中，她借白蛇之口这样评价男人："那是一种叫女人伤心的同类——苏小小的男人，叫她长怒十字街；杨玉环的男人，因六军不发，在马嵬坡赐她白练自缢；鱼玄机的男人，使她嗟叹：'易求无价宝，难得有情郎。'霍小玉的男人，害得她痴爱怨愤，玉殒香销；王宝钏的男人，在她苦守寒窗十八年后，竟也娶了西凉国的代战公主——"

这就是两性的历史，这就是被那些美丽的女人用生命爱过的男人，薄情寡义，负情弃义。他们没有一个是值得信任的。就是因为他们的懦弱、退缩、苟且，女性才不得不以柔弱之躯迎战外界社会的天网地网；就是因为他们的负情、背信、釜底抽薪，女性倾尽所有背水一战，却失去了身心最后的栖息地；就是因为他们自私、残忍、霸道，女性在千疮百孔伤痕累累后还要被钉在永远的耻辱柱上，男权话语一统天下的书写历史是永远不会还她们以本来面目的。

李碧华也不是对天下男人一网打尽，她也塑造了"好男人"的形象。蒙天放的痴情，石彦生的英勇，武龙的忠厚，唐怀玉的体贴，十二少的风情，段小楼的忠诚，正因为男性具备了这些可爱的特质，女性们才焚心似火地投入。可是再做更深入的剖析和挖掘，就会发现女性的爱情在绝大程度上是盲目的，这些男性在故事中的表现终究是“不可爱”的，他们不过是一群懦弱而自私的男人罢了。他们在关键时候没有能力保护自己所爱的女人，而且常常在女人的庇荫底下苟活于世。李碧华无情地揭穿了这些男人伟岸美妙气质下的利己主义心态和软弱无能的懦夫相。可以说，这些男人在女人的爱情女人的命运中，最终只是完成了他们唯一能完成的使命：背叛。李碧华笔下比比皆是的男人的背叛，残酷地毁灭了女人的生命，扼杀了女人的信仰。《潘金莲之前世今生》中的武松的虚伪残忍，《诱僧》中的石彦生的反复无常，《满洲国妖艳——川岛芳子》中的芳子的父亲和情人对芳子无休止的背叛，《霸王别姬》中的段小楼在红卫兵小将的严刑逼供下终于“霸王意气尽”，致使在任何逆境中都不曾低头的美丽强悍的菊仙含恨自尽，《胭脂扣》中的十二少在爱人殉情后，背信失约，苟活人世，形如僵尸，“命比拉面还长，越拉越长。”为着他，如花死了两次，第一次生命虽灭却怀着对爱的眷恋，等待50年后灵魂返世真相大白，如花生生地又被杀了一次，更不要说《青蛇》中的许仙，许仙是集中了男性所有劣根性的一个典型形象。李碧华毫不留情地戳穿了他“翩翩美少年”的皮囊下委琐、疲惫、始乱终弃、临阵脱逃、贪生怕死的性格特征和精神实质。他本身就是个令人生厌的角色，哭哭啼啼、婆婆妈妈、朝三暮四、水性杨花。青蛇从一开始就很清楚，“许仙并不好，但我俩没遇上更好的。”许仙更是一个阴险奸诈之徒，他懦弱的外表下隐藏着一颗精明异常的心。他不仅早就洞悉白青二蛇妖身的秘密，却佯装不知，坐观其两女子对他的痴恋争夺，心安理得地享受她们所有的奉献。更为卑劣的是，他拥有了美如天仙的白蛇后，又勾搭更鲜嫩的青蛇，伺机携款私奔。“整宗事件，他获益良多，却始终不动声色。”“他简直是财色兼收，坐享其成。”就这样一个无耻卑劣的男人，可怜的白蛇却为了他冒死偷盗仙草，违天命斗法水漫金山，甚至不惜残忍地割断与青蛇相依为命的姐妹情缘。

这就是李碧华的经典爱情叙事。这样的爱情里，少了太多通常言情小说中的浪漫和甜蜜，拂之不去的是刻骨的悲凉。爱情是女性人生的第一要义，却往往是男性求生、求名、求利的牺牲品。女性把最美的时光、最宝贵的爱情给了男人，但她们最终却找不到一个可以依靠的坚定的肩膀，抓不到一双同甘共苦的手。她们爱情的对面是一片虚妄。她们在无底的绝望中，也许最终爱的只是自己的爱情。许仙说：“我不相信这样没有要求的爱情。”这句话可谓是对男人背叛真爱的注脚，深刻地说出了白蛇和许仙、李碧华笔下众多的美丽女性和不堪的男性之间的大不同。男性本质上是没有爱情信仰的人。这是不同性别的人的本色和质地的不同。李碧华以如此清醒独立的女性意识深入地剖析了男性的劣根性，表现出她对男性无以复加的深深失望、鄙夷，和对整个男权社会的有力质疑。

西方著名的女权主义批评家艾莱娜·西苏说：“女人不是被动，便是不存在。”是的，女性只能被动地要求爱或不爱，而无法主动地索取爱。女人只有恪守被动的品质，任何主动的主体的追求都被视为离经叛道，必然遭到男权传统文化的唾弃镇压。因此，李碧华小说中天生丽质而不肯安分、命运坎坷而绝不屈服敢于抗争的叛逆女性们，注定就是男权文化统治必欲除之而后快的“妖女荡妇”。她们作了最大胆的挑战最顽强的抗争，但几千年积淀下来的男权传统文化套在她们身上的枷锁是巨大的，牢固的，无所不在的。她们始终无力摆脱，她们的反抗史其实就是她们一点点被这个世界压迫、吞噬的血泪史。她们疯狂的报复抗争在更为强大的男权思想的压迫下显得软弱无助。在这个以玩弄女性为快乐、压抑女性以为功的男权社会中，李碧华笔下的女性终究逃不过那冥冥之中的黑手魔爪。这是女性作为弱势群体难以摆脱的宿命。

通过作品中女子们的悲剧命运的反复上演，李碧华对男权社会作出了非常独特有力的挑战。她的女性主义表达是不同凡响的。她揭示出悲剧的根源和制造者就是男人，和他们背后的强大的社会文化体系。冬儿死了，红萼死了，菊仙死了，如花身心俱死最终在绝望中回到了阴曹地狱，川岛芳子从天真无邪的漂亮女孩一步步沦为政治阴谋的牺牲品，白蛇被镇压在塔下忍受骨肉生离之痛，还有潘金莲，“身为众用，末了死于非命。”如果不是因为那些男人，她“不过也成了个寻常妻小，清茶淡饭，无风无浪地颐养天年”吧，是谁使她“到底惨死，尚要背负一个千古第一淫妇之恶名，生生世世，无力平息。”？李碧华立场鲜明态度决绝，对男性的洞察和剖析是那么细致深刻，她对男权社会“吃女人”的本质做出了彻底勇敢的鞭挞和针锋相对的反抗。

在李碧华构建的女性故事中，追求和反抗贯穿在每一个不甘认命、不愿服输的女子的行动中。相比那些所谓的天使贞妇们，她们是光芒四射、魅力无穷的。但同时不可否认的是，她们的追求是盲目的，反抗是无助的。李碧华作为一个具备清醒独立的女性意识的现代女子，她在批判男性霸权的同时，也对女性的自我弱势心理做了深入的剖析，表达了她理性的思考。

芳子回顾自己的一生时曾说："女人所以红，因为男人捧；女人所以坏，因为男人宠，——也许没了男人，女人才会安息。"这句话可谓深刻地道出了男性的强势力量对女子的完全控制，女子身处在男权文化的汪洋大海中的身不由己随波逐流。她们的抗争无法使她们获得最终的自主权。她们始终无法获得思想上的完全独立。当十二少决定离开如花时，如花绝望，当五十年后返阳世看到活着的十二少，如花同样绝望。"一个女人要到了如斯天地才死心？就像一条鱼，对水死了心。"这是李碧华的文字，是她生为女性设身处地感同身受做出的自我审视，充满了铿锵的理性批判精神。应该说，这也是李碧华用刀片划过每个女人心口的切肤之痛。为什么女性是鱼？只能是鱼？既然是鱼，怎可摆脱水的控制？水要鱼死，鱼怎能不死？既然是鱼，又怎能不依附水的需要，不顺应水的欲望？鱼也叛逆，鱼也抗争，但除了在水中折腾出几许无谓的浪花，或将自己抛尸在干涸之地，鱼能奈水何？

但为什么，女性是鱼？为什么，"霸王意气尽，贱妾何聊生"？

惟有真正的独立抗争，惟有彻底摆脱男权强加在女性身上的枷锁，有形的和无形的，女性才能赢得自己的天空。惟有彻底摆脱做一条鱼的命运，才能真正完成对水的颠覆。李碧华塑造了一系列美丽非凡的女性形象，又让她们的爱情追求、人生理想乃至青春生命在男权压制下被淹没被吞噬，正是想告诉我们：女性若不具备成熟的现代独立人格，不从根本上对男权社会进行制度的讨伐，仅凭强烈的抗争意识和盲目的个人意志，是无法从强权势力中突围出来的，只有成长壮大自己，才能彻底摆脱男权奴役，摆脱性别宿命。

就是这样，在对男性霸权文化的强烈的质疑和有力的反抗中，在对女人命运的深度拷问、对两性关系的残酷挖掘中，李碧华表现出了鲜明的女性主义立场和特异大胆的反抗姿态，她和她的小说文本是当代文坛上一道亮丽的风景线，带给我们独特的审美形象、全新的审美经验，和深刻的人生启迪。被评论界称为“天下言情第一人”的李碧华，其作品的思想深度和批判社会的力度，其实都不可与“言情”同日而语。事实上，她艳异，孤绝，冷冽，究其实质，是反“言情”的。

战斗的女性主义：从张洁到林白

▲▲

也许“我不是一个女性主义者，但由于我生而为女人，女性主义就不可能不是我内在的组成部分”。正是基于这样一种阅读期待和立场，我高度关注着中国当代女性主义文学的发展。其实时至今日，再说女性主义文学如何云云已很显落伍了。在过去的20多年间，由潜隐的话语成为公开的甚至泛滥的话题，关于女性主义文学已有了各种花样翻新的阐释，其创作和理论均呈现出全面繁荣、多元并存的风貌。从以张洁、张辛欣为代表的那些延续五四女性文学主题的创作，王安忆的“第三世界女性写作”，铁凝表现女性历史命运的经典文本，90年代初出现并活跃至今的林白、陈染等人的私人化女性话语时期，到活在当下的感受中的风情万千的“小女人散文”，70年代出生的“新新人类美女作家”，以及如今更年轻的宝贝们的“躯体写作”，一路风光无限。再回头打量上个世纪80年代张洁们慨叹“做女人难”的那些小说文本，仿佛有尘封已久、昨日黄花的感觉了。但众声喧哗中，我们也许有理由问一句：从张洁到林白，到底走了多远？

1981年张洁发表了小说《方舟》，这是新时期女性主义文学的起点，代表中国女性创作中女性意识的最初萌醒。在这部作品里张洁告别了“爱是不能忘记的”和“祖母绿，无穷思爱”的诗情、唯美与崇高，宣告了中国女性写作的一次重大转折。《方舟》的篇首一字千钧：“你将格外地不幸，因为你是女人。”这是一部表现“性的差别”、表现性别对抗情境中强烈、自觉的女性意识的作品。它以反抗男性中心和男权统治为主要特色，以残酷而真实的笔触，展示了女性在追求自我价值的实现过程中所遭遇的种种不幸。小说中曹荆华、柳泉、梁倩三位知识女性，都是品德高尚、才华超群、感情丰富的女人，只因不愿被丈夫视为保姆、花瓶和生育工具而遭受婚姻的挫折。她们经过了一场身败名裂、死去活来的离婚搏斗后，组成三人“寡妇俱乐部”，搭建了一个女性自救的“方舟”。但她们的方舟是焦灼的、摇晃的，甚至是虚妄的。她们必须担负起男人和女人的双重责任，承受男性社会对女性的苛刻要求，遭遇对离婚女人特有的种种非议和人身攻击，最终陷入进退两难的尴尬境地。她们在现实中的努力是绝望的，在这个男性社会中的位置是令人悲哀的。这是背负沉重的十字架，联合起来向现存世界挑战的现代妇女悲剧的必然。张洁深刻地表现了女性角色分裂、女性独有的创造性价值无法体现、女性的主体地位无法确定的真实痛苦。

可以说《方舟》的女性意识还停留在传统女性主义阶段，对女性主体意识的表现尚未进一步的展开。也可以说《方舟》中太多对社会对理想的执著与向往，太多紧张的叩问与激情的表白，而对女性本身的复杂性，对女性心理、女性行为、女性生存意识的挖掘还远远不够。女主人公们的形象是简单的、表面化的。张洁 80 年代初的创作也许算不上纯粹的女性主义文本，但当我们打开林白作于 90 年代末的长篇小说《说吧，房间》，似曾相识的感觉格外沉重地袭来。从 80 年代初到 90 年代中后期，中国女性生存的遭遇到底改变了多少？中国女性作家的女性意识是否找到了一个新的理想和谐的出口呢？答案显然是否定的。从张洁到林白，不同的也许只是表现的方式和叙事的策略。作为 90 年代女性写作中最具性别意识与性别自觉的作家，林白并未能提供一个全新的彻底改写女性生活的文本。在她的笔下，女性依然是无处逃遁的网中之鱼，挣扎在男性主宰的当代社会中。《说吧，房间》毫不隐讳地表现了在急剧推进的现代化、商业化进程中职业女性所处的生存困境，与《方舟》中的曹荆华们相比，书中的女主人公林多米已具备了更多的清醒与反叛精神，却和她们一样无从逃脱女性的社会宿命与陷阱。林白以极具个人化的叙事表达了女性共同的创伤和隐痛，焦虑与呼喊，回忆与诉说。

与林白早期小说相比，《说吧，房间》是一部完全贴近现实的作品。女主人公林多米是“一个工作努力、做人谨慎、说话小心”的女记者，她与其他三十多岁的女人一样，嫁夫生子已经“定型”，如同“瓶中之水”，“永远不能流动，直到在里头发臭变干”。然而就连这样的现状也难以维持，她因与丈夫极不和谐的性生活而导致婚姻破裂，离婚后又莫名其妙被报社解聘。为了生存，她离开幼女只身闯荡深圳，却一无所获。她三次求职三次失败，绝望中又听到女儿病重的消息。在一个男权中心社会里，一个接近中年缺乏背景的女人，她唯一的栖息地就是婚姻、家庭。离婚意味着自我放逐和无止境的精神漂泊，而下岗失业又成为威胁女性社会角色的噩梦。丧失家庭的庇护，又失去工作和经济来源，但为了女儿，林多米只有在绝境中顽强地求生存。

这样一个女人的故事，还能再说什么？女性生存被挤压的现实，女性作为弱势性别残酷的境遇被力透纸背地表现出来，我们听到了张洁的声音依然痛苦地响彻在林白的时代：“你将格外地不幸，因为你是女人。”林多米为什么会失业呢？其真正原因是与丈夫的离婚造成的，因为她失去了来自男人的权力“背景”。她因为离婚而失去了工作，那么又是什么原因导致了她的离婚呢？恰恰是职业妇女过于沉重的工作和家务双重负担造成了她精神的极度疲乏和性的厌倦冷漠，无法满足丈夫的粗鄙性欲。事实就是这样，女人因为职业带来的压力失去了性的欢乐，又因为性关系的失败而丢失了职业，女性在社会上的性别歧视和情色上的社会压迫，往往水乳交融地混淆为一体。相比当年《方舟》中的曹荆华们，林多米的生存境遇变得更加困窘和严峻。对曹荆华们来说，婚姻是一座想冲出去的城堡，她们还能用事业成就的理想来标示自己存在的意义；而对于林多米，婚姻和家庭却成了必须守住最终却无力守住的避难所。同样是不能承受的生命之重，但 90 年代以来中国社会商业化的历史进程愈加赤裸地暴露了其男权社会的本质，物质时代加剧了女性的悲剧命运。如果说手捧社会主义制度保障的“铁饭碗”的曹荆华们感受到的是在男性社会无法舒展自己的个性和才华，自身价值难以实现的精神痛苦，无处寻觅生命方舟的心灵煎熬，那么在林多米这儿，灵魂的痛苦已成奢侈，已无暇顾及，社会已把她抛进维持人类最基本需求的艰难处境中，她要面对的是自己和孩子的生存。林多米四处求职无门，只因为对方单位不要女编辑，最后一次她按照男性的眼光和标准装扮了自己，同时托世俗的“关系”赢得了成功的希望，最终却成为男性虚荣以及男人之间隐形嫉妒与争斗的牺牲品。听听林多米被拒绝的托词吧：“女编辑不能难看，也不能好看，不能守旧，也不能新潮。”这是谁的声音，男人？上帝？历史的这一幕是如此惊人的相似，在《方舟》中张洁写到三个女主人公时说：“你会撒娇吗？”“你懂得男人吗？”，她们“不会”。不会就活该，活该没有爱情，活该婚姻不幸福，活该四处碰壁，活该三个女人组成一个“寡妇俱乐部”。这里面潜在的文本就是男性文化对女性角色的规定。女人受到男性文化、男性的习惯视野、男性的价值观的规范、制约，要想脱离这种几千年的男性文化所规定了的女性模型，就必然要承担巨大的不幸。当林多米一次又一次寻找工作被拒绝，当林多米热爱艺术、充满热情的漂亮女友南红从男人的世界里惨败而逃，最后孤独的躺在床上，任头发里的虱子恣意生长时，我们不禁要问：这个社会，这个飞速发展的时代，究竟给女人带来了什么？女性解放进程到底是前进了还是后退了？

这就是林白，无论她的写作被冠以“女性身体经验书写”或“私人化写作”或“欲望叙事”等等怎样前卫或过时的概念称谓和理论定位，我们看到的只是她字字心血字字悲鸣，坚韧的同整个男权社会进行着“一个人的战争”。她浓墨重彩书写女性的创伤体验，为她们呐喊为她们哀愁，在不期然间消解了关于女性在社会“进步”中彻底“获救”的神话。萧红说过，女性的天空是低的。在林白的笔下，我们依然找不到一片属于女性的高远澄澈的天空。张洁身为女人的痛苦感悟穿过近二十年的岁月到达林白的心头笔尖时，竟然被加倍地放大、凸显出来，更加地尖利和强劲。这就是我所理解的女性主义，它从来都不是男性视域中的女性自恋渲染，更与商业包装的宝贝们的风花雪月无关。陈思和说：“其实，真正的女性主义文学都是产生在现实社会的批判和反抗之上的，只有战斗的女性主义，没有逃避和遐想的女性主义”。战斗的女性主义，应该说这是对张洁和林白最为中肯的评价。

从张洁到林白，就是一个延续和继承、拓展的过程，正如从五四女性文学，从卢隐、冰心、丁玲、萧红到张洁，有着从未断结的纽带一样，我之所以以《方舟》和《说吧，房间》为个案分析，是因为这两部作品一为新时期女性主义文学的发端之作，另一部在90年代用最自觉的女性立场和最女性化的叙事对抗了男性主流话语，抒写了女性的困苦、焦虑和抗争。其实在她们的诸多作品中，都存在着源与流的关系。张洁关于女性问题和女性主义理论的许多思考，对“女人与男人”“女人与女人”“女人与自我”的表达，同时也是林白作品着力表现的母题。80年代中期开始，张洁在风格上有了大改变，从浪漫诗情的追求走向反诗情，从审美走向审丑。此时，“爱”已被忘记，“方舟”已经沉没。在《他有什么病》《只有一个太阳》《红蘑菇》《她吸的是带薄荷味的烟》《上火》等小说中，张洁变成了一个充满女权自觉性的讽喻大师，代替妇女们与现实对话，她以夸张、辛辣的叙述剥去了那些不负责任、浅薄懦弱、贪婪低俗和恬不知耻的男性们的面具，让他们的灵魂与躯体赤条条地在女人眼前曝光，把隐匿在男性世界的种种卑劣与丑陋无情地撕破给人看。女人对男人由失望——告别——愤懑——嘲讽的感情线索、女人对男人由仰视——审视——鄙视——蔑视的认知过程贯穿在作品中，其女权意识耀眼灼人。张洁在此期间的性别立场不再是《方舟》那样对古老的男女不平等权力的倾诉，也不是女性情感的放纵与宣泄，而是对妇女自身和男性世界的人性弱点及灵魂的现代审视，是基于与男性为中心的世界的对立边缘的批评性表达，是理性控制下冷峻的嘲讽和不留余地的戳穿。张洁和她同时代的女作家们正是以这种独有的性别经验表达了她们对父权制造成的男性霸权的绝望和愤懑，控诉长久以来由男性霸权给女性造成的伤痕累累的灵肉痛苦。这种控诉从80年代延续到90年代，自然地成了林白小说的底色和基调。因此，林白甚至不需要张洁《爱，是不能忘记的》中对理想男性的神往到《祖母绿》对男性的失望到《红蘑菇》等作品中对男性的诅咒这样一个过程。林白早期作品《回廊之椅》《同心爱者不能分手》《子弹穿过苹果》中那些超凡脱俗的女性们天然地厌弃男性、拒斥男性社会，“恨他不需要理由”，男人在林白小说中只是一些拙劣的模糊不清的影子，永远徘徊在女性经验之外，无力承担任何责任。这种似乎与生俱来的女性主义立场在90年代急剧变化的社会形态中变得更加固执，以更激昂的精神贯穿在《一个人的战争》《致命的飞翔》《青苔》《守望空心岁月》《说吧，房间》《玻璃虫》等文本中。正是因为张洁率先表达了性别对抗的主题，揭露了弱势妇女们的生存现实，营建了性别二元对立话语，才使90年代林白们的女性主义话语可能形成。

至于女性间的姐妹情谊，女人和女人的相恋互助，这是典型的女性主义的视角。只有女性主体意识的觉醒是不够的，群体的觉醒和力量才可以对抗男权文化观念的压迫，才可以建构一面属于女性的朝阳的窗扉。张洁也许并未能自觉意识到这一点，但她却生动地写出了遭受男性社会排斥之后的女性们相依为命的感人情景。在《方舟》中三个被男人和社会伤害致深的女人组成了“寡妇俱乐部”，这是无路可走的女性们唯一的心灵栖息地，她们在这里诉说痛苦、诅咒世界、疗治伤口，彼此鼓励去面对无处逃遁、无可超越的生存困境。这是“没有光的所在”里的一丝亮色，是汪洋大海中一叶飘摇不定的生命方舟。张洁肯定想不到她这个革命性的“寡妇俱乐部”会给后来的女性作家多么深刻的影响，王安忆的《弟兄们》，池莉的《小姐，你早》，虹影的《康乃馨俱乐部》以及林白、陈染的诸多作品无不从她的《方舟》中得到启悟。在《说吧，房间》中，求职无门的林多米和漂流者南红殊途同归，最终只能从社会退却到“房间”——一个坐落在“赤尾村”的租住的杂乱居所，两个失魂落魄的女人舔伤的地方。睿智如张洁，倔强如林白，她们从不把女性获救的希望寄托于男人（他们没有一个是值得信赖的），也不寄托于社会的“进步”（社会的“进步”使当年多少带点理想色彩的“寡妇俱乐部”变成了今日穷途末路的“房间”），她们宁愿相信受伤的同类互相扶持的臂膀。

也许很少有论者将林白的《一个人的战争》和张洁获第六届茅盾文学奖的长篇《无字》相提并论，但我却一次次惊异于它们内在特质的一致性。这是两个优秀的女性主义作家关于女性成长主题，关于女性命运的力作。无论《一个人的战争》曾遭到怎样的批评和误解，都不足以抹煞这个文本本身的严肃性和纯真性。它对于林白的意义是非凡的，就是从这里开始，林白的女性意识不再躲藏在唯美的幻想里展示自身，而是直面并进入现实社会，与这个男权社会展开了置死地而后生的“一个人的战争”，林白的尖锐与绝望由此开始。《一个人的战争》叙述了一个女性从童年到青春期到成年的个人成长经历。主人公多米并不是一个自觉的女权主义者，相反，她对男性的社会体制、男性的价值观点甚至一直是含垢忍辱的迎合着，以求获得他者的认同。可是这个社会总是打破她的期冀，把她逼进了一个自我封闭的绝境。多米的成长过程也就是女性被社会损害和拒绝的过程。多米不是一个理想的女性形象，她在和男权社会的冲突、妥协中，个性、心灵、种种欲望和追求也受到扭曲和变形。在男权社会的制约拘束中，她原本已习惯在漆黑一团中穿梭，却一直渴望向外部突围，硬是要飞蛾扑火般寻找自以为的光明，为此她失去贞操，失去名誉，付出了沉重的代价却终无获胜的希望。她已被世界征服，最后她只能逃回自身，成为一个“被社会所不容的人”。

林白用滴水穿石的语言力度，用她内在清醒的女性自救精神塑造了这样一个被拒绝的女性的经典形象，逼现出女性成长过程中的真实，也完成了当代女性写作的美学意义上的自立。与多米残酷的青春相比，张洁的《无字》演绎的是世世代代的女性形象。这是一家三代女人的故事。外祖母墨荷从小养尊处优，下嫁到寒门叶家后，在婆家受尽欺辱，她的富贵出身根本不能改变婚后被轻贱的身份。她像那个时代中的无数女性一样，成为男人的生育机器，最终在经历了九死一生的生育痛苦后死去。女儿叶莲子的婚姻不比她母亲墨荷好多少，年纪轻轻即遭弃妇的命运，东北军丈夫顾秋水遗弃了她，断了她的生活来源，她一个人拉扯着女儿挣扎在生死的边缘。到了第三代吴为，她虽身处“新时代”，并且是驰名中外的女作家，但在婚姻生活中却依旧无法摆脱外祖母和母亲经历的噩梦。吴为的丈夫身为国家高层干部，其政治人严肃庄重的外貌下，却是古旧不堪的男性恶俗趣味。在他看来吴为是“一个偷过人、养过私生子的女人，应该很有风月”。可见与外祖母的传宗接代功能相比，与母亲的“弃妇”身份相比，吴为作为新时代的一个成功女人的主体地位和价值依旧得不到肯定，她在丈夫眼里充其量不过是个“尤物”，“一只上档次的花瓶”而已。张洁在这部长篇里，把自身抽离出来，与变动的现实对话，冷峻地审视了在政治和性的双重结构中女性绵延不尽的悲剧命运。这命运是黯淡无语的，它穿透历史与现实，把男权社会对女性的宰割演示的清清楚楚。吴为一生都在寻找生活的理想，憧憬着一种绝对的爱情和男性神话，而生活却安排她重复了家族女人们走过的命运，“二十世纪已然翻过，女人的生存花样不断翻新，遗憾的是本质依旧”。清醒之后，吴为走向精神崩溃，她因婚姻失败而发疯，她为中国女性永世轮回、无处逃遁的痛苦和挣扎而发疯！

这就是女人的道路。曾经特立独行的林多米最终被世界征服、被社会抛弃，只能缩回到封闭的自我世界；曾经上下求索的吴为在历经坎坷后，只能重复前辈女人们的遭遇。《无字》是超长、超重版的“一个人的战争”，张洁通过一个世纪三代女人的故事显现了中国女人在男权社会和文化中的真实处境，建构了一个在历史上“几乎没有灯光”的女性系谱，在反抗男权神话谱系及其泛政治权力实践中揭示了曾被遮蔽、被隐抑的历史面目。这部巨著张洁用了老子的“大音希声，大象无形”八个字作为题记，可谓精到之极。是的，太深重的苦难难以言表，太饱满的感情无法言说，太惨痛的血泪哭不出声音。《无字》不仅是张洁对中国女性的命运以血代墨所作的回望和总结，也肯定寄寓着她对新世纪的美好祈盼，因为，解构男权文化并不是女性写作的终极目标。张洁和林白，本是优美、柔弱的女子，她们不是带刺的玫瑰，越到后来越拒绝，之所以有这样决绝的和男性相对抗的女性主义立场和文化姿态，实非所愿，而出于社会历史情势所迫。她们不想颠覆了男权话语中心之后再创建一个女权话语中心，她们只是想用自己的写作“唤醒公民注意历史和现实性别文化的残缺，参与全人类合理化生存的文化实践。”但愿林白“致命的飞翔”能飞出一片明净的天空，永不再被“沉重的翅膀”所羁绊，愿每一个痛苦的女性主义者都能在两性和谐发展的终极图景中找到水草丰美的精神家园，愿“爱，是不能忘记的”依然是人类神圣的信仰！也许，这在现阶段只是乌托邦诗篇，可是我们又有什么理由急于放弃呢？鲁迅先生说过：“绝望之为虚妄，正如希望相同。”

我读曹七巧

▲▲

张爱玲确实是一个传奇性的作家。20世纪40年代，她红透上海。而在沉寂了近半个世纪以后，再一次横空出世，火爆大陆。“张派传人”层出不穷，张学研究蔚然成风。她是一个大俗大雅的奇女子，从“底子”（张爱玲的习惯用语）上悲观厌世，但却又积极务实，从不回避现时的生活乐趣。她早慧，她对人生有极其敏锐的与她的年龄极不相称的透彻了解和冷酷认识。她天生就与写作有缘，她的小说仅从文字上就能给人一种纯粹的文明享受。张爱玲无疑是一个天才作家。

是天才，就必得短命。张爱玲与一些大师的区别正在这里。应该说，张爱玲的小说确是倾国倾城的，其文字沉博艳丽，意象妩媚神秘，技巧浑然天成，人生要义苍凉契阔。但张爱玲的创作生命可谓短矣，我认为她其实并未留下太多的传世之作。20世纪50年代离开大陆后创作的《秧歌》《赤地之恋》等作品，粗糙、琐屑、生硬、意念化，已基本远离了美丽、苍凉的风格，张氏小说的惊艳魅力不复存在。可以说，她的创作呈抛物状，顶峰就是《倾城之恋》和《金锁记》。傅雷先生曾说，“《金琐记》是中国文坛最美的收获”，后美国学者夏志清也极力推崇《金琐记》，评价其为中国从古以来最伟大的中篇小说。我觉得虽略有溢美之嫌，但也不为过。

如果没有较多的张爱玲小说的阅读经验，那么初读《金锁记》，就像从阳光灿烂的地带猛地跌到深不见底的黑暗中：怎么可以这样写一个女人？怎么可能有这样一个母亲？然而，曹七巧真实地向我们走来：“一只手撑着门，一只手撑住腰，窄窄的袖口里垂下一条雪青洋绉的手帕……”她那瘦骨脸上的三角眼，一出场便盯上了三爷姜季泽——盯上了一场宿命，一生冤孽。这是一个惊世骇俗的，但在旧中国阴暗的深宅大院里并不鲜见的故事。麻油店出身的曹七巧成了大户人家的二奶奶，偏二爷是个瘫子。曹七巧无法忍受身心的禁锢，她只能把一个女人最正常的欲求求助于一种不正常的形式。姜季泽是有妇之夫，是他的小叔子，“多少回，为了按捺她自己，她迸得全身的筋骨与牙根都酸楚了。”但他又是她世界中唯一的男人，她要他，顾不得名分与羞耻。

这场追求和挣扎以姜季泽的避之不及而结束，只剩下她一颗心变成了“玻璃匣子里蝴蝶的标本，鲜艳而凄怆。”从此，曹七巧只为了金钱一日日苦捱着。无疑，那大院里的每个人都带着黄金的枷锁，但曹七巧与别人不同，她对金钱的梦寐以求里沉淀着隐藏着不曾满足过的情欲需求。唯其这样，她才比别人更执着、更疯狂。钱，是她一切幻想的集中点。在这里，张爱玲几乎是不动声色地让曹七巧的人生来了个大转折：曹七巧认为钱可以补偿她的牺牲，补偿被性无能的丈夫耽误了的青春，补偿没能抓到手的男人带给她的身心煎熬。但她没想道这已不是补偿，而是代替。金钱已代替了、异化了曹七巧作为一个女人的全部禀性。

我每读到分家后姜季泽突然来向寡嫂示爱的章节，总是感到心悸，疼痛。张爱玲的文字总是如此富有张力、内蕴。短短的几句心理描写，曹七巧难以泯灭的爱欲，身心倍受压抑的酸楚，知道自己也在被人爱着的颤栗的幸福跃然纸上，字字珠玑直逼人心：“七巧低着头，沐浴在光辉里，细细的音乐，细细的喜悦……这些年了，她跟他捉迷藏似的，只是近不得身，原来还有今天！可不是这半辈子已经完了——花一般的年纪已经过去了。人生就是这样的错综复杂，不讲理。当初她为什么嫁到姜家来？为了钱么？不是的，为了要遇见季泽，为了命中注定她要和季泽相爱……”

然而，只一转念，她想到的便是“她的钱只怕保不住。”曹七巧不再是那个风骚的满脸赤裸裸欲望的小媳妇了。她赶走了姜季泽。无论真爱假爱，她都已要不起了。套在黄金的枷锁里，她已成了一具金钱铸成的处心积虑的行尸走肉。悲剧到这里不是结束，而是刚刚开始。

曹七巧与现实失去了接触。她因孤寂而疯狂，因疯狂而做出种种可怕的事情。她告诫女儿：“男人碰都碰不得！他们想你的钱。”正是处于这种思想和不自觉的嫉妒使她义无反顾的毁掉了女儿的学业和一颗上进的心。进而难以理喻的“道德上的恐怖”扼杀了大龄女儿在阴暗岁月中抓住的唯一一线光明：爱情。曹七巧就这样把罪恶的手毛骨悚然地伸向自己的儿女，当她决意要破坏女儿的婚事时，小说里借童世舫的眼光说她是“一个小身材的老太婆，脸看不清楚。”这个意象看似轻描淡写，实则寓意深长，令人难忘。不是脸看不清楚，而是那个脸代表的人已面目全非，沦丧了基本的母性和人性。彻底偏离了道德轨道，人已非人。

如果说，曹七巧残害女儿是因为心的扭曲，那么，她逼死儿媳妇则完全是出于性的变态。这些年，曹七巧忘了男人吗？不，只是金钱缚住了她的手脚。而最初的欲望经过岁月的腐蚀，已发霉变朽，蜕变成极其阴暗下作的畸形心理。曹七巧自己不曾有过，也难以容忍其他人有正常的两性生活。为了把儿子捆在身边，她给儿子娶媳妇，讨姨太太，但又千方百计阻挠儿子和她们亲近。她羞辱儿媳，让她生不如死。

张爱玲写月，善写月，月亮在张爱玲的小说里多姿多彩，美奂美仑，倾国倾城。然而那夜却是"使人汗毛凛凛的反常的月亮，一搭黑，一搭白，像个戏剧化的狰狞的脸谱。"月光下，老妪曹七巧把脚搁在儿子的肩上，"用脚轻轻踢着他的脖子。"她引诱儿子整夜地陪她抽鸦片，她盘问儿子，把新娘子的秘密一桩一桩地掏出来。她"又是咬牙又是笑又是咒骂"地收集儿子儿媳的床笫秘事，然后迫不及待地当众抖露——好个淫威的曹七巧！好个残酷的张爱玲！

古今中外，无人不讴歌母亲的伟大，母爱的神圣。然而，这个坠入万劫不复之黑暗的恶魔曹七巧，竟然也是母亲。她离奇得让人恐惧，却又真实得让人不忍面对。掩卷而思，在叹服张爱玲的绝世才华的同时，其实我们也知道她的"恶魔母亲"形象的创造其实并非前无古人，后无来者。在中国文学尤其是现当代作品中，这条线索时隐时现，却从未断绝过。早在"五四"时期，女剧作家袁昌英创作的《孔雀东南飞》，就没有从刘兰芝、焦仲卿的爱情悲剧里去发掘反封建的社会意义，而用弗洛伊德的"性"学说挖掘了焦母的病态心理。焦母是寡妇，她的世界里只有儿子一个男人，因此她嫉妒儿子和儿媳的男欢女爱。因妒生恨，疯狂的情感促使焦母一手酿就了焦刘千古绝唱的爱情悲剧。无独有偶，在现代文学发展的第二个十年，伟大剧作家曹禺在《原野》中，塑造了又一个丧心病狂的"焦母"。曹禺说：《原野》是讲人与人的极爱和极恨的感情。是的，焦母对儿子焦大星的爱是刻骨铭心的，正是为了独占对方的感情，

“极爱”转化成了对媳妇的“极恨”，在和媳妇无休止的感情斗争中，自身发生了情感的毒化，性格的扭曲。这种悲剧不是偶然的，它根源于人的感情欲望本身，是永久的困惑。这两部剧作中的两个焦母，一样的阴森恐怖，一样地具有破坏美、毁灭爱的原始力，可憎可恨。但若和曹七巧作一比照，就会发现她们的可悲可怜之处。曹七巧的过去，也正是她们的过去。曹七巧怎样从一个充满了爱欲，又被活生生禁锢了身心欲望的年轻女人变成了一个恶魔母亲，让金钱和变态性欲异化成“非人”的一生，正是她们共同走过的历程。正是因为有曹七巧在《金琐记》里那么度日如年的无望等待、压抑、煎熬，一旦十年媳妇熬成婆，焦母们变态的欲望才会喷涌而出，复仇才会那么有爆发力、破坏力。被封建礼教和罪恶所掠夺、吞噬，最后自身也成了那个罪恶世界中的腐化、畸形的典型，这是旧中国妇女破碎人格中最为惨烈的图景。

1946年底，巴金完成了长篇小说《寒夜》。这是代表巴金后期创作风格与水平的一部力作。作品描写自由恋爱的知识分子家庭在现实生活的重压下破碎的悲剧。这个寒气萧杀的故事固然揭露了社会的黑暗腐败，反映了在这样的社会背景下小人物的生命委顿，有极强的现实批判意义。但与此同时，这部揭露时弊的小说中蕴含有对人性、对家庭伦理关系的深层思考。正是这层思考，使《寒夜》充满了对人性困境的探讨，对人的欲望、人的灵魂的终极拷问。

有别于前面几部作品，《寒夜》讲的是五四以后的新式家庭里的人生悲苦。汪文宣和曾树生有共同的理想，以爱情为基础成立了家庭，他们已共同生活了十四年，他们有儿子。但这一切都无力挽回家庭的分崩离析。究其原因，有社会的磨难，青春理想的破灭，汪文宣的懦弱无能，曾树生的难以抵挡诱惑。但我们不能不注意到夹在男女主人公之间的一个第三者，一个至关重要的角色：那就是汪文宣的寡母。作者用足够的笔墨写了汪母的所思所想，所言所行。她爱儿子，甘愿为儿子和孙子做“二等老妈子”，但她拒绝儿媳妇，排斥儿媳，她并不掩饰自己的私心，动辄就讽刺、咒骂儿媳，整个家庭淹没在无休止的婆媳战争中。汪母不同于曹七巧，她知书识墨，应该说，她和儿媳曾树生的矛盾也有不同的社会文化层面的问题，不同的文化意识、人生价值观念和伦理观念的冲突，比如她鄙视儿媳的自由结婚，看不惯儿媳在银行里做“花瓶”，反对儿媳不像旧式妇女那样恪守妇道。但这一切事实上只是表层原因，深掘汪母心理，就会发现她陷入了一个连自己都无法直面的人性困境：就因为她爱儿子，她才如此地仇恨儿子爱着的女人。就这样，汪母以爱子之心毁坏着儿子。她处处挤兑儿媳，使曾树生在家里无处容身，使汪文宣左右牵合忍辱负重。她和儿媳“有她就没有我，有我就没有她”的对立状态，终于扼杀了儿子苟全性命和家庭于乱世的希望。曾树生离家远行，汪文宣病死在寡母和稚子面前。

在我看来，汪母才是《寒夜》的主角。这场悲剧，毋庸置疑她也是受害人，但更是制造者。试作一幼稚的假设，如果没有汪母，那么还是善良无用的汪文宣，还是有热情有追求的曾树生，但故事肯定是另一种写法了。汪文宣再不会社会家庭两处受气，受尽煎熬，曾树生再不会忍痛割爱，抛夫别子（就算有汪母，曾树生也难以真正离弃家庭。在小说结尾，她回来找他们）。虽然最初的爱褪了颜色，他们也会相怜相惜共渡风雨飘摇的人生。是汪母，不自觉地点点滴滴地划定了整个家庭毁灭的命运走向；是汪母，促使巴金没有单纯地停留在控诉社会、揭露时政的主题层面，而把笔触伸进了千年伦理关系制约下的人的两难境地，他引导读者“向内转”，直面人本身、欲望本身，直面人性深刻的内在缺陷。汪母这个人物，使作品更内敛蕴藉，使悲剧更阴冷悲凉，发人深省。

值得注意的是，有“恋子情结”的“恶魔母亲”形象在新中国十七年文学作品中不再出现。在文学的大一统格局中，触及人之原初的恶和欲望的题材慢慢成了禁区，一直到新时期王蒙的长篇小说《活动变人形》复又再现。《活动变人形》中的倪母，其恶魔性格令人惊悚。封建文化的残酷、野蛮，集中体现在她身上。她专制暴戾的“母爱”是儿子——小说主人公倪吾诚一生的牢笼。虽然说，这部长篇着力表现的是知识分子的身心困境，流露出王蒙对“人”本身深刻的精神上的失望，但换个角度看，倪吾诚一生的失败，事业爱情的一事无成，也都和倪母有直接的关联。倪母，又一个以疯狂病态的爱毁灭儿子的“恶魔母亲”。

张爱玲正处在这样一组“恶魔母亲”群体雕像的承上启下的位置上。在这一点上，独立特行的张爱玲与大师曹禺、巴金，也与后世的王蒙、残雪殊途同归。曹七巧不是个案，她是“恶魔母亲”人物长廊中的其中一个，但经天才作家的手笔，她比她的同类更非人，更令人发指，更集中更凸出地表现了人之恶和“原欲”之破坏力。“生在这世上，没有一样感情不是千疮百孔的。”正是基于对人生如此敏锐的感受和深刻的领悟，才使张爱玲摒弃了世俗的滥情题材，几乎是以残酷的决绝态度，力透纸背地捧出了一轮三十年前的丑恶月亮。正是曹七巧，让张爱玲的名字成为丰碑，成为传奇。

我正在过分地爱

▲▲

金铃子是我鲁院同学，第一次师生见面会上做自我介绍时，她用极具特色的川味普通话念了那句著名的话："美，是困难的。"然后，她说，诗也是困难的，虽然我已经写了20年了。

然而，从别人的眼睛看过去，诗歌于金铃子却是并不困难的，甚至，那几乎是顺理成章的事——她天生一副诗人相。也或者，是20年的诗歌生涯打造出了她今天的容貌？她是一个漂亮的女人，但她的漂亮绝不等同于一般世俗女子的娇艳和妩媚，那是专属于一个女诗人的美。那种美有着狰狞的力度。金铃子有一头浓密的黑发，有时候，她把它们辫成许多的小辫子，使自己充满异族女人的风情。更多的时候，它们在她的肩头汹涌澎湃着，剑拔弩张着。那是一头桀骜不驯的鬈毛，绿鬓似云青丝如瀑之类柔媚的词语无力形容这样的头发。它更容易让人想起旷野之草，想起刮过旷野之草的野火，想起野火中飞驰而过的骏马那高扬的鬃毛。

四个多月的时间也长也短，我算不上是金铃子走得很近的同学。鲁院时光的弥足珍贵未能改变我素来的疏懒，而鲜艳的金铃子其实也是沉静而踏实，她每日紧闭房门读书，写诗，还为一份刊物编着诗。她按时作息，从来都准时出现在课堂和食堂上，而且，她常常在课堂向老师认真提问，常常在课后还和同学热烈讨论。她实在是一个循规蹈矩的好学生，这使我们从未感受到“隔壁住着一个诗人”的刺激和惊悚。好长一段时间，我们只是在过道微笑牵手，或者在教室门口高大的凤尾竹下互相欣赏换季的衣衫。但这样的疏淡并不影响我们之间发生了通透的了解。她曾在我午夜梦酣时打来房间电话，说，亲爱的，我睡不着，因为读了你的小说。她激动地发问：你为什么，要写这样的爱情？你真的相信，世间有这样的爱情？她的语气，似是咄咄逼人的质询，我却听出了小心而热切的求证。但恍惚间，我难以给她铿锵的回答。自此后，我们聊过一些深入的话题，关于故乡，成长，关于女性，婚恋，家庭等等。她有儿子正读高中，她对老公，有一个孩子般亲昵的爱称。当然，聊的更多的还是关于诗歌。我们也说起那些有关诗坛的飞短流长，种种的相互攻讦，那些以诗歌的名义进行的不堪和卑劣，以及做一个美丽端正的女诗人的不易。金铃子说，让诗坛见鬼去吧，我只关心诗歌。金铃子说，当有一天，我离去，我将留下对这个世界响亮的嘲讽。

我将留下对这个世界响亮的嘲讽。后来我一遍遍玩味着这句话，我是多么欣赏她的快意恩仇。但对于我，这个比耳光更响亮的嘲讽，比嘲讽更彻底的弃绝，还要怎样地让时间一步一步抵达？南行途中，我们不约而同在同一家店里买下了同一个款式的连衣裙，但颜色是不同的，她选了向外绽放的大红，我选了兀自干净的暗绿——这简直像一种隐喻。

因为喜欢，我认真研读了金铃子的诗。和她的人一样，她的诗是那种具备了鲜明的精神气质的诗。读这些诗，你知道她为什么而写，是怎样强烈坚定的热爱之情在震击着她的心灵，是怎样苦痛而炫目的理想之光在照耀着她的诗笔。她爱着，恨着，她不可压抑地追求着，无与伦比地孤独着，这些元素决定了金铃子的诗是内心有力量的诗。那首长达一百余行的《青衣》开篇没有设置丝毫文字的衔接，没有蕴蓄任何情绪的铺垫，自由的激情如同喷薄的地下火横空出世：“这奇异的世界不能久留。我们去死／这见惯的青春不能久留。我们去死／这些诗篇不能久留。我们去死／这平常，平常不过的爱情不能久留。我们去死。”就这样，素常的诗歌词汇在她笔下有了黄金般的质地，暴力般的冲击力。金铃子写过一首自白式的诗《我写诗，我只写诗》：“我写诗，我只写诗／这世界总让我激动得颤抖，让我伸出一百只手／抱住一朵桃花的表情／抑或一株清明草的歌唱／你叫我怎么办呢，这消灭不了的快乐……／我总能找到，胡言乱语的理由／我是这个季节吞噬的又一个人。另一个人／再一个人……／我多想将这个春天固定下来。”其实，在生命中的某一瞬间，每一个人都是诗人，当我们处在一种特别美好的情境中，当天地万物都让人深深感动时，“你多美呀，请停留一下”，便是最真实自然的心灵的呼喊。金铃子把这种太多人都经历过而又遗失的诗歌冲动固定下来了，把那些唤醒过我们的美好场景固定下来了，把人类对纯粹世界对美好自然的渴望和热爱固定下来了，把一切不复再来的时光固定下来了。所以，当她说，“我写诗，我只写诗”，“你叫我怎么办呢，这消灭不了的快乐”，你又怎能拒绝她的诗，她的快乐？

金铃子喜欢在诗歌中用“亲爱的”“我爱”这样的语词，这使她的大多作品都披上了爱情诗的外衣。我想，其实它们之所指是广阔而深邃的，当诗人深情地喃喃，那么在她灵魂深处应声而出的那个“亲爱的”，“我爱”，可能是她爱过的一个人，可能是她爱着的许多人，也可能，就是金铃子自己，更可能，就是诗歌本身：“亲爱的，我就是你向世界宣战的理由／是你所有爱过的花朵中最痛的那朵”。正因如此，你难以从金铃子的诗里窥视到那些所谓“女性诗歌”欲盖弥彰、欲露又遮的低暗风景，她诉说的是关于我们，我们每个人的“山川。草原。黑鸟／无数迷路的夜晚”，和“街道愈来愈荒凉”，是“阳光与露珠在城市游走／这里需要田野、粮食、花朵、音乐”，是我们共同的手“埋掉的那棵梧桐／它的痛和殇，它强烈感情的微弱共鸣”，是“我看见一切都迅速离去，我看见／人们相遇，相爱，绝望和死亡／留下一望无际的贫瘠”之后再诞生的“崭新的悲愁，崭新的快乐”，所以，她说“我的苦难不多，却疼痛了每一个地方……／今夜，我只与死于心碎的人们在一起”，所以，她说：——“我一度是你的，也永远是你的”。

金铃子说：诗歌的力量与词语无关，只与气质有关。这是她作为一个诗人的自觉，警诫自己不要追求外在的辞藻形式，而应追求内在的精神气质和力量。但实际上，离开了词语的气质是不存在的，任何气质都是通过词语来实现的，语言抵达的地方才是思想抵达的地方，所以，金铃子独一无二的词语世界正是她区别于另外一些诗人的重要标志。她的诗歌语言从不云里雾里的绕，从不模棱两可，可有可无，似是而非，她直接，素朴，但又决绝，险峻。那样的语言，你一读就会被它抓住，被它击中，让你一下子深陷其中，跌到现场感的蛊惑中，不由自主地被一种真正的纯诗所喷发的巨大的能量淹没。金铃子，其实她深谙词语之于气质的举足轻重，她说：“我这样厌倦了词语／它们让我左右为难／十分棘手。有的词语／仿佛庄严的雪，堆在心边／我真害怕，稍不留神，就悄悄化掉／有的词语，藏满火焰／恰似铁的枝条上，花朵等待燃烧／我不敢去碰它们，担心一碰／花蕾中的火星，就会毕毕剥剥地炸裂，留下泪水的灰烬

/有的词语，浑身是刺，如同眼中的/钉子，夺眶而出，那么的快速/那么的惊心，好像/尖锐的往事，一下子就将我钉穿……/有的词语，就是明明白白的石头，既硬/又重，对于我的爱情，它就是/泰山压顶……”

请看这些让金铃子坐卧难宁的词语成诗后的形貌，她写爱情：“九月的风，它们经过那桂花/花香，一碰即碎。你无法听见花的忧伤/我很想模仿一些姿势/从头发、手臂、嘴唇、眼睛，长出容光的叶子/并开花/只为你，亲爱的/有东西叫这花死得，又慢又苦/你叫它季节，我叫它爱情”，她写失眠：“黑夜这只野兽太大，我一个人背不动/我还动用了繁星，动用了月亮/黑夜这只野兽太大/它的奸险是 1 米多长的獠牙，它的贪婪/是具有 5 吨容量的胃/它的凶狠一旦亮出来，1000 亩广场也难以装下/黑夜这只野兽太大，比白昼的长寿湖/还阔，比沉痛的歌乐山/还重。我的悲哀，仅仅是它身上的一根汗毛/我的幸福，被它一脚踩碎……”她写天气：“雷雨当前，我应该准备好自己的天空/重新整理骨头里的闪电/理顺头脑中的狂风……”她有时也迷惘：“我不知道为什么/我视力有限，却纵情于远观……”她愈来愈坚定：“我必须低下头颅/用想象不到的勇气/成为一个坏人/一个罪人/一个，一看到悬崖绝壁/就跳下去的人。”

鲁院园子里，有两棵很大的桑树。二月底我们初来时，它们只是默立在苍黄的天底下，沧桑的枝干上看不出一点蠢蠢欲动的热情。三月四月，白海棠、红樱桃们把园子开成画一样了，它却也只是沉静地撑起一树简单的绿。然而，六月就不同了，到了六月，桑树脱颖而出，成就了万众瞩目的丰硕和华丽。数不清的桑葚一嘟噜一嘟噜挂在枝叶间，先是涩涩的红，继而是浓浓的紫，最后成了诱惑的黑。于是，树下出现了许多的手，许多的嘴。大家从桑树上摘下桑葚，连最爱干净的女生们也没有拿回去洗，而是直接放进嘴里。许多年没有这样了吧，桑葚的甜美和甘醇，是阳光的味道，童年的味道，纯天然无污染的旧时光的味道。

七月忽至，归期已近，而桑葚却像是永远也吃不完似的，熟透的果子噼里啪啦砸在草地上，砸在青砖地上，将汁液迸溅的抹不去的伤感弥散开来，空气中发酵着一场巨大的离别。于是，渐渐地，仅剩的日子里，很多人不再到桑树下徜徉了。

诗人金铃子是那个越到后面越灿烂的“桑葚分子”，她在树下拍照，聊天，她朗诵自己的诗“我见过的爱情很多，可是，没有那一个像你和我”，她挥着手霸气地宣布“我们都是瓜娃子”，她旁若无人地唱李白的《将进酒》和《诗经》里的许多篇章，所有我们平时只能用来读诵的古诗词，她都斩钉截铁地唱出来。她的歌嗓并不优美，但却有着和那些永远的诗歌们相匹配的酣畅淋漓。她不停地吃桑葚，就好像再不需要吃别的食物了似的。她开始在桑树下大声地哭泣。

她说，我知道我在过分地爱，我要的就是这样的爱。

论《西藏的月光》的当下西藏书写

《西藏的月光》在2011年的出版，对白玛娜珍个人来说，标志着创作史上的一次重要突破。

被西藏的月光照耀的人有福了。

之所以无可抑制地写下这么一句话，是因为这是许多人读藏族女作家白玛娜珍的散文集《西藏的月光》时不断涌上脑海的一句话，不断激荡着心灵的一个感受。白玛娜珍说："此生我老了，我的余生，将在拉萨结束，就像之初，在拉萨诞生。这是每个热爱拉萨的人，自始至终的心愿。"她说："无论去任何地方，捧着我的心，我只想回到西藏。"

从她的月光撩人中抬起头，窗外是城市日夜不息的喧嚣，和一年比一年更猖獗的酷热。那么多匆匆的人流车流，他们要去向哪里？他们是捧着心，去向一个能给灵魂以清凉慰藉的地方吗？在他们心里，还有一个这样的地方吗？

在太多现代人的心里，还有一个这样的地方吗？为什么，太多的港口，最后都成了驿站？为什么，终点又成了起点，归人终是过客？为什么，没有一处风景，一片海，一座山，是最后的眼睛和心灵想要看到、皈依的家园？也或者，不是没有，而是它还在前方某个未知处，等着我们在对的时间对的地方，完成唯一的相遇，唯一的停靠？

像一只倦飞的鸟鹊，绕树三匝，却无枝可依。这几乎是当下社会境遇中所有人共同的心痛，也是文学自古不衰的源命题。

但白玛娜珍却可以说：“啊，西藏！我已洗净伸身上的尘土，请你伸开手臂！”

是的，在西藏的阳光照耀下，在西藏的月光沐浴下，一点点地洗掉身上的尘土，让灵魂焕发出原本的洁净和光亮，让生命拥有该有的欢畅和意义。这就是白玛娜珍的《西藏的月光》所娓娓道来的心愿。

白玛娜珍是无比热爱西藏的，在一篇篇写人记事述怀的文字里，她从多个角度，不同侧面，淋漓尽致地写了西藏之美，写了在西藏生活的幸福感，安全感，写了唯美唯善唯乐的西藏的人们。西藏之美，美在慈悲、豁达、纯真，美在简单、快乐、自由。《光河里的女儿鱼——回忆我的外婆》一文中，白玛娜珍追述了外婆历经坎坷而无比美好的一生：“前半生像一场爱情的传奇，后半生孤独等待中，生命却并没有枯萎，而是那么灿烂，像一株朝向太阳的向日葵。”外婆干净，豁达，善良，乐善好施，众多的邻居，馋嘴的孩子，过路的陌生人，都是外婆热情接待的座上客，“将快乐建筑在助人之上，是外婆生活的一种大智慧。所以，连夜晚可爱的小老鼠都是外婆的好朋友。”“外婆身上从没有那种年老妇人的沧桑和悲苦，一切喜怒哀乐像高原的天气，转瞬即逝，不留痕迹。”“她的晚年没有孤独寂寞，没有那些个失眠、头痛的毛病，生命无疾而终。”外婆笃信佛经，每天吃过早餐便去转经，风雨无阻。“环绕大昭寺转经，就像与佛祖并肩走在一条宽敞的大道上，外婆浑身像是充满了力量和快乐，她红光满面，走得很快很轻巧。”外婆活泼，顽皮，风趣，是院子里的故事大王。讲故事时突发异想，手舞足蹈，逗乐不断。她 80 多岁时，依然爱美，弥留之际说的是“瞧，我的脸色太难看了，我想要涂点口红和胭脂。”

这是白玛娜珍用心灵的文字镌刻的她的外婆的形象，这也是西藏的土地，西藏的文化滋养的“西藏的女儿”。这样的阳光明媚在作者的笔下屡屡出现，快乐无羁的女友黛啦，公交车上扭着身子跳舞的司机和售票员，保护误入男厕所的女孩的康巴汉子，劳动中唱歌嬉戏的藏族民工。最给人留下深刻印象的就是白玛娜珍自己的儿子，《西藏的孩子》一文中的旦，他是西藏的孩子，大自然的孩子，他整个的童年和少年时代都是在安详和谐的环境里无拘无束地游戏着度过的，在游戏中快乐地学习，这和现下中国在越来越重的考试压迫下抬不起头来的孩子们形成了多么鲜明的对照啊。旦在缺氧的高地一天天长大，但他的健康却让人看到了最心怡的绿色和希望。白玛娜珍这篇文字，虽是她自己的爱子的“游学小记”，但锋芒和忧患直指现下教育的巨大错失：人，到底该如何成长，学习最应该给予人的是什么？教育的最终目标到底指向哪里？也许，西藏的孩子在考试中出类拔萃的确是少数，但为什么他们获得快乐和幸福感的心灵能力却是独有的？

就是这样的外婆和孩子构成的西藏，就是这样一个快乐美好的西藏，才使得白玛娜珍发出了不无天真的感慨：“张爱玲如果在这里，在拉萨的人群中，她的人生也会被感染得笑逐颜开吧？”

然而，虽然充满艳羡，但我们知道这并不是全部的西藏。没有一个恒定不变的“西藏”，这是生活在西藏的人们日日所感知的现实，也是很多作家必须要冲破所谓“最后一片净土”的思维惯性所要面对的真实。白玛娜珍热爱西藏，但作为一个现时态中的思想者，她保持着足够的警醒，她并没有沉浸在千年的牧歌想象中，假装看不见被现代洪流裹挟着的西藏，所以她是焦虑的，痛苦的，她在《百灵鸟，我们的爱》中沉痛地叹息："没有酷暑，没有蚊虫，没有贼的拉萨，消失了。"；《射向红尘的箭》中她直面物欲横流的现实所导致的藏族青年的信仰危机和人性迷失，写了洛桑和曲珍离开故乡在拉萨的红尘欲海中随波逐流，挣扎毁灭的故事；《央拉和央金》叙述了同样来自牧区的两姐妹央拉和央金到拉萨打工谋生的经历。当古老的牧业生活与城市文明已成为一种对立，这些乡下的女孩子进退两难，二者无法兼得。其实，她们的梦想很简单：想要像城里人一样洗上热水澡，看电视、穿时尚的衣服，想有钱替父母治病而不必因此去乞讨……进城后，央金积极学汉语找到了外面的活，央拉做了保姆。她随作者去了更繁华的城市成都，然而她并不开心。她困惑于城市生活的冷漠和疲惫，她说："他们穿得很好，这里冬天也开花，为什么他们不会笑呀？"她开始想念拉萨的太阳，想念牧场的空旷和遍山的花儿，想念童年那自由自在的放牧生活。回到拉萨后，央拉表示再也不去成都了。她形容成都是一个让人身体流汗，心脏结冰的地方。这个单纯快乐的牧羊女，最终难以融入城市的生活，无法在其中展开自己的新生活。

作品的结尾，央拉辞别拉萨回到高山牧场的家。但问题是，在那里，她还能重新开始曾经无牵无挂无忧无虑的生活吗？还有那样的生活，驻留在她今天的家乡吗？白玛娜珍感慨道："也许央拉、央金和我，我们今生只能在城市和牧场之间，在心灵的安详和城市的浮华；在传统生活和现代文明之间痛苦徘徊。假如有一天，我们内心的信仰，我们世世代代对生命的理解，人民的习俗，能够被发展的社会所维护，幸福一定会降临如同瑞雪和甘露……”

《没有歌声的劳作》是这类主题中最有力度的一篇散文，白玛娜珍的笔触直指时下，关注底层，对藏族人赖以生存的传统的文化习俗和劳动方式在现代化进程中所遭遇的阵痛、裂变，对藏人在现下社会生活中的孤独，尴尬和无奈，表现了深切的忧患意识。

在市场经济的狂潮袭来之前，拉萨的所有藏式建筑都是由本地藏族人承建的。白玛娜珍写到藏族民工干活干得很细致漂亮，同时“他们干得悠然自得，每天中午坐下来吃饭喝茶就要花去近两个小时，劳动时，他们当然还要唱歌。那些歌声和着潺潺溪水，时高时低，仿佛预示着我向往已久的那舒展的生活。劳动的快乐像一首诗，史诗，使这个民族拥有高贵的精神。”然而，现实却是无情的，逐渐地，拉萨的建筑工程基本由外来工程队承包，而藏族民工由于缺乏新技术和干活的松散状态，开始找不着活干，就算找上了，也是打下手。二〇〇七年，一个内地民工一天最低的工钱为一百元，一个藏族民工的日工资最高才四十元。如今在建筑工地和其他劳动场所，藏族人和外来人一样不苟言笑，甚至有着更战战兢兢的面孔。白玛娜珍沉重地喟叹：“市场经济，正在以它简单粗暴和急功近利的方式，将所有的劳动门类，沦丧为一种纯粹的生计，我们每个人，不觉中也已变成了组成它的一部分。伴随这种遥远的期望，动听的歌谣将永远消失。而没有歌声的劳动，剩下的，只有劳动的残酷；同样，从劳作中分离的那些歌谣，保护下来以后，复原的只能是一种假装的表演，而非一个民族快乐的智慧。那么，我们该要什么呢？是底层人们的活路，还是他们欢乐的歌谣？而不知从何时起，这两者竟然成为一种对立，而这，就是我们如今生活的全部真实与荒谬。”

是的，这是今日西藏所面对的真实与荒谬，也是当下极具普遍性的一个社会境遇：放眼望去，神州大地处处充斥着煞有介事的文化保护和虚假的民俗表演，而文化、民俗之所以存在的根基却已被抽空，田园乡村一日日荒芜，传统的劳动越来越不能给劳动者带来物质的满足和心灵的安逸，更奢乎谈什么劳作过程中的欢愉。也许，这是现代化进程中必然要面临的尴尬境遇，“富足”和“进步”总是要以付出优美的传统、以人心的满目创痍为代价。任何人无力在现阶段内使其二者兼得齐美，作家要做的可能只是以手中之笔尽力捕捉现实之痛，为山川河流千疮百孔的今日之现实留下一份文字的见证。这样的见证在近二十年来绵延不绝地出现，在当下常见得几乎成了文学的又一母题，但惯常的主题在白玛娜珍的笔下，因其特有的藏地特色，更因其感情的忧愤沉潜，对转型期社会的文化反思充满了一种苍凉的人生况味和历史惆怅，显得尤为深沉有力。

白玛娜珍就是这样一个富有文学使命感的作家，她以广阔的社会生活书写表现了自己的现实关怀立场。西藏的月光给予她的不仅是清洁单纯的心地，更有敏锐多思的头脑，和执着进取的精神。虽然在《西藏的月光》一书中，她也娓娓细述了种花养狗的经历，与子嬉戏的快乐，女友来往的情谊，“爱欲如虹”的痛苦，但她从未落入一些女性散文写作风花雪月的窠臼，而是深层地表现了一个女人生命中最真实的喜乐和隐痛，也表现了一个生活在西藏的现代知识分子在当今急剧转型的社会中所感受到的复杂思绪。白玛娜珍全方位多角度地展示了自己内心的困惑、纠结和忧戚，她发问，她思考，她与时代同步，她用真诚的文字记录了自己的心路历程。也许，在当今涉猎青藏题材的诸多作品中，她的西藏书写算不上是深刻的，在姹紫嫣红的女性写作园地里，她也远未形成圆熟的个人风格，然而她是独特的，她的可贵就在于她是一个正在成长的作家，她捧着一颗心行走在一种对永恒困境的探索之路上。

白玛娜珍说："我的作品在纯情中潜伏沧桑，在沉淀中青春依然摇曳。我喜欢这样的创作状态和人生状态。《西藏的月光》就是这样一本文集。"可以说，她的自我评价是非常中肯的。因为有生命的投入，有内心的挣扎与痛苦，《西藏的月光》字里行间潜伏着沧桑，渗透着饱含生命真情的忧思，又因为有西藏所赐予的简单洁净和明朗乐天，白玛娜珍的创作更表现出了纯情的质地，"青春依然摇曳"的感觉。她的文字促人深思，但不会使人悲观，她表现更多更用力的依然是西藏的阳光灿烂，西藏的月色纯净，是生活在西藏这片神圣古老的土地上的人们不灭的精神和信仰。她为今日西藏留下了纯美的文字留影，也为西藏外的红尘世界提供了一份有参照价值的心灵生活的坐标，是西藏书写中有重要意义的文本。

神秘博大的西藏，成就了简单快乐的白玛娜珍，她轻轻的吟唱让我们深深体味到，一个人，拥有家园是幸福的，守护家园是庄严的，而走在寻找家园的苍茫长路上，是值得的。

绽放在茫茫雪原的半枝莲

▲▲

我似乎在等待一个人的到来，因为五月的理塘依然白雪皑皑。

这是梅萨的诗句。读到这句诗，我的眼前便浮现出一幅壮阔而绮丽的图画：雪域高原，千峰之间，大风激荡，经幡猎猎，一个身着曳地藏袍的女子站在风口，皑皑白雪包裹着她，环佩叮当缭绕着她，她眯起眼望向天空上面的天空，道路前面的道路。她在等谁，怎样的一个人，怎样的一份情，将辜负这旷世的等待？黄昏渐次褪去，终于，她站成了海子诗里的一个姐妹，所有的风只向她吹，所有的日子都为她破碎。

这是我的梅萨想象。事实上，梅萨娇小，纤柔，而且温婉，合群。但多么奇怪，从第一次知道她，一直到见到她，朝夕相处中成为亲密的朋友，我一直都顽固地坚持着自己的这种想象。我心目中的女诗人梅萨，她的鲜艳要更狰狞一些，快乐要更爆发一些，孤独要更决绝一些。

梅萨是四川雅江人，自小生活在甘孜州府康定，那个被一首月亮弯弯的传世情歌映亮的小城。在中国，或许没有人不知道那首情歌吧，世事沧桑，年华更替，但跑马溜溜的山上那朵溜溜的白云，在绵延不绝的吟唱中，以亘古不变的姿势招摇着天籁之美。它缭绕旖旎的旋律，端端溜溜地撩动了多少爱美多情的心灵，使他们对遥远的康定小城滋生无限的向往。记得一次聚会上，梅萨理所当然地被大家叫起来，红着脸颊唱那首《康定情歌》。可是，难道只有我一个人觉得那绝然不是属于她的歌吗？“李家溜溜的大姐，人才溜溜的好哟，张家溜溜的大哥，看上溜溜的她哟。一来溜溜的看上，人才溜溜的好哟，二来溜溜的看上，会当溜溜的家哟……”这散发着浓郁的农耕文化气息的歌词和旋律分明更像是汉地宅院里的甜言蜜语，更像是廊檐亭台上的温婉情致。但梅萨属于辽远，属于空旷，属于冷冽，属于山河磅礴的广袤藏区，而不仅仅是康定一隅。

当然，梅萨与康定密不可分，她日日生活在那里，安守着那里的美丽和清廖。身后的跑马山，眼前的雅拉河，是她最坚实的精神支撑，但尽管如此，尽管文学表达与地域维度的关系越来越得到强化，大家言必称福克纳的约克纳帕塔法，马尔克斯的马贡多，大江健三郎的北方四国森林，奈保尔的米格尔大街，杜拉斯的湄公河岸，鲁迅的鲁镇，沈从文的湘西，萧红的呼兰河，以及眼下正在千宠万爱中的莫言的高密东北乡。因了这一切，荣格多年前说过的一句话“扎根于大地的人永世长存”，成为卷土重来的新时髦。在所谓“接地气”的热潮中，作家们一哄而上，在越来越模糊越来越飘忽的“故乡感”中掘地三尺地寻找着故乡，尽管梅萨跻身于其中的康巴作家群风生水起，已然成为一个值得关注的文学现象，但我还是不想顺手揽起“故乡”和地域文化资源的理论武器评析梅萨，在我心里，我们始终只有一个共同的故乡——喜马拉雅，巴颜喀拉，贡嘎雪山，阿尼玛卿，“金子一样的山上开满了金子一样的鲜花”，连绵的山下总是连绵的草原。“逐水草而居的游牧部落 / 在蓝天白云下自由迁徙”，马蹄飞扬长袖如云处，梅萨一袭长裙，款款而来，一百零八颗红珊瑚在她的手腕上璀璨如火，她黑色的鬈发随风狂舞，波涛起伏。是的，事实上，她就是如此美丽，如此大气，有着荒野一样的力量，和自由。这样的一个梅萨，必定是通过她的诗歌被建构起来的。除了诗歌，还有什么更能勾勒出诗人最真诚、鲜活的面容？这个夏天，当我一遍遍地打开梅萨的诗时，我感受到了一种交汇的震颤。“日落，一头牦牛走向天边”，这极具镜头感的诗句一下子把我带到了甘孜草原的天地苍茫中。曾经，在我涉足过的青藏山河，我无数次地被那样的黄昏之美击中，今天，它再一次通过梅萨简洁有力的造句俘获了我。她说，“极寒高地，暴雪肆虐 / 一年四季只能用冬天来谈论”。她说，“七月，如火的北京 / 你的那件白色 T 恤让我人面桃花 / 雷电交加伴随一场大雨 / 有些爱情在七月阵亡 ”。她说，“心的周围布满了眼睛的血丝……”我得承认，梅萨的诗自然，本色，甚至简单，清浅，但却真挚，热烈，鲜明，从不似是而非，不无病呻吟，不欲盖弥彰、欲露又遮，它们是有形体、声音、温度、色彩和重量的表达。

梅萨喜欢写雪，她的诗里总是小雪曼舞，大雪纷飞。这样的诗歌意象自然源于她生活之地的海拔地理。梅萨的康定也和青藏高原上的许多地方一样，长长的风雪季节迷蒙了春的概念，千年积雪以信仰的光芒闪耀在高高的贡嘎山巅。而梅萨笔下的雪，正是藏地凛冽的物候之美，和圣洁的心灵之美的具象化。雪，承载着整个藏民族的内在诗意，镌刻着民族文化最深刻的烙印。对“雪”绵密往复的深情述说，凝聚了一个雪域女子全部的情感。这里，有对故乡的热爱和坚守，对民族的眷恋和归依，对文化的自觉和追寻，也有对爱情的缠绵和领悟。哪个女子不渴望一场盛大的相遇，一份恒久的拥有？一个雪中的女子，该是更懂得守候的意义吧！然而，所有的爱情都有料峭的身影，太多的女人都适合在幻灭中眺望，当渴望中的那一场美好盛大的相遇，理想中的那一份天长地久的拥有，终于像雪一样扑面而来，又像雪一样倏忽而逝，等待的人站成了怎样的一枝料峭寒梅？怎样的一副执念于无望春讯的傲拔冰雕？“雪海茫茫，心境岑寂 / 候鸟的最后一次迁徙 / 将雪原的天空分割东西……”梅萨深谙苦与乐的人性世界，她不撒娇，不煽情，她写出了痴迷的相思和等候，写出了深刻的孤独与悲怆，痛苦的苏醒和告别，“一个人的夜晚”，她“以雪为墨，以石为砚”告诫自己：“不许守着长夜嘶声呐喊 / 雪原的回音漫无天涯”。一个迎向缘起和相约的女子是幸福的，而走过“割舍和凋零”的女子，她，是强大的。

“我的笑，宛如一朵燃烧的莲 / 绽放在被月光雕琢的古城”，梅萨说。毋庸置疑，梅萨喜欢莲，“莲”是她诗歌中的另一个关键词。除了频频写到莲，她的诗集也直接以《半枝莲》命名。如果说“雪”是梅萨的此在，地域，物候，生活，情感，那么“莲”就是梅萨的彼岸，精神，灵魂，信仰，智慧。在此在的境遇中分分合合，下陷，沉沦，在对彼岸的追求中生生不息，超脱，飞升，朝向至真至善至美的澄明之境。“莲”在藏族传统文化中的象征意味是不言而喻的，梅萨深谙藏人心理，拥有完全的藏人视角和知觉，她的“莲”之语就像一首首境界舒放、格高思逸的藏语古歌，字字行行都是向往神性追问人性的心灵独白，吟唱着对高原母土对民族文化的挚爱深情，对神圣信仰的执着求索。她的创作是有根的，是带着地气的温热的，她从未停留于外在的追求与表现上，而是尽力让诗歌直达内在的诗意，这种诗意属于康定山水，属于更辽阔广大的康巴文化，但更是属于整个藏民族的深层诗意。雪域净土，无限地接近太阳，接近神的呼吸，慈悲无边的佛光沐浴中，梅萨不停跋涉在她的民族和这片土地所赐予她的命运之旅中，赤诚谦卑，以写诗的方式潜行修远，触摸生命的本真。由此，她拥有了生活与德行之美，找到了尘世之人穷其一生苦苦寻觅的精神家园，也建构了属于她自己的诗歌风骨。

一个被雪花滋养，被莲光照耀的女子，她和她的诗，注定是要被时光祝福，被岁月玉成的。而当我想起她，想起我们共同的明亮的故乡，我觉得自己也被照耀。

第二辑

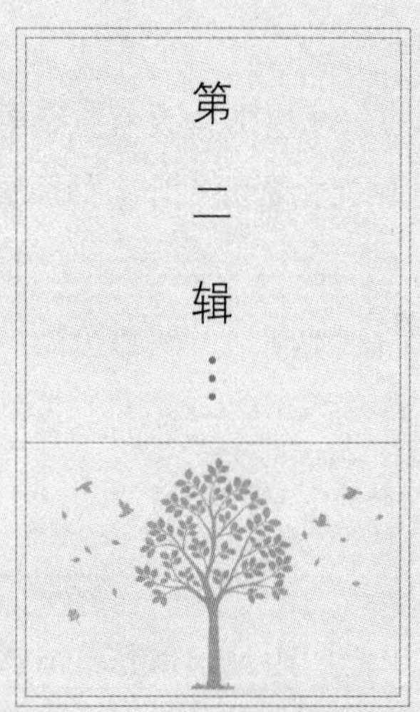

一个藏人的村庄史

▲▲

近年来，文学表达与地域维度的关系越来越成为很热门很聚焦的话题，“故乡”和地域文化资源对作家的影响得到极大的关注。在少数民族文学研究领域，这一点尤显突出，“地域性”从来都是显性的理论考量，而且在创作实绩中不断得到印证。不论他处，譬如单就藏地文学来说，上世纪 80 年代，一批西藏作家受拉美魔幻现实主义影响崛起于中国文坛，在流派纷呈的文学史留下了极为独特而浓艳的一页，无独有偶，时隔三十余年，在地处边缘荒僻的康巴地区，再一次涌现出了一大批以四川甘孜藏族自治州的各族作家尤其是藏族作家为主体的中青年作家，他们异军突起，在小说、诗歌、散文众多领域创作成果斐然，连获知名文学奖项，他们风格各异，但共同呼应了他们身处其中的广袤壮丽的自然山河，谱写了属于“康巴”的独特文化景观，形成了实力强劲的“康巴作家群”。

应该说，格绒追美具备康巴作家群的很多共性，但同时又有个人化的审美追求和文化精神向度。他的文风清新而绮丽，思维凝重而脱跳，气韵潇洒而遒劲。他用长篇小说《隐蔽的脸》，中短篇小说集《失去时间的村庄》，散文随笔集《掀起康巴之帘》《神灵的花园》《在雪山和城市的边缘行走》以及青藏三部曲：长篇小说《青藏辞典》、中短篇小说集《青藏天空》和散文集《青藏时光》这样一系列的作品证明着自己在各种文体间的游走自如。而读者一路相随，从他风格迥异的述说中领略着康藏大地的不同侧面——因为事实上，不管格绒追美写什么，怎样写，他其实一直都在写青藏高原，写康巴大地。从未有片刻时间，他的笔触离开过那一片山河，那一个小小的村寨。

格绒追美的作品表现了对民族文化的完全自觉和对故土家园的深厚情感。我曾撰文指出：长篇《隐蔽的脸——藏地神子迷踪》是一部真正的藏人写藏人的小说，之所以做如此断论，是因为它不是那种被外界的期待视野所规训了的叙事，那种看似风情摇曳，“地气”弥漫，实则浅尝辄止，堆砌符码的所谓特色写作。在格绒追美的作品中，没有所谓民族文化的瑰丽多姿的炫美展示，没有地域民俗的浮光掠影的铺排纪事，没有宗教佛法的猎奇神秘的追述挖掘。他走的是另一条道路，一条在共同的社会化历史进程中追寻藏人生活轨迹和心灵历程的创作之路。之所以这样，是因为格绒追美对自己的母族文化有着彻底的完全的自觉，他不是凭着一种所谓的认知经验从外部观察一个民族的长短得失，也不是鱼在水中，永远只能从里面混沌感知容身之所的方寸明暗。格绒追美出生在四川甘孜的普通藏族牧民之家，长大成人的艰难生活，求学求职的奋斗经历，和所有高寒地区的贫门子弟并无两样。如今的他，从一个游牧旷野的懵懂少年，完成了漫长的精神成长之旅，已具备了在一定的距离外审视故土的眼界和立场。虽早已定居城市，虽常常感慨“游走在故园和城市之间”，但他的心未曾游移，未曾削减对过去的人和事一丝半毫的热情和眷恋，他常常往回看，常常踏上通往身后的大山、河谷、村庄的回乡之路。他的创作和生命的根，一直深植于家乡的泥土中。这听上去似乎是一句放之四海而皆准的老生常谈，但事实上，对许多人而言，此言不过是一种写作立场的标榜，而非写作实际所呈现的真相。但格绒追美的的家乡在他的笔下是清晰可辨的，那是一个炊烟袅袅中传诵着信仰之声的记忆中的藏族村落，也是在时代的病症中演绎着各色人等生死爱欲的现实时空，无论它曾经的贫穷而古雅，还是当下的迷茫和蜕变，他都真切、诚实地面对，他的情感视野从未离开过故土人情。多年来，他以一颗敏感多思的真诚之心，在乡野村史和浮华现实之间的缝隙中，思考着“父亲”“母亲”们的故事，找寻着一条通往前生往世的村庄之路。

没错，从《隐蔽的脸》到《青藏词典》，“村庄”就是切入他所有作品内核的关键词。他是如此深深沉醉于村庄的悠远启示中：“我总是想越过村寨，一下子达到无穷远的远方。人们看待村寨的方式，是居高临下的，是怜悯式的。似乎村寨天然地与贫穷、落后、愚昧相关联……但是，在另一方面，村寨有着时间上的无限，神性上的无限，精神修炼上的无限。无限提供了让人无法穷尽的内在世界的风景。村寨具有的文学性，令我对人类精神的永恒性充满遐想。所以，我要设法获得村寨的无限性，在神性、时间，灵魂的长旅中，谱写一些动人心弦的音符，这正该是我的可能和可为之处。”

一个作家，能如此自觉地认识到自己的可能和可为之处，是幸福的。设法获得村寨的无限性，然后，越过村寨，一下子达到无穷远的远方。这就是格绒追美为自己划定的方向，他正行进在这条探索之路上，实现着自己从未停止的文学“野心”。几年前，他试图以长篇《隐蔽的脸》为起点书写康巴大地，通过对康藏近一个世纪的风云际会做出史诗般的展示，进而对整个藏区的民族历史文化的变迁和生长，过往和现状，给予现代性的审视和反思。可以说，格绒追美找到了通向这个大世界的小窗口，这就是他心心念念的——村庄。他抒写了一个河谷村庄神奇的前世和今生，壮阔的笔触由个体、家族，延伸到整个雪域藏区，一点点挺掘到了藏族文化的深处，展示了藏民族幽暗、魔幻、动荡、恒定的心灵史。这部小说以文学的能指之笔抵达了雪域高原的历史所指，是众多的青藏题材作品中有独特而深刻面貌的作品。

如今，格绒追美依然徜徉在村庄之路上，依然投身在追溯民族过往、书写民族记忆的过程中，他执着地表达着青藏高原大地上的人们的生存，情感，和历史浮沉中跌宕的时代命运。也许，在许多人看来，藏民族的文化历史景观是幽深玄奥的，被时间之尘遮蔽越久，便越是魔幻奇丽，形神难辨。但在格绒追美这里，从一个小小村落中发生的一切便足以窥见“当代史”中的藏族文化：一支家族的兴盛衰亡，一门故交的亲疏流变，一桩婚事的翻云覆雨，一座寺院的炎凉隆盛，一种僧俗关系的翻转破立。甚至，一个躺到人家屋檐下的酒醉汉，一车偷伐的木头，一背篓待售的冬虫夏草，其实都是今天的康藏在“中心—边缘”的民族生存拷量中欲望、挣扎、毁灭、堕落、重生的故事。格绒追美扎根传统，面对现实，在对历史叙事和民间叙事的有效运用中，他确立了自己富有“当代性”的民族立场和价值取向。

格绒追美旨在完成对民族精神的历史建构，以此同时，他更有对现实人生的关怀立场。他的家乡康巴，地理概念上包括位于横断山脉南缘西至西藏昌都、东至四川康定、北至青海藏区、南至云南藏区的广大区域。该区域不仅山河雄奇，同时也是历史文化交汇的地区。所以，藏地的康巴不仅仅是一个地理的概念，而是一个人文和历史的概念。与汉地南北东三边接壤，茶马古道的中枢，英雄史诗《格萨尔王传》的诞生地，更拥有德格印经院这样的雪域文化宝库，康巴的历史和文化所呈现的多样性，庞杂性，胜于其他以单纯的政治宗教文化为中心的藏地。正因如此，对康巴人文的反思、书写与表达，往往更为艰难，晦暗不明。而近年来“康巴作家群”的集体崛起，改变了这一情状。康巴雄奇的地理，悠久的历史，顽强艰难的人的生存，在当下的中国文学版图上，留下了自己的印迹。

毋庸置疑，格绒追美的创作和其他的康巴作家一样，得益于康巴的地域优势，得益于“康巴”是藏区，全然不同于汉地，但又与其他藏区有所区别的藏汉边际文化。很显然，读者能从格绒追美的文本中感受到这种藏汉文化碰撞融合后的异质力量，感受到他构建的文学图景提供的“陌生和好奇”。但尽管如此，“康巴”特质并不是我的关注点，我认为格绒追美文学的意义不在于特殊的地域文化背景，而在于他始终立足于文学的公共价值：那就是通过独特且复杂的人性与命运，终而表现普遍意义上的人性和人类共同的命运。而这个“单个人”，他或她，是不是康巴人并不重要，重要的是——一定是藏人。从这个意义上，跳出“康巴作家”的框定，称格绒追美是藏族作家才是首要的，和必要的。

事实正是如此，格绒追美向来以开掘与建构“藏人普遍的心理”为己任，而较少注重一地一域的新异与差别，在他的笔下频频出现的是更广大的所指，“青藏”“雪域”，这才是属于他的文学地理。说他的作品是康巴人精神世界的文学展现，毋宁说它们是一部部藏人的时间史，村庄史，更为恰切。从《隐蔽的脸》到《青藏时光》，到《青藏词典》，格绒追美思考的聚焦点都落实在普通的藏人在时间长河中的命运变迁，他多层次多角度地表现了自然环境中的人，生产关系中的人，族群关系中的人，宗教的或现代政治意识形态笼罩下的人。他梳理了民族特性在各个历史时段的复杂性，而所有的复杂性最终指向的都是人的共性，普遍性的人性。是的，在这里，神秘传奇的地域色彩全然隐去，所有的故事都只是发生在雪域村庄里的日常。“村庄”才是一切的场，村庄见证了关于人的、关于神的、关于人与宗教的、关于人与自然的爱恨情仇，完成了雪域高原对所有的现实和飘渺、幻想和真实、历史和虚妄的疑惑、质询和超越。通过“村庄”，格绒追美展示了一个民族的沧桑过往和不断向前，发掘了那些历经劫难但颠扑不破的恒定的元初的美和活力，那些历久弥新的精神和信念。可以说，格绒追美用他所有的文本，各种不同方式的叙事，完成的只是从创作之初就坚定不移的文学追求——以一己绵薄之力，参与到对民族文化精神的历史建构中。毋庸置疑，这是一个作家为哺养他的大地，所能做的最大的贡献了。

格绒追美笔下的村庄往往是封闭而偏远的，但正如广大藏区许多的村镇一样，它一直在“时间”中，并不因为地域和文化的双重边缘而幸免于历史的震荡。它走过了漫长的贫穷蒙昧时代，经历了特殊时期苦难伤痛的裂变，如今，在现代化车轮的冲击和碾压中，它又走进了别样的躁动和迷茫。如何面对“村庄”一路踉跄而来的伤痛历史，格绒追美的态度是不矫饰回避，也不虚置美化。他的作品对政治权力介入导致的藏人价值体系的动摇，经济浪潮冲击引起的信仰体系危机，民族的边缘文化生存状态在强势的外力作用下已经发生和还要发生的一切，都表现出了深刻的认识，他的历史反思是审慎的，内蕴的，但也是鲜明的，富有批判性的。在他的笔下，无论是高僧活佛、地方头人，还是俗民村妇，都经历了特定时期属于自己的苦难，苦难远非一人一事，而是从个体心灵延伸到整个群体的民族命运，是雪域高原地理文化环境下独一无二的生存故事，是在旷古的苍凉和无奈中，百年的痛苦与寂寞中，寻找家园的流浪长旅。

就是这样，格绒追美敢于直面历史，述说苦难，袒露伤痛，表现出了对现实人生深刻的关怀立场。但难能可贵的是，他并没有止步于表现苦难，陷入到苦难叙事的泥潭中。面对一段独特幽暗的历史，他也没有以肤浅的愤激的控诉，宣泄自己的话语权，充当时间的审判官。任何人都无力拨开过去时态的雾霾缭绕，修正历史的本来面目，确证一条阳光正道。既如此，与其做愚蠢而徒劳的虚设与推断，不如从已经走过的时间和事件中，以涅槃般的文化反思，完成对一个个命运多舛的个体到整个民族苦难的超越。应该说，格绒追美正是这样做的，他焦虑，伤感，但却平静，淡定，从容。他不渲染苦难，因为许多时候，苦难原本就是存在的本相；他不夸大同情，因为同情于残缺的生活无补；他不煽情人物的承受，甚至，苦难到来时，藏人脸上挂着的常常是茫然的、混沌的、麻木的表情——这真实的笔触令人心颤。但他也并不因此而虚无，而颓丧，他以一颗柔软而刚性的悲悯之心抚摸着母族故土的疼痛。他的小说中，所有郁结的忧伤、疼痛、苦难，最后都在面对浩瀚文化历史时空的憧憬中，被升华为一种向上的力量。这正是藏族文化的精神能量，它在外来暴力下确曾有过萎缩，它在金钱迷惑中也许正在蜕变，但没有什么可以从根本上动摇藏人对自然、人性、神性、信仰的追求。虽然，太多的山川河流千疮百孔，但对精神彼岸的探寻将永无止境，生死轮回中必然会生长更美好更合理的梦想和现实。这是一个村庄生生不息的根基，也是一个民族披荆斩棘繁衍生长的命脉。

近年来的创作中，格绒追美对民族文化心理有着越来越深刻的把握，更让人感到惊喜的是他对述说方式的不断突破。他有这样的自述："我有一颗藏人的心灵，敏感而宿命，多情而又自在。当我徜徉于雪域文字时，我发现天空低垂于我的心头，它总是与大地一起给我一些奇异的征兆，让我体味内心深处和命运的另一种声音。"深入细读他的小说散文各种文本，我相信他确是看到了这些"奇异的征兆"，听到了"另一种声音"。而这也是研读中让我倍感亲切、有趣和心领神会的地方。共同的历史文化记忆，深植在我们的血液中，这使我在面对格绒追美的作品时拥有了穿透汉语文本直视母族历史的第三只眼，一只隐蔽的眼。

格绒追美的汉语表述有着一种不能忽略的个人风格。这里且不论他的语言所表现出来的那种华丽、空灵、铺排、雍容，单就这样的华美形式所蕴含着的独特意味，这种意味所表达的精神质地来说，格绒追美可谓用汉语把藏人对自然、对神性、对人性的知与觉表达得极为细微深切了。血浓于水的母族记忆，铭刻身心的民族胎痕，无法仿制的山区村寨特色，几乎只能用藏语才能表达的种种意味，他用精妙的汉语一一道来，汉语的汪洋大海丝毫没有隔膜他一个藏人的口吻语气，这种口吻语气的地道娴熟和精妙每每使我在阅读中忍俊不禁，掩卷而笑，但这种会心的感受却不足以与外人道也——有时候，那些令我唇齿生香的话句其实根本就是母语的直译。我是多么欣喜地看到，原来，母语可以这样的形式走进汉语，使之最纯粹的意味奇妙地存活在另一种语言载体中。但同时，这些从母语"直译""意译"而来的汉语并不会造成某种程度的阅读障碍，实际上，甚至恰恰相反，因为来自生活中的东西总是共通的，连接最普泛的人性人情的。格绒追美以其精湛的藏、汉语的化用和汇通，激活的是更多的人久违的乡土记忆。汉语修辞的比兴、隐喻、排比、递进，典型的藏地特色的谚语、民谣，在作品中适时抛洒，就像静穆的高原夜空中熠熠闪烁的群星，像草原牧场上缤纷的野花，像青藏长风中猎猎飘荡的风马，美得琳琅满目，却又能字字珠玑，直触心灵。

关于语言，格绒追美自己坦承来自民族的传承：“数千年来，从祖先嘴里流淌出的是山泉、珍珠般充满诗意的语言。这语言据说得到过神灵的加持。充满了弹性、灵动，如珠玉扑溅，似鲜花缤纷，常常让人心醉神迷。特别是说唱雄狮大王格萨尔的传奇故事时，那语言的魔性像一片云雾罩在你整个身心之上，使你飘盈在神话的云烟中。”但显然，格绒追美接受了神灵赐助的不仅是语言，究其实质更是对民族文化心理精确的熟悉，深刻的把握，因为只有思想抵达的地方，语言才会随之摇曳生姿。

格绒追美深谙藏人心理，拥有完全的藏人视角和知觉，他说：“在高僧大德或某个杰出人物的出生描写中，你总能读到关于吉祥异象的文字，这让人产生一种亘古怀想，人与大地、天空甚至一朵云彩、一道彩虹和一朵花都是气息相通的，它们与你的生命息息相关，并为你的生命献上缤纷的花环。这几乎是藏人普遍的心理。”“在生命的旅途中，藏人还喜欢根据缘起决定事情，如果缘起不好便会放弃，或者改弦更张。”如此种种，阐明的正是藏文化与现代文明的本质不同，那就是——在把握历史，言说世界时，藏人往往是以神话的传说的种种神迹和预兆的途径实现的，他们更愿意以“梦”解释现实，以心象抵达物象。因此，藏人对信仰生命一般执着的追求或可得出答案，短暂的此在肉体其实是在黑暗的混沌中，只有以灵魂不灭的信仰贯穿肉体生命，肉身才能安妥，才能澄明，同时，灵魂有了肉身的依托，才不至于像漂浮的幻影，才能成为可以言说的彼时存在。

从这个意义上，才能领会格绒追美的作品中为什么有那么多源源不断的梦了，几乎是无一篇什不涉及到梦，可以说，他是中国作家中写梦最多的了吧？以至于我以“世界上所有的梦早已被梦过”这样的语句作为对他的评述题目。而所有的梦，看似异象纷呈，离奇神秘，但它们紧贴着现实，那就是藏人关于前世今生的信仰，关于现世和灵魂的对话，关于虚无和超越的追索，关于良善，慈悲的修炼。梦是透视心灵的另一种方式，格绒追美说：“我是一捕梦者，一个出入梦境内外的藏人，一个用文字记录梦游历程的歌手。”“当我依循文学接通了祖先的心灵道路之后，我的心境渐渐开阔了起来。祖先的面目，血液里的声音，他们的梦想，我都能手触耳闻鼻嗅。对我来此生说，这已经是最好的缘起，最吉祥的征兆了。”

2015 年，格绒追美出版长篇小说《青藏词典》，在这部作品里，他一以贯之关于青藏的书写，对青藏的人文地理、历史和日常生活，进行了抽丝剥茧而又新颖独特的思考与反省。引人注目的是，在《青藏词典》中，格绒追美大胆地进行了文体实验和创新，从表层体例泛泛打量，这是一部与通常意义上的小说完全不一样的文本。整部作品没有中心事件，没有贯穿始末的人物，没有完整的情节支撑，确乎更像是“心的幻象”，“梦的呓语”。但只要经过细读，读者并不会对如此殊异的形式感到费解。纵观中西，并不是所有的小说结构都是一种看得见的情节框架。而一部来自青藏的“个人”辞典，一部心灵独白体小说，它的精神内核，它的小说逻辑，就在那些一个又一个杂然纷呈的词条间，就在那些天花乱坠的思绪中。小说开合自如，少了封闭的形貌但并不缺乏圆满的内在一致性，看似散乱的一地珠玑，其实始终被一根灵魂之绳牵连着——扎根大地，向往神性，追问人性。正因如此，《青藏词典》和格绒追美以往的作品气韵浑然，是他青藏系列中不可或缺的重要组成部分。可以说，格绒追美在文学的道路上坚持不懈、砥砺奋进，终于厚积薄发，完成了属于自己的蝉蜕，化蛹为蝶。而他的不断突破也为藏族文学提供了新的文本和文学经验，值得读者和关注藏族文学的研究界不断观察和思考。

我相信，这是格绒追美又一次领受到了雪域日月山川的一种良好缘起。是青藏天地间一道亮丽的五彩虹照亮了他。

月亮之下，孤绝之吟

▲▲

《嘛呢石，静静地敲》这部小说集，我是在飞机上读完的。从兰州到杭州，到北京，到上海，到大连，整个六到七月的行程中，我一直随身携带着它。这并非出自勤勉，而是因为，我那时忙着想要为它写点什么。但终究，我什么也未能写出来。事实证明，这部书的秉性之一，就是拒斥那种急功近利的浅阅读。

尽管如此，我还是收获了一个别样的发现：在飞翔的静止形式中，在一万二千米的高度上，读《嘛呢石，静静地敲》实在是一种适宜的时机。在偶尔的气流颠簸中，将目光从书页上投向舷窗外时，看到的永远是云。它们或浓，或淡，或密密地堆积，或慢慢地游走。它们千姿百态，却无一例外地从容着，淡定着，好像从不急于赶往某个方向，好像唯此刻是永世安好。天高地远，它们生来就天长地久——这多么像万玛才旦笔下的小说所呈现出来的一种生活形态：那些遥远的草原和村庄，那些混沌无名的时间，那些随日光流年渐次隐退的爱恨情仇，那些闲云成雨的人生，那些百转千回的溪流，在大地的皱褶里无声地流淌，像是遗忘般诉说着关于一个民族的铭记。

行云流水，是的，这就是万玛才旦的小说给我的感受。纵观

《嘛呢石，静静地敲》中的十个短篇，每一个故事都是平常存在，所有的篇章都是自然叙述。简单，平淡，从容，自然，已然构建了万玛才旦小说基本风格的是这些朴素的形容词。作为一个藏族作家，作为一个以青藏为创作题材的西部小说家，万玛才旦摒弃了一度盛行至今方兴未艾的那种写作模式：迎合东部期待视野的边地风情展示，民族宗教、文化炫美心态下的传奇追述，以及，貌似深刻神秘的时髦而冷漠的“原生态”纪事。他走上了另一条道路，以当下的，普通的，日常的藏人生活为自己的书写内容。究其深里，这样的选择不仅仅关乎到小说的取材方向，更是一种严肃的自觉的文化立场。毋庸置疑，如此立场在万玛才旦的写作中肯定是必要的。

《午后》实在是一部饶有兴味的短篇佳构。少年昂本一觉醒来，记起自己和情人卓玛今晚有约，便心急火燎地走到了田间小路上。路上亮晃晃，如白昼一般，他抬头看了一眼天空说：“今晚的月亮真亮啊，刺得我都睁不开眼睛。”但他还是觉得舒服，因为“今晚的风很好”。接下来，昂本依次遇到一条蛇，听说他要去约会便莫名其妙地嘲笑他是傻瓜的少年贾巴，想嫁给他的二十岁小寡妇周措，一只黑猫，一辆手扶拖拉机，一只黄狗，想招他做上门女婿的东巴大叔，最后，他来到了卓玛家门前，却猝不及防地撞到了卓玛的父母兄弟所有人。“跟情人约会时被她家人看见是最令人尴尬的事”，“平常这个时候，卓玛家的大门都是紧紧闭着的，人都睡了，今晚不知为什么会这样。”小说的最后，卓玛涨红着脸说，“傻瓜，现在才是午后，太阳还在头顶呢。”少年昂本懵了，他不知所措，过了好一会儿才说，“那我回去再睡一觉。”

就是这样，《午后》讲述了一个“几乎无事的喜剧”。我之所以最先评述这个短篇，是因为它简单却集中地体现了万玛才旦小说最炫目的特质之一：轻盈，洒脱，幽默，足够的善意，有节制的魔幻。日光之下无新鲜事，但有一个少年却将太阳当成了月亮，小说的卖关子给予读者的不是嘲弄（我们竟然也随着懵懂的昂本走了一路的月亮地），而是充溢的温情，只有胸怀太阳一样炽烈的赤子之心的青春少年，才会犯下如此“美丽的错误”。而写下这样故事的人，他的心里，定然也撒播着月光般的明亮和纯净吧。

正如《午后》所呈现出来的，万玛才旦的小说世界是简单的，但这样的简单绝不是一览无余的粗陋，场光地净的直白，而是幽深无边的青山捧出的那一声鸟鸣，是满园春色偶露峥嵘的那一枝红杏，是苍茫大海上驶来的八分之一的冰山，是历尽千山万水的朝圣之路在佛光下无语匍匐的那一拜。万玛才旦深谙简约之于短篇小说艺术的重要性，他披荆斩棘，将婆娑缠杂的叙事藤蔓一一归顺，修理，删繁就简成精干利落的白描枝干。篇幅短小了，故事简洁了，但回味更悠长了，寓意更丰厚了。《嘛呢石，静静地敲》《八只羊》《脑海中的两个人》《一块红布》都是如此，看上去极为平实简练，却又充满了多重隐喻，是经得起深度阐释的小说文本。

《陌生人》的故事，看似波澜不兴，却激流暗涌，意味深长。一个“陌生人”从遥远的大地方来到村庄，寻找叫卓玛的女人。他认定这是二十一个卓玛的故乡。藏语“卓玛”，即“度母”的意思，二十一度母，是雪域大地的慈悲之神。陌生人为什么来找卓玛，他是谁，有着怎样的过往？为什么，他说“你们这里的阳光比我们那里的好”？为什么，他口袋里有大把大把的钱，脸上却是“一副疲倦和哀伤的神情”？虽然小说始终未对这些问题给出答案，“寻找卓玛”这条主线的象征意味是含蓄的，潜隐的，但也是能指的，欲藏还露的。问题是，卓玛的“故乡”并不能给予这个执着寻找的陌生人他期待中的回应和交集，这个小小的村庄，满街游荡着无所事事被廉价酒灌得摇摇晃晃的年轻人，一棵挂着许多哈达的歪脖子树，“人们相信它是一棵神树”，但它“看上去一副无精打采的样子”，“孤零零地立在那儿，在阳光的照射下显得蔫不拉唧的”。小卖部里那个叫卓玛的女孩把“瓜子皮吐到前面的水泥地上，地上白花花一片。”为了挣到陌生人承诺的一百元钱，更多的卓玛纷纭而来——她们都不是他要找的卓玛。最后，一心想要离开这里的售货员卓玛跟着他走了，当然，她也不是他要找的卓玛。陌生人离去时“有点失望，也有点失落”，但这一点也不影响村人用他留下的三瓶酒继续热闹下去。

我不知道为什么，几次读《陌生人》，心都被一种无可名状的忧伤和失落牵扯着。也许，众生皆有神性，安宁趋善的生活就是佛境，但茫然和无知，浮躁和喧嚣，使得我们成了“故乡”的“陌生人”，神迹永在远方。那么，一个民族的文化传承，一种传统的有效延续，到底需要怎样的内里的支撑，怎样的精神的交接，才不至于在变异中遭遇坍塌，在“形式”中走向沦丧？

万玛才旦精通汉、藏双语，除了写小说，他还从事翻译。他曾将广泛流传于藏区大地的一个经典民间故事翻译为汉语的《西藏：说不完的故事》出版。这本“说不完的故事”是一个大故事套二十余个小故事的叙述框架，而众多故事的源发是因为赎罪之人德觉桑布受大师旨意，要将如意宝尸背回人间，造福世人。完成任务必须遵循一个规则，背宝尸过程中他不能开口说话，一旦说话，背上的宝尸就会飞回去，他又得重新去背。但如意宝尸是个太会讲故事的精灵，它以妙趣横生引人入胜的故事引诱德觉桑布，使其无论怎么克制小心最终都情不自禁地发问或感叹，从而前功尽弃，一次次从头再来。德觉桑布背宝尸的故事让我自然地联想起推石头上山顶的西西弗斯，但显然，它比后者多一份藏人智慧的轻松，有趣，少一份西方哲学的悲剧宿命感。这里，之所以提起这部民间故事集，并不是我想插进来对万玛才旦翻译才华的赞扬，而是因为在他的短篇《第九个男人》中，我欣喜地看到“说不完的故事”传统对万玛才旦小说叙事的渗透和影响。万玛才旦深刻了解藏民族叙事故事的精髓，他成功的化用使作品浑然天成地拥有了一钟蕴藉的民族性，在汉语小说中不可多得的异质性，散发着一种迷幻而又亲切的气息。

《第九个男人》中的第九个男人，是作品中着墨不多但却属精心打造的“男一号”，这个人物猛一看，像极了尸语故事中背宝尸的德觉桑布，在女主人公雍措每讲完与一个男人的情史后，他都要情不自禁地插话，给予评价，偶或表示理解，认同，但更多的是鄙夷不屑和愤恨。他的话往往只有寥寥一言半句，却有居高临下的优越，置身事外的敏锐，颇见见多识广，才德俱全。这“第九个男人”以他的插话串起了小说中的九个故事，同时也塑造了卓然不群的自我形象，使得读者眼前亮了心头热了，随同雍措一起对她将要开始的第九段生活，充满了幸福的期许。但幸福就像那个狡猾的宝尸，“噗哒”一声又飞回去了：这第九个男人其实质和雍措所经历的前八个男人一样丑陋，他言行不一，是一个彻头彻尾的伪君子。如果说前面的八个男人分别代表了八种不同的人性之恶，那么这第九个男人则是那种最让人不堪忍受的阴暗。

应该说，这第九个男人算得上是万玛才旦笔下一个极富性格的典型形象，值得玩味再三。但我掩卷而思，意绪却总是缠绕到小说的女主人公身上。雍措，这是个怎样的女人啊，她正当年华，脑子和欲念一样简单，直莽，一不小心就陷进了狭促险恶的环境。男人们要掳掠她的身体，女人们则妒嫉她的美貌。她先后遭遇了破戒的僧人、始乱终弃者、奸商、卡车司机、骗子、性亢奋的放羊娃、性无能的村霸、视女人为生育工具的独生子，饱经欺骗、凌辱、暴力和抛弃。小说开头第一句便说：“在遇到这个男人之前，雍措对所有的男人都失去了信心。这个男人是雍措的第九个男人。”然而，正是这个男人，使雍措重新焕发了对生活的信心和幸福感的男人，却成为伤害雍措最致命的人。作品结尾处，雍措不知去向，留给第九个男人的是雍措的两根长长的发辫。雍措万念俱灰，削发为尼了吗？或者，斩断情丝，流落他乡，又去遭遇不可知的厄运？甚至，一死了之？故事在这里戛然终止，设置了无穷悬念。

这实在是一个浸泡在苦水中的悲惨的女性，她命运多舛，令人唏嘘不已。但让我惊异的是，就是这样一个女性，这样一个极尽繁复的苦难文本，万玛才旦的叙事也是一如既往的平和，节制，丝毫不见一丝赚取读者之泪的煽情宣泄。这种笔调与沈从文的小说《丈夫》有着异曲同工的相似，更与他自己笔下大量的藏地生活书写一脉相承。悲酸困苦力透纸背，但故事中的人却哑寂无声，仿佛他们只是自己命运的旁观者。是的，其实，世界上从无可量化的痛苦，痛苦的大小轻重完全在于当事人的感受力。而对痛苦的表达，更取决于他们是否有表达的能力和权力。雍措面对自身的痛苦遭遇，是后知后觉的。她没有哭天喊地，没有悲痛欲绝，一路走来她几乎没有选择过人生，只是被动地接受着命运。当世界以“男人”的面目露出狰狞之相时，她无力抗争，只是做着一点本能的挣脱。这是一个蒙昧而坚忍，懵懂却宽厚的女性形象，她不同于那些熠熠生辉的完美女性，但却是代表着最民间的另一种“地母”。万玛才旦以冷静克制的叙事风格，塑造了泥沙俱下的当下环境中一个极为独特的藏族女子，更关键的是，他写出了她泥淖中的成长。是的，雍措并不是一个一成不变全然定型的人物，尽管成长的代价太过沉重，但她还是艰难地成长着，警醒着，觉悟着。生活在给了她那么多不应该的打击后，终究还是赐予了一点应该的礼物：雍措终于对自身的处境、需求，对自己与男人的关系有了清醒的认识，她最后离开了第九个男人。实际上，如果仅仅从生活的外部形态看，她至少可以在第九个男人身边衣食有保障地活下去。然而，在经历了这么多之后，这个女人，终于懂得，孤独比饥寒更难忍受，心灵的流离失所比身体的风餐露宿更让人绝望。

这才发现，万玛才旦是个极会写孤独的作家。他的小说里，遍布着孤独之人。雍措是个孤独的女人，那个前来寻找卓玛的“陌生人”是个孤独的男人，用“一块红布”蒙住眼睛感受这个世界的乌金是个孤独的小孩，失去了丈夫和儿子的阿妈冷措是个孤独的老人；看见了“死亡的颜色”的小伙子尼玛感受着深深的孤独，长到十八岁突然成了转世活佛，从俗世生活中被连根拔起置放到佛界高地的乌金，何尝不刻骨孤独着？因为孤独，放羊娃甲洛对着听不懂藏话的老外，自说自话，泪流满面；因为孤独，洛桑一个月里几乎有二十天藏在酒醉里；因为孤独，没有“身份”被人遗忘了的孤儿塔洛，以背诵毛主席语录的讶异方式寻找着与他人的对话，对自我的确认和“命名”……孤独遍地，但这不是图穷匕现寒光闪闪的孤独，不是长空裂帛凄绝悲歌的孤独，也不是暗夜无边噬人心骨的孤独，万玛才旦的小说世界独有的孤独，是举重若轻落地生根的孤独，是高风徐来月挂经幡的孤独，它笼罩着一种优雅的、幽暗的、迷人的光晕，从容地，笃定地，平实地，甚至是幽默地，从每一个故事，每一个人物，每一段字句中浸满出来，氤氲开去，让读者情不自禁地沉湎于一种清冷、淡远而悠长的感伤中。因着这样的特性，万玛才旦的小说以其温和的立场，简约的叙述，白描的手法，朴素的语言，却得天独厚地拥有了诗一般的光华质地。

我想，写出这些故事的万玛才旦，又是小说家又是翻译家又是电影导演的万玛才旦，也该是一个孤独的人吧？正是因为有着一颗柔软而高贵的孤独之心，这个高原之子，在一次次的渐行渐远之后，完成着一次次别无选择的回归，执着不懈地记录着苍茫的青藏母族大地上那亘古不息的欢乐与忧愁，消逝与生长；正是因为在孤独中守望着最本真的信仰，他才以笔为旗，在猎猎风中，引领读者抵达月亮之下，孤绝之地，一起聆听嘛呢石，静静地敲……

我只能用一种方式守望甘南

2013 年春节，吉祥水蛇藏历新年，诗人刚杰·索木东携着年轻的妻子和一天天淘气起来的稚子，回到了他的家乡——藏王故里，洮砚之乡卓尼。当他暂别生活了近二十年的繁华城市，一路向南向遥远的甘南之南驶去，当甘南在车窗外渐次绽开，刚杰·索木东的脸上心上该是怎样的表情？衣锦还乡的世俗自豪，是否使他格外地关注到了那些在寒冷的天气里捧着书本憧憬着远方的少年？他们多么像他遗留在这片土地上的十六岁。或者，轻薄的成就感转瞬就被另一种更有力的情感消融？那是巨大的幸福和悲怆，它们横亘在故土的每一缕空气中，只要他走来，每次他走来，它们便倾巢出动，候在他必经的回乡路上："一条悠长的路通向甘南，亘古的风雪塞满我的温暖／故乡啊，甘南／一堆篝火燃起一匹马的寂寞／贴紧热身子是你痛心的贫穷……"

这一切，都在我的想象之外。一直以来，关于刚杰·索木东和他的诗和他的甘南，我基本处于失语状态。他和它们离我太近，亲缘缠杂的生活使我无法退居到一定的距离外，保持一个恰如其分的审美姿态。但终究，在重复了无数次的阅读之后，我必然地要面对自己的混沌和错杂，如同刚杰·索木东说，"我只能用一种方式守望草原。”

二十年前，刚杰·索木东在跨进大学校门的同时，就开始了他的汉语诗歌创作。虽然他读的是数学专业，虽然数学被称为“最迷人的艺术”，但显然，奥妙无穷的演算和推理却并不能有效安妥一个离乡少年的狂躁悒郁，心灵的出口无可选择地指向了诗歌。这被当时的老师同学所讶异的专业错位，或者说不务正业，其实究其细里是再自然平常不过的事，藏民族有发达的抒情传统，民间生活中充斥着古老的谚语歌赋，许多人开口即诵，藏族作家的文学创作也大多从诗歌起步。刚杰·索木东开始以诗歌的方式述说时，身前身后已堆集了太多的同族诗人。他和他们并无异样，在一天天变着模样的城市里，浪迹于意念中的故乡，那离别半步即成天涯的草原。从那个时候开始，刚杰·索木东一路写到了今天。今天，那些青春作伴的身影已渐次相忘于江湖，诗人和诗歌共同告别了曾葱茏无比曾辉煌无比的好年华——但诗歌，依然是眉头的结胸口的疼，但歌咏故乡依然还是需要用剩下的日子慢慢去面对的事。诗人刚杰·索木东，在经历了生活中的太多之后，比以往更加确信，没有什么途径比诗歌更能抵达故乡，没有什么词语比故乡更适合安眠在诗歌中。

“草原尽头我两手空空，悲痛时握不住一颗泪滴”，这是生活在草原之外的另一个世界的诗人海子偶尔路经草原时留下的诗句，但这分明是刚杰·索木东的切肤之痛。广袤的甘南草原，美丽如画的藏家山水，在现下铺天盖地的旅游宣传里，它是美轮美奂的图景，是关于各种奇异浪漫的风情、优美淳朴的民俗的演示，是许多个“最后一片净土”中的其中之一。但在生于斯长于斯的儿女眼里心里，它其实是立在村口地头悄悄抹泪的白发亲娘，她的胸口不再是你恬然安居的地方，她注定要看着你远去，但你注定永难割舍，“远

去的脚步 / 在那条老路的尽头 / 踩响整整一生的思念……”是的，刚杰・索木东所有的诗章只是在轻轻诉说：故乡是甘南。而他，在远离它的地方，“坚持用一种方式”，“坚持用一种心情”，“坚持用一种姿势”，“完成着一生的眷恋”。

故乡是甘南，刚杰・索木东的故乡，我的故乡。甘南从梦中走过，月光诗一样铺满金子般的草原。但即便是在梦中，我们也忘不了，甘南并非乐土，它有多么美丽博大，就有多么荒凉贫瘠，它有多么温暖悠扬，就有多么忧伤局促。它在夏日里捧出世间最美的海子，又在初秋的第一场风雪里就让羊群和草地在凛冽的肆虐中褪尽了颜色，它诞生了传奇和史诗的那些英雄部落，如今在城镇化的潦草和慌乱中，呈现着尴尬苍白的命运。这样的故乡，刚杰・索木东在他乡的忙碌奔波中，从来没有停止过回望，他叩问自己：“走出故里我就能摆脱困苦吗 / 甘南，遥望经年的故乡 / 贫穷苦难夜夜撕裂我流血的心愿……”，多风雪的甘南，“羊皮袄捂不热的甘南”，总是不经意间就错乱了诗人的天气，“秋末，对一场大雪的虚构 / 其实是对故土和乡愁的虚构 / 那些在秋雨中 / 缺少狗吠和鸟鸣的村落 / 那些在秋雨中 / 散去炊烟和歌声的寨子 / 此刻，向乡而望的眸子里 / 过冬的念想 / 还会是回归故里的匆匆脚步吗？”

“故乡是甘南”，是刚杰・索木东的创作母题，这使得他的诗歌很容易被划归到乡愁诗的谱系。这是一个无比强大久远的谱系。从最初的《诗经》中“我徂东山，慆慆不归。我来自东，零雨其濛。我东曰归，我心西悲”的乐句开始，乡愁便成了再无断绝、历久弥新的诗歌主题，屈原说：“陟陞皇之赫兮，忽临睨夫旧乡。仆夫悲余马怀兮，蜷局顾而不行”，李白说：“举头望明月，低头思故乡。”杜甫说：“万里悲秋常作客，百年多病独登台。”贺知章说：“少小离乡老大回，乡音无改鬓毛衰。”马致远说：“夕阳西下，断肠人在天涯。”在当代诗歌中，郭沫若有《黄浦江口》，闻一多有《太阳吟》，戴望舒有《游子谣》，余光中的乡愁诗更是以浓得化不开的中国情结，震撼了海峡两岸共同的心弦。乡愁诗一路走来，风情万种，“悲凉之雾，遍被华林”。虽然如今的乡愁，其产生的背景时势已大不同，但古典的传统的影响还是明显地表现在刚杰·索木东的诗歌中：对民族的认同、归依，对故乡的思念、眷恋，对文化的挚爱、追寻。深沉的悲患情怀，强烈的民族意识和鲜明的文化精神，使刚杰·索木东拥有了属于自己的诗美建构。而惯常的主题在他的诗中因其独特的藏族文化和甘南地理，而显得更加深邃、斑斓，他以他清新流丽的诗篇为源远流长的中国乡愁诗划上了一笔别样的色彩。

但事实上，我并不想做如此理性而愚蠢的分类和概括。我知道，刚杰·索木东之所以“用四季的四种方式怀念甘南”，之所以绵绵不绝地写着草原，写着草原的星空、神鹰，格桑的绽放和马莲的忧郁，写“大金瓦寺的桑烟刚刚升起”，写“黝黑的屋檐下畏寒的麻雀”，写“长夜漏风的黑帐篷”里“以泪洗面的新娘”，写“阿妈刚把最后一粒种子／连同秋天一起收起／一场大雪／已经迫不及待地落满草原”——是的，他之所以刻骨铭心于这一切，只是因为这就是曾属于他自己的过往岁月，这就是他自己的青春记忆。所有的追怀都让人“想起十八年前的那个少年”。正是在这一点上，刚杰·索木东的诗歌从根本上区别于那些在东部期待视野下的所谓西部诗歌，那种邀宠炫美式的“民族写作”，更区别于那些观光客冷漠时髦的漫笔纪事。无关痛痒的浮尘，从不会缭绕在刚杰·索木东的诗笔之下。对于他，所有的地理人情土风民谣，都是成长的印迹，都是心灵的故事。他以自然的笔调记录它们，他以神圣的情感追怀它们，那些正在草原上一点点消逝的事物，那些渐行渐远面容模糊的古老文明，他愿意以自己的方式定格在挽留中，如同老家的木楼早已在时间中倒塌了，但他的灵魂始终流浪在它的旧尘缭绕中。是的，刚杰·索木东轻声吟唱的只是一支旧调子：并不是什么东西都是可以拆除，可以重建，可以从头再来的。关于故乡甘南，关于甘南大地上的一切，它们本来就是他，他与它们融为一体，而如今，“游牧在一座城市”，他不过是找到了可以回望、追怀它们的适宜地点，找到了弥合那种身心撕裂的无奈方式。他让自己深信不疑，诗歌的力量正在于此，它以微弱之光持久地照耀着我们黯淡紧窄的人生里那些柔软的缝隙，那些存放在记忆深处的眷恋和热爱，放弃和疼痛。

正因如此，刚杰·索木东的诗自然，本色，真挚，热烈，是纯粹意义上的抒情诗。在当下的语境中，“感动”是一个极其被滥用的词汇，但我仍然想说，刚杰·索木东的诗会感动很多人的心。也许，他的忧伤，他的悲愁，他对于故乡甘南多年如一的执着守望和呼唤，显得太简单绵软了一点，太“正常”公共了一点，但诗歌最重要的最不可或缺的诗人心灵的力量，刚杰·索木东从不缺乏。真情的重量，远胜于一切旗帜潮流的标示，胜于任何先锋后现代的诗歌技艺。

2010 年，对诗人刚杰·索木东是一个有重大意义的年度。这一年，他喜得贵子，完成了一个男人生命中至关重要的阶段。在《2009，最后的絮语》中，他写道：“不知道春暖花开 / 在今年会是什么样子 / 不知道初为人父 / 在今年会是什么样子 / 向上，再向上一点 / 似乎 2010 年 / 我会这样提醒自己。”事实上，他正如自己所期许的那样，向上，再向上了一点。除了生活和公务上的成就，2010 年，他开始涉足小说创作，2010 年后，在诗歌创作上，他有了长足的进步，诗风趋于更加深沉、内敛、丰富，更值得关注的是，他的目光在眺望故乡甘南的同时，终于也落到了他所身处的城市环境中更广大的艰辛奔波的人群中，他开始切入到了更凡俗更真实的日常中，去面对现代人共同遭遇着的漂泊无根的心灵现实，由此，他的乡愁和抒情有了与之前不同的另一种况味："那十个来自高原的蝈蝈／在水泥铸就的窗台边／叫了整整一夜／那十个远离潮湿的泥土／和阴凉洞穴的蝈蝈／那十个远离嫩绿草芽／和甘甜露滴的蝈蝈／在尾气和闷热充溢的笼子里／在自来水和温棚菜的饲料里／叫了整整一夜……／曾伴随麦浪曼舞的十个自由的蝈蝈啊／我知道，此刻／在这座临水干涸的城市／你们和我一样／无法做到优美地高歌／当生灵被视为玩物／有谁还愿意／仔细聆听／羸弱的我们，卑微的我们／嘶哑的诉说，咳血的音阶"（《十个蝈蝈，或远离的高原》）

《残缺的世界》是一组简洁有力的好诗，刚杰·索木东作为一个诗人的独到观察和表现力，在这组诗中得到了充分的发掘。多年城市生活的忧心焦虑结晶出了思想之果，草原少年的柔弱心灵开始以悲悯之手抚摸匆匆人流视而不见的"残缺的世界"，那些在高楼大厦的角落被我们擦肩而过的伤患疼痛："谁能对一只断手熟视无睹？／藏我于衣袖吧／藏我于，永远／无人可见的黑暗／我将于一缕血痕间／独自珍藏／有关扼腕的／所有秘密"（《残缺的世界》之《断手》）。"你真能给我一个支点吗／哪怕只是／给我，用一截木头／触摸大地的／甜美谎言"（《残缺的世界》之《断腿》）。"如果剜心之后／尚能存活／那我必将选择／永远的沉默／这个世界已经残缺／如此，即使拥有／一颗七窍玲珑的心／我又怎能／把深处的创伤／向人类诉说"（《残缺的世界》之《空心》）。

长冬无雪，但春节之后是情人节，是元宵节，热闹总是找得到一茬又一茬的理由。在被烟火璀璨装扮着遮没着的城市天空下，你会觉得一个人不融入盛世的欢娱，是可耻的，所以，当刚杰·索木东颠簸在回乡又离乡的路上时，我正疲累于远离故乡远离藏历的节庆里。这样的时刻，我知道我不是找不着星空，找不着那曾照亮了我少年梦想的另一片星空，而是今天的我，找不到可以瞭望星空的窗口。这样的时刻，想起海德格尔说，归乡是诗人的天职。想起另一个优秀的甘南诗人阿信说，回得去的叫老家，回不去的才叫故乡。想起刚杰·索木东“在古老的屋檐下，醉卧成游子的摸样”，他是否看清了炊烟升起的方向，感受到了血脉奔流的那份通畅？或者，“失去母语的那个村庄，”已然成为他此生无法回转的故乡？或者，他正在贴近着的甘南，我正在遥望着的甘南，注定要成为我们共同的甘南记忆？还要经历多少次的归去和离别，我们终将淬心砺骨地懂得，“自己既非过客，也不是归人”？

好在，还有诗歌。因着诗歌，那一场遥远的风雪再一次温暖地落到了我迷茫干瘠的思念里：“年关的那一场大雪／已经不再那么可怕／所以，我有大把的时间／和大把的心情／给在城里出生的儿子／堆一个憨厚的雪人／这样，在他的尖叫声里／就会找到回家的路／偶尔也会／在宿醉的夜半／偷偷醒来，偶尔／也会在静谧的院落／数数童年的星星／温暖的炉火旁／已经很难听到／亲人太多的叮咛了／因为自己，也在／慢慢老去。”

老去的，只是年纪。因为我们依然愿意相信，不老的是青春，是无论何时何地都以心的温度捂着的故乡，是故乡之脉盘根错节生生不息的诗歌。

我的诉说高不过一座山

宁夏和甘肃比邻而居，据说以前是一家子。我也去过宁夏的一些地方，但认识宁夏诗人马占祥却是多年以后的事了。

我见马占祥时，他已誉满京城文学馆路上一处幽静的小院了。据说马占祥坐汽车赶火车，风尘千里，车马劳顿，终于到了那座著名的鲁迅塑像下，他卸下行李，感慨万千地说道："唉，北京真是太偏僻了，离我们宁夏这么远！"就像眼下一些伟大的作品被慷慨的评论家提前送进文学史一样，马占祥这话一经在小院子里大面积铺开，面临的便是毋庸置疑地被经典化，而他个人随即也迅速地被名人化。没办法，出名要趁早，现如今，这是硬道理。

但马占祥却是一个安静沉稳的小伙子。一身机关干部的打扮和中规中矩的小平头，使他和另一些从头到脚洋溢着诗人符码的人区别开来。把他和别人区别开来的还有吃饭。吃饭时，他远远地一个人坐在清真席上。他是人群中唯一的回族。后来，大家熟了，不十分拘礼了，便也端着饭盆坐到他那一桌。但无论是笑语喧哗三五成群，还是形单影只向隅而坐，马占祥都是那么安稳，他笃定而自信。从他的背影，读出的不是孤独，而是孤独的力量。

使马占祥激动起来，使马占祥名副其实像说出北京太偏僻这种狂话的诗人马占祥的，是酒。马占祥爱喝酒，据说常常喝，据说喝完了常常激动。

我有幸见证过一两次他的激动。他红着脸，从座位上摇摇晃晃地站起，他说，大家安静一下，我给你们出个节目，唱个宁夏花儿。然后他低下头，捏紧拳头，像是在下一个很大的决心，然后他猛抬头，用极悲怆的表情喊出：

“早知道黄河的水干了，

修他妈的铁桥者干啥呢？

早知道尕妹妹的心变了，

看她妈的脸色者干啥呢？”

他说是宁夏花儿，其实这是甘青宁黄河两岸广为流传的民谣，我多次听到过不同版本的演唱。但这一次，在遥远“偏僻”的北京，在喧嚣万丈的都市之夜，听着诗人马占祥在来自五湖四海南腔北调的人群中用极西北的味道吼出我谙熟的苍凉，我内心还是被震动了。一时间，千年旱塬上苦情的黄河风卷着他的声音呼呼地从我身后刮过。

后来，我读了马占祥的诗集《半个城》。半个城就是马占祥生活在宁夏的小县城同心的别名。马占祥生在宁夏，长在宁夏，他无可选择地热爱宁夏。而他的诗歌，从命名到内容，自然都是关于宁夏的。

半个城，虽然是“这座不显眼的小城，在传说中失去了半个城”之后剩下的另一半，但它“依旧养育着庄稼河流大地和人民”，所以在马占祥的诗歌里，它是完整的，是被放大了的，那就是马占祥用赤诚的文字建构的诗歌宁夏的形象：西部的，干旱的，回族的；苦难的，坚韧的，壮美的。这是地理学层面的宁夏，更是精神意义的宁夏。马占祥深情歌咏了宁夏广袤的大地上那些被前人悉数写过的壮怀激烈之地：六盘山，贺兰山，西夏陵，腾格里，西海固，他有理由在这些名词里自豪沉醉，做出登高望远凝眸历史的姿态，因为他确实写出了那种裹挟天地的浩然长风，那种苍莽浑黄的西部气息。但马占祥没有这样，他做的更多的不是凭吊昔日之荣光，而是抚慰今日之疼痛。他用诗集中占近三分之二的诗篇，细微精湛地展现了那些卑微、沉默、坚忍的山山水水，一村一壑：庙儿岭、张家井、石塘岭、赵家树村、周家河湾村，村里那道干涸的河床，河边被雨水遗弃了的芨芨草。他详尽描述了所有满含希望又收获泪水的农事，那些过早成熟的山芋苗，没能高过手指的糜子……宁夏，宁夏南部龟裂的山川大地，就这样柔软地丰润地走进了马占祥的诗歌。

海德格尔说过，归乡是诗人的天职。幸运的是，马占祥不需要寻找，不需要归去，他从来都在那里，他生命和诗歌的根都深深的扎在那里——半个城，这是具体实在可感知的地理学的故乡，更是一个他聊以安妥自己灵魂的精神家园。他在《小城之一——同心》里写道："城南是一条河。它如一双手般／将小城同心托起。而旁边一块阔大的坟地里／有我的爷爷。三个奶奶。两位兄长。已无法数清的乡亲以及／刚刚大去的李阿訇。城北一大片荞麦长势良好。一大片玉米／迎风挺立。我的父辈在小城同心生活过，我在小城同心／生活过，我的后代也会一样。在小城同心满足而安然。这些都是／可以肯定的"。不止这些，在马占祥厚实悲悯的诗歌里，可以肯定的还有更多的人和事，那些苦难而亲爱的地名共同构建了他的宁夏"干旱的地理"："小城西吉如此狭长。像一个没有结局的故事。从清晨到／傍晚。它依次发召唤声。诵经声以及祈祷声／长长的声音布满了整座小城。它安详平和却包含了／更多……那里还有些坚韧的人。身穿长袍。将头叩向大地。心中燃着 / 火焰。仿佛传说中的部落……”；在就连“向日葵都放弃了春天”的山城固原，“在山与山的间隙。总有秦腔抑或花儿飘起 / 那是怎样的声音啊 / 我该炸裂几次才能干净地收听”；“一天之中五次祷告 / 一年之中一次宰牲 / 给每个人都赋予圣者的名字 / 在韦州，命定的生活里 / 一切都相安无事。就连暗淡的太阳 / 也会在傍晚把头叩向宽阔的 / 大地”；“窑山，这大地上的一粒暗痣。内心蕴藏着 / 煤炭般的黑焰火。在五十载不遇的大旱之年 / 只让绒毛般的芨芨草淡淡地绿了一下子”；“十万山峦汹涌着聚集张家塬，抬起或深埋了 / 无数村落。那一刻：鹞鹰收拢了双翅陡然冲向拥有 / 三颗老槐的山湾”；“我可以肯定堡子山是寂寞的。一个撑天的高大身影在 / 小城泾源 / 撑起云朵。鸟鸣。山风。留下阳光。水声。它经历了 / 更多的目光的 / 质询。因此它可以见证：一个漂泊的人在小城泾源 / 听到水声……”

就是这样，干旱缺水、荒凉贫瘠的宁夏高原，赐予马占祥的却是一个雨水丰沛、葱茏自足的诗歌世界。故乡成就了马占祥，一生“在塬上寻找粮食和水”的父老乡亲，给了马占祥一双以悲剧的重量轻盈飞翔的翅膀。他沉重却不芜杂，澄澈而又深邃，他随意拙朴又深情苍凉的诗句使一个叫“半个城”的地方岿然屹立于中国当代诗歌的版图中。

马占祥在诗集后记中说道，写诗 20 年，从初次提笔的顽童时期已到两鬓渐白，诗风由抒情转为写实。的确，马占祥的诗看上去非常朴实，因为他以极写实的手法描述乡土世界，但实际上，他的写实既有抒情的传统的根基，又具备一种内在的现代特质。他用词简约，语言克制，摒弃了可有可无的辞藻和修辞，诗句短小精悍，富有张力，尤其在意象选择和转换上，自然轻巧，不着痕迹，但又有深入广阔的内容开掘，表现出了一种特别的现代意味。他常常从突兀而起的日常场景和思绪的承接转换，飞跃上升到一个人在完全的寂静和孤独中所感受到的对生命、空间的触摸和彻悟，这样的诗不见虚弱浮泛的吟唱，内在的支撑使诗句每一个字都瘦骨如铜，铮铮作响。

马占祥生活在“回民的黄土高原”，这使他的诗歌创作必然地笼罩在宗教的光环下。但他袒露在诗歌里的，除了一个信仰者的虔诚，还有一个作为思想者才能达到的现代的审视高度，这种内蕴的勇气和精神使我非常赞赏《参加杨辉爷爷的葬礼》这首诗：“六月酷热，那个被杨辉称作爷爷的人走了…… / 他在 81 年中一直达观而 / 平民地活着。在最后仍保持着低调的 / 作风。我仔细地再次端详了这个老人 / 胡须花白。脸色平静。仿佛一块平静的 / 石头。阿訇在他身边用《古兰经》的章节 / 成全他。其实这个老人已不需要任何多余的 / ——他没有亏欠什么……”

我同样赞赏的还有《宁夏以南：写给高原的诗》，在这首诗里，诗人在“一再提及黄土高原，宁南山区，一座山，一条河和众多庄稼”，提及“山坡羊，苦菜花，阳光，蜜蜂”，提及“戴盖头的姐姐皲裂的脸颊”后，却低声地喟叹：“我的诉说高不过一座山”。与这句话相对应的是另一首《我将要到山上去》中的“我不能不到山上去，站在高处，看我生活其中的小城的渺小”。这两首诗两句话多么难得，它们交相辉映，写出了诗人马占祥难能可贵的两个方面：在山川河流，在自然万物，在沉默劳作的人们面前，永远保持着敬畏谦卑的态度，永远清醒地告诫自己：“我的诉说高不过一座山”。与这样的态度和胸襟相匹配的是，“我不能不到山上去，站在高处，看我生活其中的小城的渺小”的眼界和立场。作为一个诗人，马占祥做到了谦卑地低下去，低下去投身于渺小和苦难，从尘埃里唱出了神性的歌吟，与此同时，他又警醒着，他挣脱羁绊，完成着对自身对环境对生活的审视：站在高处，俯视渺小。正因为有了这两样最可宝贵的秉性和品质，马占祥正在成长为一个越来越优秀的诗人。

今夏，兰州多雨，黄河水涨潮，几度淹没了四十里风情河堤。每日出门忧虑于一场场突降的狼狈时，心中总会蓦地想起马占祥。想起马占祥在北京的饭桌上，猛地扬起手机，无比欢喜地喊：宁夏的短信，那边下雨了！宁夏下雨了！他脸上的笑，他眼里的亮，像极了一个孩子在宣布：明天就过年了！——但这样的欢喜也是孤绝的，并没有太多的响应和共鸣。人们沉浸在自己的话题中，关于人类明天的走向，关于现代人今天的灵魂，关于后现代时期文学的处境。太多凌空高蹈的宏大思想，使许多人的脸上深刻着恰如其分的忧患，谁又分得出心去关注一片遥远天空下的一场小小的雨呢？谁又愿意从滔滔的热闹中抽身而出，安静地聆听马占祥诉说正在夜降喜雨的那个小城呢？那里，是他祖辈生活的地方，那里，自古以来，十年九旱，十种九不收，那里，年均降水量只有 200 毫米，蒸发量却是 2300 毫米，那里，清亮的水源总是离村庄太远，一位回族妇女行走在下沟上塬崎岖不平的挑水路上，桶里的水每洒一滴，她就“哎哟”一声……

那么，现在，宁夏也下雨吗？半个城，它在下雨吗？我的城市里这不期而至的连绵不绝的恼人的雨，会不会是诗人马占祥身后那些苦焦的千沟万壑久盼的甘霖？那么，那些旱塬上的庄稼，那些坚挺在村口如同战士般的矮树，那些在崖畔上开出皱褶的花朵的马莲草，不会再遭遇一瘦再瘦的命运吧？

太多的人说，诗歌是无力的。我不是不知道这个，在今天，诗歌的光芒微弱到不足以照亮一条手机短信撒播的短暂黑暗。但我仍相信，一首纯粹的高尚的诗歌，就是一场好雨。相信那个妇女溅洒出去的每一声疼痛的“哎哟”，都让马占祥用双手掬起，捧进了他的诗歌——那是生活对一个诗人所能赐予的最好的礼物：上天的雨水。

在黑夜中独行

▲▲

2016 年 11 月，著名作家陈映真病逝于北京。他，终于没能回去他的故乡——台湾。

一直以来，台湾问题始终是中国最受世界关注的焦点问题。上个世纪八十年代开始，随着台湾岛内政治形势的急剧变化，文学研究界出现了台独势力的民族分裂运动，他们以台湾“本土化论”对抗中国民族主义，宣扬以完全脱却中国的所谓“台湾文学”取代“台湾文学是中国文学的一部分”的根本原则。新世纪以来，鼓吹这种反民族文学论的主要人物叶石涛、陈芳明等受到台独派权力和日本右派势力的百般宠幸和奖掖，在台独派台湾文学研究界被奉为宗师，大有甚嚣尘上之势。而本着一个中国的原则，以“统派”旗手的角色一直站在最前线，与叶石涛等的台湾“本土化论”和文学台独论者长期进行不屈不挠的战斗，坚决捍卫台湾文学的中国性的，是台湾著名作家、文学理论家陈映真。关于陈映真，自八十年代以来，大陆虽也有一定的了解，但过多的富有政治意味的定语遮蔽了他的作品本身的魅力，那些丰富和复杂的对台湾内心的表现。今天，在海峡形势千钧一发，民族和平统一倍受瞩目的时刻，陈映真所做的一切理应受到更多的敬意和关注，而他充满爱国情感、代表时代趋向的小说创作将必然地纳入到两岸学界更高层次的研究视野中。

陈映真是台湾本土作家，出生在竹南小港，在成长的经历中，台湾黑暗腐败的社会现实促使他很早就产生了一定的左倾思想。一九五九年他开始文学创作，写出了大量充满理性精神的社会批判作品。1968年、1979年曾两度因思想的激进被台湾当局关进了监狱，长达八年的牢狱抗战使他的政治信念和文学思想趋于成熟坚定，也成就了他创作人生的辉煌时期。他是台湾乡土文学运动的主将，以坚实的现实主义创作和理论成为台湾民族主义文学的旗帜。八十年代起，陈映真开始了政治题材小说创作，站在中国人的立场上清理台湾社会历史，反思文学现状，直面现实，与反民族文论家和文学台独论者展开了长达二十年的艰苦斗争。陈映真奇特的经历，创作中的理性探索精神和富有思想性、时代感的政治立场震撼了文坛，被人称为“台湾的良心”，“海峡两岸第一人”，是台湾文学界最受期待的一位文学家。

陈映真的小说洋溢着鲜明的民族风格和强烈的爱国情感，他写出了在台湾这块土地上生活的人们的爱恶与挣扎，深刻的探讨了在台湾这个特定的环境中沉闷、腐败的政治以及资本主义高度物质化的经济生活对人们的心灵、对文化的重大影响。台湾著名学者、评论家吕正惠教授曾将陈映真的创作分为四个阶段：自传时期、现代派时期、反省时期及政治小说时期。统观陈映真的创作历史，每一个时期他的创作足迹都是踏实有力的。早期作品是他灰暗记忆的记录，在《面摊》《我的弟弟康雄》《乡村教师》《故乡》等小说中处处可见衰败的家乡市镇、贫困的哀愁、苦闷的情绪、远离故乡的愁思。这些作品是青年陈映真处于人生彷徨阶段的真实写照，有很浓的自传体色彩。第二个阶段是陈映真的创作由现代主义向现实主义过渡的时期。他逐渐冲出了惶惑、迷茫、无奈的存在主义的阴影，而扎根到了实实在在的生活之中，揭露、讽喻现实取代了原本的无奈和逃避，他的思想有了飞跃性的突破。这一时期有力作《将军族》和《唐倩的喜剧》。1968 年开始的八年监狱生活和出狱后的创作高潮阶段，是陈映真印证和实践他自己的理论“建立民族文学”的重要时期，系列小说《永恒的大地》《某一个日午》《贺大哥》《夜行货车》《华盛顿大楼》以及中篇小说《上班族的一日》《云》《万商帝君》等佳作相继问世，频频获奖。第四阶段的政治小说从 1983 年开始，不断掀起高潮，产生了巨大影响的有《铃铛花》《山路》《归乡》《夜雾》《忠孝公园》等作品。陈映真是文学领域的探险家，从不满足于已有的收获，而是不断地知难而上，不断地有所发现、有所创造。至今为止，他出版的中篇小说集主要有《将军族》《第一件差事》《陈映真选集》《夜行货车》《华盛顿大楼》《山路》《忠孝公园》等，出版的评论集有:《知识人的偏执》《孤儿的历史，历史的孤儿》等。

作为台湾乡土文学的开拓者和奠基者，陈映真在七十年代乡土文学论战中系统地提出了他的文学理论，其中最重要的一点是：文学应建立自己民族的风格，首要是民族的灵魂。但民族性不是偏狭的地域性，台湾文学民族性的最高体现是拥抱台湾和热爱中国的情感统一，台湾文学是中国文学的一部分。1977 年，他旗帜鲜明地提出了“建立民族文学风格”的口号，以反对现代派文学的崇洋媚外和西化之风，从而把一度中断的五四左翼文学的反帝反封建的爱国精神贯彻到台湾文学中来。陈映真的小说创作是在他的文学理论指导下进行的，也是对他的文学理论最好的实践。在陈映真后两个时期的小说作品中，始终响彻着鲜明的爱国主义的主旋律。首先面对台湾三十年来文化上精神上对西方的附庸化、殖民地化的恶性社会现象，陈映真在强烈的民族精神和爱国情感的观照下，用系列作品对帝国主义的掠夺本质进行了一针见血的批判：《华盛顿大楼》《万商帝君》《上班族一日》和《云》等小说，包含了深沉的爱国主义和民族主义内涵。其中，在大陆被改编为电影并引起极大反响的《夜行货车》写了三位在美国跨国公司做白领职员的中国人的故事，展示了两种不同的思想情感和民族立场。女职员刘小玲年轻漂亮，爱上了深得美国老板赏识的该公司财务部经理、有妇之夫林荣平。而林荣平只是为着一时的情欲的诱惑与她纠缠在一起，根本不会舍弃地位、家业与她结合。刘小玲对他们这种没有前途的爱情非常痛苦不满，当她识破了林荣平的虚伪和卑劣后，渐渐倾心于出身贫寒、愤世嫉俗的中国职员詹奕宏。詹奕宏从内心爱着刘小玲，但却对刘小玲以前的暧昧关系不能释然，经常耿耿于怀，使得刘小玲不能承受他的暴戾，两个人虽真心相爱，却争吵不断。刘小玲宁愿不要爱情，也要保持自己的尊严，最后赌气到美国移民。在公司欢送她的联欢会上，美国老板对中国女职员的非礼、对中国台湾的侮辱，激起富有民族气节的詹奕宏的强烈愤慨，他当场义正辞严向美国老板提出了抗议。但崇洋媚外的林荣平却是一副奴性嘴脸，与詹奕宏形成了鲜明的民族主义与洋奴的对比。这使有爱国情感的刘小玲幡然觉悟，毅然站在了爱国者詹奕宏的行列，他们重归于好，双双辞职，体现了民族主义、爱国主义的胜利。回归乡土、回归民族，正是陈映真在作品中全力体现的中心思想。作为一个铮铮硬骨的中国知识分子，他树立了自强自立的民族主义旗帜，维护了中国人庄严的民族信心和民族意识。正是这种鲜明、深刻的爱国情感震撼了、感动了、安慰了两岸中国人，紧密地连接了海峡两岸期待相互理解的心。

陈映真是坚持现实主义立场的作家，有强烈的社会使命感。他以关怀民众的平民立场和写实精神，对资本主义制度下的民生疾苦和不平等现象给予了揭露，把劳苦大众作为描写和歌颂的对象，表现底层小人物的悲欢离合和命运挣扎。陈映真和乡土文学作家们的众多作品，触及到了台湾社会的种种不合理的剥削制度和黑暗现象，所以招来了贵族主义作家的激烈攻击和来自官方的政治恐吓，被攻击为“大陆的工农兵文学”。但陈映真毫不示弱，坚持在文学中表现广大的底层劳动者，特别强调要以关怀的人生观，给予被侮辱的与被践踏的人们以温暖的安慰和奋斗的勇气。在《将军族》等小说作品中，他执着地表现这一主题，并且第一次写了“大陆人在台湾”的遭际，毫不避讳地把两岸关系融进了人物的命运 中：“三角脸”是退伍后在国民党康乐队里混饭吃的大陆人，“小瘦丫头”是为逃避被卖为娼而来康乐队栖身的台湾女子。“三角脸”将他的退役金无私地援助了困境中的“小瘦丫头”，然后悄然离队出走。但他的金钱和爱情没能改变“小瘦丫头”被卖为娼的命运。五年后，赎得自由身的“小瘦丫头”与“三角脸”复逢，两人历尽沧桑，觉得此身已不干净，于是双双殉情。《将军族》通过大陆男子和台湾姑娘由隔阂到真诚相爱的故事，形象地阐述了本省人和大陆人本是一家，血浓于水的道理。他俩来世再作夫妻的遗愿中，鲜明地寄寓着两岸同胞分久必合、祖国必将统一的美好愿望。是残酷的现实生活摧毁了有情人终成眷属的希望，作者以这一对小人物的悲剧命运控诉了充满剥削、欺凌、丑陋、黑暗的台湾社会制度。陈映真这些冷静描写炎凉世态、大胆暴露社会弊端的作品撕破了台湾文坛上所谓“人性文学”的伪善面孔，更是对官方反共复国文学的有力还击。

陈映真的政治小说是他后期创作中更深的一次艺术探索。他以时代精神为先导，疾走在政治文化思潮的前沿地带。八年的监狱生活，未曾使他退缩、沉沦，反而使他的政治立场和思想变得更成熟、更坚定、更敏锐了。从 1983 年起，陈映真开始创作政治题材小说，决心以自己的声音反抗官方话语霸权，将历史真相告之于众。小说《铃铛花》《山路》和《归乡》就是这样从主题到艺术表现形式都有巨大突破的佳作，在台湾文坛上产生了巨大影响。《铃铛花》写的是一位被日本人从台湾征到大陆去打仗的青年人，他到大陆后“却投到中国那边去做事了”，回到台湾他当了教师，领导学生勤工俭学，领导学生同不合理的教育制度作斗争。他告诉学生为什么穷人种粮食却要饿肚子，为什么穷人盖房子却没有房子住……终于，这位青年从事革命活动被当局发现、追捕，最后被杀害。小说激情讴歌了这位坚强的革命者，愤怒声讨了黑暗专制的台湾当局。《山路》更是曲折动人地塑造了一位仰慕革命者的年轻姑娘曹千惠的美好形象。千惠的未婚夫和战友李国坤都是革命者，一个被杀，一个被长期监禁。千惠来到李家，替牺牲的革命者照料父母和弟弟，她凭着对革命的坚定信念和中国女性那种圣母般的情怀，一干就是一辈子，为老人养老送终，为弟弟成家娶妻，而把自己的痛苦深埋在心底。作者毫不掩饰地高度赞美了这个舍己救人，为革命献出一切的女性。这两部反映战后台湾革命志士生活遭遇的政治小说，以锐利的锋芒戳开了台湾政治生活中令人望而生畏、神秘而又敏感的领域。而《归乡》以一位台湾农家子弟、国民党老兵的际遇，凸显出过去与现在、大陆与台湾这一主题：归乡之路就是结束民族分裂，实现祖国统一之路。

2001 年出版的小说集《忠孝公园》，是陈映真创作的又一高峰，是他在复杂、艰难的社会环境和政治高压中，勇敢无畏地反对“文学台独”的光辉成果。中篇小说《忠孝公园》是陈映真用心经营的一部作品，是他数十年来苦苦思索的结果，堪称杰作。小说以 2000 年台湾“总统”大选，“台湾人开始当家作主”为背景，以高度的政治敏感描写了在民进党掌握了台湾政权，国民党变为在野党后，过去依附于国民党的人的震惊、愤怒和不安，以及搞“台独”者的种种阴谋勾当，在“忠孝公园”中的不孝子孙们的卑劣表演。小说寓意深刻，表现了陈映真思想家兼艺术家的敏锐的目光和超凡的胆略。其时的陈映真，民族主义精神已染上了真正左翼的、马克思主义或社会主义的色彩，每一个读者都能从作品中感受到处在动荡时局中的陈映真强烈的忧患意识和爱国情感。就像一个在黑夜中踽踽独行的歌者，他是激情的，但也是孤独的；是焦虑的，但更是不屈的。从思想文化禁锢的“威权”时代到“本土意识”强大的“民主”时代，台湾的政治形势始终视他是一个“异端”，但他从未退却过。在不是坐牢就是被边缘化的“宿命”中，他依然在赢得越来越多的追随者，多少台湾青年热泪盈眶地捧读陈映真的著作，大陆学子也通过陈映真的激情更深刻地认识着台湾。应该说，在三十年来的台湾新文坛上，没有一个作家像陈映真一样以如此独特的使命感、深刻的思想性、坚定的政治立场和敏锐的现实感捕捉住了台湾历史的真实，他反思现状和直面现实的精神确实令人叹服。著名台湾文学研究专家赵遐秋教授说：“陈映真是中华民族的骄傲。他用他的笔，为我们描绘了在民族分裂、国土分裂的时代下动荡不安的台湾社会，反映了在这样的社会里各种各样人的生存状态和复杂的文化心态，表现出了台湾社会生活的某些本质方面。从这个意义上说，陈映真正是当代台湾社会的一面镜子。”

综观陈映真的小说创作，爱国主题和情感是不变的主旋律贯穿在他笔下的每一个故事中。他用自己的小说作品和理论真正建立了民族文学的风格，使代表着新生、蓬勃向上且体现着社会和文学发展本质力量的乡土文学成为台湾文学的主力军，从根本上提升了台湾新文学的精神，使台湾文学取得了可贵的突破。陈映真不但是优秀的作家和文艺理论家，更是今日台湾思想文化战线上以坚决维护祖国统一为己任的最出色的战士，他以理性的思辩和战斗的激情，几十年如一日，锲而不舍地和形形色色的民族分离主义进行毫不妥协的斗争，在台湾新文学史上留下了光辉的足迹，同时也赢得了热爱和平的世界人民的爱戴，著名海外女作家聂华苓曾说："陈映真是具有人的体温、人的骨头、人的勇气的文艺家。"

"出师未捷身先死"，陈映真的逝世似乎象征了一个时代的落幕。但我们相信随着祖国统一大业的深入发展，中国海峡两岸文学一定会重新融合，届时，陈映真和他独特、优秀的爱国主义小说创作对台湾历史和当下的意义，对整个中国文学史的贡献和意义，将得到历史更进一步的证明。

浅论白先勇《永远的尹雪艳》女性形象塑造的缺失

▲▲

台湾著名作家白先勇特别擅长塑造女性形象，从处女作中的金大奶奶开始，在他的笔下出现了满怀今昔之感慨的上流社会妇女钱夫人（《游园惊梦》），年轻沧桑、狂放不羁的名媛李彤（《谪仙记》），久经风尘良心未泯的舞女金兆丽（《金大班的最后一夜》），为情爱铤而走险的下层妇女玉卿嫂（《玉卿嫂》）等，这些人物无不栩栩如生，以典型形象的独特性给读者留下了鲜明、深刻的印象。白先勇对妇女人生的反映是广泛的，多侧面的，在《永远的尹雪艳》中他又塑造了一个很特别的人物：交际花尹雪艳。其实，交际花作为一种特殊类型的社会财富的剥削者和占有者，一种特殊类型的被侮辱与被损害者，早已在中外文学名著女性形象画廊中占据着不可或缺的位置。从巴尔扎克《交际花盛衰记》中为了爱情而成为金钱社会的牺牲品的埃斯黛，左拉《娜娜》中漂亮性感又空虚放荡的娜娜，小仲马《茶花女》中善良痴情又苦难的玛格丽特，到茅盾《子夜》中以色相和智谋周旋于金融巨头们之间的徐曼丽，曹禺《日出》中在黎明到来之际被黑暗吞噬的陈白露，张爱玲《沉香屑 第一炉香》中一步步走向寡廉鲜耻的葛薇龙，无不形神兼备，各领风骚。

而白先勇笔下的尹雪艳，一个天使一般美丽、妖魔一般邪恶的女人，从20世纪60年代的现代文本中脱颖而出，“踩着风一般的步子”，似乎以压倒群芳的姿态走进了交际花人物群像中。这是一个完全不同于以上几个形象的风尘女子，但她是否是一个崭新而独特的文学形象呢？

纵观中国古典文学，不难发现众多作品对妇女的形象处理和道德评价很一致地走向了截然相反的两极：一是无限的肯定与赞美：或赞美母亲的无私伟大，妻子的贤淑勤劳，这是强调了社会功利性而忽略、抹煞了女性的性别之后作出的评价，是封建儒家文化利用文学完成的对妇女身份的界定。贤妻良母型的女性形象比比皆是；或赞美美丽、痴情、坚贞的女性，对这类形象虽不回避其性别化、个人化的一面，但却是男性文化视域下的女性形象，代表了中国男性的审美指向，反映着男人对女性的要求与期望。其形貌美也只是男人色欲的对象，道德美也只表现为对男人的忠贞不二和全然献身。对她们的赞美，其实是对男权文化下女性为了男人而疯而痴、而生而死的价值观的肯定和维护。从《孔雀东南飞》中的刘兰芝，《倩女离魂》中的倩娘，《霍小玉传》中的霍小玉，《西厢记》中的崔莺莺，《牡丹亭》中的杜丽娘，《杜十娘怒沉百宝箱》中的杜十娘，到伟大的《红楼梦》中那些水做的女儿们，其实都属这个类型。二是无情的否定与贬损：否定与以上两类女性形象形成对立的不道德的女人，本能的女人，邪恶的女人。她们往往聪明、机智、美丽、诱人，但却有着邪恶的本质：欺骗不忠、忘恩负义、残忍贪婪，反复无常，毫无道德原则，有永不满足的物欲和情欲，以色情为手段获取财富和地位，导致男人的毁灭。从《水浒传》中的潘金莲之流到《海上花列传》里那些“媚于西子，泼于夜叉；密于糟糠，毒于蛇蝎”的妓女们莫不如此。这类妖艳而邪恶的女性形象构成了中国古典文学中的“红颜祸水论”，成为中国人根深蒂固的集体无意识。当然不只是在男尊女卑的思想统治下的千年古中国，在西方文化史上，女性也是处在客体的位置上，她要么成为男性理想的载体，是引导男人飞升的天使，要么是诱惑男人堕落的祸水。女人邪恶的观念在西方有着更深远的历史根源。在古希腊的神话、史诗与悲剧中，英雄的人生历程就是与自然、女人斗争的过程，就是征服自然、抵制女人的历程。女人不但以世俗的肉体、歌声、美食等诱惑英雄，使之死亡或者使其忘记使命，而且往往以超现实的女妖或女神的面目出现，以一种阴性化的自然毁灭力将英雄拖下水去。但不论他们是阻挡英雄前进的自然之邪恶的符号，还是使英雄堕落、死亡的女人，作为欲望的载体，和男性理性的对立面，她们都是外表美丽的诱惑者和毁灭者，诱惑、贪婪和欺骗是她们的本性。她们集中地表现了男性世界对女人的深刻厌恶、拒绝和明知危险却无法抵挡其诱惑的恐惧。海伦就是以违背道德而引起灾难的邪恶女性的代表，是美色、失贞、性诱惑带来战争、英雄的死亡、城邦的毁灭的象征，是女人邪恶的文学原型。从古希腊神话、戏剧到莎士比亚的剧作，从远古到十八、十九世纪，作家和艺术家们世代以此为题材，提出道德训诫。厌女症成为人类无法摆脱的梦魇，也成为心理学家和文学批评家的研究课题。

综上所述，尹雪艳其实是古老的东西方文化沉淀交融下产生的文学形象，是中国古典文学中的“红颜祸水论”和西方文化中的厌女意识在现代社会文学文本中的重现，是白先勇对女人邪恶的集体无意识的再阐释。尹雪艳风一样飘逸的身影承载着太多文本以外的重负，白先勇借这样一个女性形象，实证了男性社会界定的、统治的女性传统文化。尹雪艳显然属于被无情的否定与贬损的那一类不道德的恶魔女子，是不能成为男性心目中的天使的反面女性形象。就像她的同类一样，尹雪艳是一个有倾国倾城之风情的女子。她原是上海百乐门舞厅红极一时的大牌舞女，五陵年少为之倾倒，后挤身于上流社会。到台湾后，“总也不老”，好像是“百乐门时代永恒的象征”，成为炙手可热的交际花。但作为社交界的压场人物，尹雪艳从不以妖艳的面目示人，她素净雅致，其风貌气质像美到极致的天使，高贵、圣洁，绝无丝毫娜娜似的淫荡的迹象。作者写尹雪艳抓住了几个特点，一是“总也不老”：从上海到台北，从旧雨到新知，人事变迁，唯尹雪艳青春永驻，从未遭遇到年老色衰，门前冷落的命运；二是“迷人”，对此作者精雕细刻但似乎又不着一字，因为尹雪艳的迷人不仅在俏丽的形体容貌和素雅的穿着打扮上，而更表现在一种难以言表的妩媚风情中。她迷人的秘诀似乎并无奥秘，魅力就在于她有“自己的旋律”“自已的拍子”。作品中将这种“旋律”和“拍子”具象化，反复比喻，反复咏沓：尹雪艳“像一株随风飘荡的柳絮”，“像一阵三月的微风，轻盈盈地闪进来”，“像个冰雪化成的精灵，冷艳逼人，踏着风一般的步子”，“像一阵风一般地闪了进来”。这些描写以独特的色彩、节奏和韵味，营造出一种强烈的艺术感染力，写出了特殊地位、特殊身份和特殊气派培养的一个名交际花的特殊性格和特殊风韵。尹雪艳的迷人是一种冷艳和高贵的迷人，是“一身雪白”“流吟吟浅笑”的迷人，是“无论男女尊卑老幼，一概招呼得妥妥贴贴”的善解人意的迷人。她是风月场中的老手，但完全没有同类人物惯有的轻浮放浪的的言行举止，不见半点刻意取悦于人的谀媚之态，而显出素净、高雅的派头，“像一株晚开的玉梨花”，“一身白色的衣衫，双手合抱在胸前，像一尊观世音”。这样一个不染丝毫风尘痕迹的风尘女子，是交际花中的极品。白先勇对尹雪艳的形象设计从根本上继承了东西方文学史上对这类女性形象的框定：邪恶的女人总是以天使的面目出现的。

这样一个“总也不老”的“迷人”的尤物，这样冷艳、高贵、“冰雪化成的精灵”，注定要成为男人的煞星。古希腊悲剧诗人欧里庇得斯在悲剧《特洛亚妇女》中借人物之口如此评说海伦：“切不可接近她，免得她用爱情勾引你。她迷过多少人的眼睛，倾过多少城邦多少家，这便是她的魅力”。这也是尹雪艳的魅力。尹雪艳不但迷人，而且神秘。“她同行的姐妹淘醋心重的就到处嘈起说：尹雪艳的八字带着重煞，犯了白虎，沾上的人轻者家败，重者人亡。”她成了“红遍了黄浦滩的煞星儿”。同行姐妹的吃醋诋毁本不足论，但在小说中，却真的一一应验了：想娶她的人犯重罪被枪毙；赢得她的人一年丢官，两年破产；家庭美满事业有成的企业家因为陷进了她的诱惑而家破人亡。人生无常，那些用金钱权势追捧尹雪艳的男人个个身败名裂，落得极悲惨的下场。但“尹雪艳公馆一向维持它的气派”，“门前的车马从来也未曾断过”。宽敞豪华的客厅里，“四时都供着鲜花”。甜腻的花香中，依然是浅浅笑着的女主人，笑看英雄末路，静观世事沧桑。这个时候再看尹雪艳的“迷人”，作品中潜伏着的那种神秘的阴影和朦胧的暗示，呼之欲出，而“灵堂祭奠”那一幕在紧张突兀的气氛中将此推向高潮：尹雪艳浑身雪白，白得可怕浑如孝服（在中国人的风俗观念里，白色历来是不吉利的颜色）；她所到之处，灾祸不断；她来去如风，处乱不惊，高深莫测；她有美女的诱惑力，更具备魔鬼的震慑力；她那一身银装，不再是天使的外衣，而是死亡的象征。

这就是白先勇笔下的尹雪艳，一个被完全地置于男性文化视域下的女性形象。作者用男人们的悲惨结局告诉读者：尹雪艳表面的美包裹的是极端的丑：朝楚暮秦，以色相为资本掠取财富，不惜毁灭他人，毫无道德准则，工于心计深藏不露。为了这样一种道德训诫的需要，作者将尹雪艳定格在一定的框架之内：她虽是小说的主人公，但在文本中始终以被规定的客体出现，始终是被玩赏的欲化对象。对她的言行描写完全流于表面化，是贴着交际花标签的尹雪艳的公众行为，而丝毫未触及到作为个体人的私人的一已的喜怒哀乐。我们知道，女性形象在文学中的存在往往与爱联系在一起，在男人的爱中受苦是女性不可避免的命运，女性为爱情而奉献、牺牲或者发疯是天经地义的，这些走向自我失落或毁灭的女性都被视为是神圣和崇高的，或受到歌颂或受到怜悯。尹雪艳作为与此相对立的受到贬损的女性，在文本中被剥夺了为爱受苦的"殊荣"。她周旋在数不清的男人中间，攀附在有权势的男人身上，她的生活离不开男人，但她从不为情所困。她从未像玛格丽特和埃斯黛一样痴情地爱过一个男人，在王贵生、洪处长、徐壮图等男人为她破产、为她丧命的故事中，看不到属于她自己的故事，她只是一个承担"祸水"功能的符号。作为一个具体的女人，她曾有过怎样的境遇？怎样的心路历程？她是怎样走到这种受人追逐又为人不齿的人生中的，社会和男人们对她做了什么？她"总也不老"的背后是心灵的彻底麻木和冷酷吗？她拥有过真正的青春吗？她真的如此沉迷于被人赏玩被人豢养的卖笑生涯，就像鱼融于水吗？她从没有过陈白露那样身虽沉沦、心却警醒的痛苦吗？关于这一切，读者永不得知，因为，白先勇让"尹雪艳吟吟地笑着，总也不出声"，她无法出声，在男性文化操纵着的整个语义系统中，她彻底地丧失了话语权。尹雪艳没有被当成与作品中的男性对等的人来看，而是理所当然地被恶魔化，被贬抑，被抽空，不再成为人，不再有语言，走进读者视野的尹雪艳是被一个远离女性经验的代人言者隔膜的眼光审美观照下的女性形象，在文本中她没有多侧面的立体的性格展现，没有点滴的内心流露，看不到分裂的女性内在世界。这就是尹雪艳和她这一类女性无论在现实生活还是文学话语中都必须遭遇的艰难处境：被遮蔽、被歧视，被唾骂，被非人化，为了维护男性中心主义而把一切责任推给她们，并且历史永不能还她们以本来面目。

所以，在《永远的尹雪艳》中尹雪艳始终面容模糊，但却象征性地穿一身冰雪般的素白，那是迷人魅力的具象化，又是她作为“煞星”的标志，她制服男人和女人的手段，神秘莫测；她来去无踪，如疾风如闪电，所有这些，都使她像一道魔影，而非一个真实的女人。就像一朵蚀人的罂粟花，作者让尹雪艳天然地具备迷人的魅力和邪恶的本质，天然地具有颠覆性和毁灭力。在她的世界里，灭亡的永远是拜倒在她石榴裙下的男人，立于不败之地的永远是她自己。她迷人又神秘，美丽而丑恶，是恶魔与死神的综合体，是又一个倾国倾城的海伦似的女性形象。白先勇通过她的形象阐述的其实是中外共通的集体无意识：女人是诱惑男人堕落、导致男人毁灭的祸水，女人是邪恶的。尹雪艳不是她自己，而是世代永不绝迹的这一类女子的标本，是古老的红颜祸水论和厌女意识的载体。在她的身上，作者想要寄寓深刻的思想意味，完成从“一个”到“一类”、从形象到抽象的集中和飞跃，因此，尹雪艳“总也不老”，是“永远”的。但遗憾的是，尹雪艳虽然踩着“自己的旋律”“自己的拍子”，但她从根本上不是一个具体的拥有血肉之躯的女性，而是男性旁观者、解说者、创作者从男权观念出发他塑的缺少真实、丰富、鲜明、独特性格的概念化象征化的文学形象。符号的功能不能代替一个具体的女人所经历的生命之路，尹雪艳之所以永远不老，是因为她原本是被抽空的无生命的形象，是空洞的能指。在故事中，她似乎永不被男人所左右，但在事实上，在强大的男性话语中，她始终处在客体的位置上，她的女性角色、地位与本质完全由男性操纵、定位、解说，她被放逐到社会和文化的边缘而失去自己的声音和历史。对尹雪艳形象的塑造其实是女性被男性利用、剥夺的过程。弗吉尼亚·伍尔夫曾在著名论著《一间自己的屋子》中呼吁：杀死天使和魔鬼。而在《永远的尹雪艳》中，女人的本来面目依然被貌似天仙的魔鬼形象所遮蔽，所取代。可以说，作者白先勇深受男权中心文化的束缚，他塑造的尹雪艳的形象呈现出将女人视为男人尤物，将女人物品化符号化的文化积淀和心理承袭，他继承的依然是中外古老文化中普遍存在的男主女客的基本权力观念和意识形态。陈旧的观念下不可能产生创新的艺术，《永远的尹雪艳》是一个很俗套的文本。这种艺术创造性的匮乏是根本的失败，白先勇虽是融通中西学养的大作家，吸纳了中国古典文学之精神和西方现代派文学的各种表现方法，但依然无法弥盖这种巨大的缺失。

在民族主义的旗帜下

▲▲

萧红和萧军合称二萧，历来被相提并论。他们在苦难岁月里结为伉俪，合出小说散文集《跋涉》，并共同师承鲁迅，由此奠定文学生涯的基础，成为东北流亡作家的代表。他们得以成名的被鲁迅编入“奴隶丛书”出版的长篇《生死场》和《八月的乡村》，被视为充满爱国主义精神的作品，在表现民族兴亡的共同主题时，异曲同工，交相辉映。

应该说，作为东北流亡文学的代表作，二萧的作品在外部形态上确有很多一致之处，这些一致之处其实也是东北流亡文学的基本特征：敢于直面残酷的现实生活，写日寇的暴行、人民的灾难和不愿作奴隶的人们的抗争，真实、具体、生动地再现了沦陷区的生活，呈现出十分鲜明的抗日救亡的主题。他们大都写体验过、思考过、爱过、憎过的生活，以眼前惊天地、泣鬼神的生活真实为基础，塑造出了突出的、浮雕般的受难者和反抗者的群像。他们大多选取沦陷区血腥的故事和浴血奋战的场景，描写灾难、罪恶、战争，抒发饱含悲哀、愤怒及豪迈的激情，反映了特定历史时期占主导地位的审美需要和审美理想，呈现出鲜明的沉郁、苍凉、悲壮的艺术氛围和时代风格以及浓郁的地方色彩。在民族存亡的特定社会历史阶段，

《生死场》和《八月的乡村》以它们的声响、色彩的强度和亮度振聋发聩、引人瞩目。以顽强的生命力的美撼动人心，以一种野蛮、愚昧但又强悍坚韧的东北精神唤醒沉睡的国民，激活潜藏的民族的伟力，重造民族的性格，重振民族的精神。但在民族主义的大旗帜下，二萧还是走出了不同的艺术道路。这不仅是指他们风格迥异的文风和表现手法，以及一些细微的情景处理，而是更彻底地表现在二萧不同的创作心态不同的审美视觉，对现实人生、对人的命运和处境不同的感受和理解中，表现在二萧以各自的性别身份出发对爱国主义、民族主义产生的不同观念和立场上，这才是根本的。

从内容上看，萧军《八月的乡村》可以说是萧红《生死场》的延续和拓展。《生死场》写九·一八事变前后东北农村血泪交织的生活，几个主要人物终于投奔抗日队伍了。《八月的乡村》则描写东北人民革命军在磐石一带和日本侵略军进行浴血苦战。作品洋溢着土地沦丧而民族魂不灭的天地浩然正气，血染的山河和铁铸的人物相映衬，强烈的爱国主义思想感情——爱憎交响下的呻吟、呐喊、怒吼充满在创作中，渗透在每一个细节与场景里，成为作品的基调。《八月的乡村》是一种力的文学，手法是写实的，格调是质朴、刚健、粗犷有力的。它以其特殊的风貌震服了文坛，鲁迅先生对其作了热忱的评价："这《八月的乡村》即是很好的一部……作者的心血和失去的天空、土地、受难的人民，以至失去的茂草、高粱、蝈蝈、蚊子，搅成一团，鲜红地在读者面前展开，显示着中国的一份和全部，现在和未来，死路与活路。"

《八月的乡村》作为一部革命现实主义作品，其显著特色之一是具有非常鲜明的政治倾向性，九·一八事变后，东三省沦入日寇手中，国民党一溃千里。义勇军自发武装在中国共产党的领导下得以发展壮大，最后组成统一的东北抗日联军。《八月的乡村》就是根据我党领导的东北磐石抗日游击队的斗争史实和故事创作出来的，目的是要唤醒民众，宣传抗日，“为求祖国的独立，民族的解放，人民的翻身”（萧军谈《八月的乡村》）。作者大胆地把黑土地上飘扬的红旗作为一条不断跳动的红线贯穿于全书，鲜明真实地反映出中国共产党在蓬勃发展的抗日武装力量中所起的核心作用和所处的领导地位，具有鲜明的时代特征。对民族战争的行程，作者没有赋予廉价的“乐观主义”，而是如实地写出战争的残酷性和艰难性，并执着地探索蕴藏在人民之中的最终必然走向胜利的潜在因素，全书响彻着英雄主义的强音。《八月的乡村》现实主义的特色之二，是多角度、多层次地塑造了抗日烽火中的人物形象。无论是刚毅沉着的陈柱司令，英武猛鸷的铁鹰队长，还是知识分子出身的萧明，有浓厚恋家之情的农民战士小红脸和唐老疙瘩，他们各自的性格和命运虽有不同，但在这如火如荼的特定背景下，个体已被共同的民族主体所代替，强烈的民族意识和爱国情感，使他们不甘于深重的民族灾难而聚集在奋起抗日的旗帜下。《八月的乡村》中还有许多绘声绘色的景物描写。萧军是脚踏着黑土地从抗日硝烟中走上文坛的，对失去的故土怀有一种永久的思念，这种强烈的爱国真情融在了他的作品里。小说的景物描写，使人感觉到既有对往昔平静生活的回味，又有对日寇烧杀抢掠暴行的控诉，更有对祖国前途命运的担忧。景物描写在表现主题、抒发感情和结构呼应上起着重要作用，它将战火洗劫之前小山乡宁静安详的田园美景与日军侵袭后“成了废墟”的惨图加以对照，在看似平静客观的景物描写中，蕴含着作者对家园的深挚感情和对敌人的冲天愤慨。作为一部崭新的抗战题材小说，《八月的乡村》忧愤深广，雄浑遒劲，它不仅展现出由痛苦的呻吟到抗争的呐喊的民族意识的觉醒，而且也开创了现代长篇军事题材小说的某种范式。

分析了《八月的乡村》的基本特色，再对照《生死场》，就会发现两部作品之间的大同和大异之处。诚然，《生死场》和《八月的乡村》同为发自救亡前线的血泪报告，共开“救亡文学”之先河。它把东北沦陷区人民的痛苦呻吟和反抗呼号生动地展示在处于民族危机关头的中国人民的面前，使人如睹关外的血与火，如闻塞外的悲笳与枪声，是一幅拼死求生御外侮的血泪画卷。被誉为三十年代抗战文学的奠基作品之一。胡风曾高度赞扬《生死场》中体现的抗日精神和中国农民爱国意识的觉醒：“这些蚊子一样的愚夫、愚妇们就悲壮地站上了神圣的民族战争的前线。蚊子一样的为死而生的他们现在是巨人似地为生而死了。”基于对小说意义这样的理解，大多数评论者将它视为一部纯粹的“民族寓言”。鲁迅先生也说，《生死场》表现了“北方人民对于生的坚强，对于死的挣扎。”小说写了北方农民在平常岁月如野草任遗弃、任践踏的自生自灭状态，又写了在土地沦陷之秋，他们如春风烈火般有光有热的生和死，确有把人的生和死与民族的存与亡凝结在一起的内在逻辑。但如果换一种视角切入到萧红文本最本质的层面，就会发现将《生死场》纳入宏大叙事格局的批评传统造成了对《生死场》的阅读盲点，限制着小说意义的再生成。

与萧军着力表现鲜明的时代政治倾向性不同，萧红首先关注的是乡村妇女的群体生活经验。在《生死场》中，女性的命运构成了富有乡土色彩的生活图景的主色调。全书共十七章，作为一部抗日题材小说，它不像《八月的乡村》开始就写抗日队伍，而是很奇怪地在后七章才涉及日本侵略的事件，而在前十章中用了大量的篇幅描写东北农村妇女的生活细节。在这些描写中，萧红表达了对于自身性别的体悟和反省，写出了女性的生活经验，特别是身体经验，袒露了女性在父权世界中的艰难处境。其实对萧红而言，“生”与“死”的意义不仅仅在民族兴亡，而更多地体现在女性的身体上，女性身体的种种经验集中体现了生与死的特殊内蕴。因此，女性的身体就成为小说意义生产的重要场所。从第一章“麦场”开始，作者就落笔到与农村妇女生活密切相关的两种体验——生育以及由疾病、虐待和自残导致的死亡。在“刑罚的日子”一节中集中对生育之苦做了很袒露、独特的描述，生和死赤裸裸地呈现于人们面前。肢体迸裂、血肉模糊的母体形象已不忍卒看，而承受着巨大的肉体痛苦的产妇却还要承受“一看见妻子生产他便反对”的丈夫的谩骂和泼在身上的一大盆冷水。“她几乎一动不敢动，她仿佛是在父权下的孩子一般怕着她的男人。”这样的语句背后是作者何等悲凉和惨痛的心境呀！唯感同身受，才明白至此，同情至深。萧红的语言时而悲悯时而嘲讽，“在乡村，人和动物一起忙着生，忙着死”一语道破人的性和生育与动物的交配敷衍的等同性，揭示了乡村妇女动物一般悲苦无告、生死由天的生活的实质。她们在冬闲的季节喜欢聚在炕头上笑闹，却丝毫不能抵御贫病折磨和丈夫虐待，受苦受罪，虽生犹死。生活与生育是女性面对的可怖现实，死亡亦如是。小说在简短篇幅内充斥无数的死亡：有杀婴、有绝症、瘟疫以及战争。女性身体的变形与死亡的毁形比比皆是。勤劳善良的王婆不堪悲苦，自杀却死而复生，作者将此事件未作任何象征化的处理，而是将笔触径直落实在身体的残损上，唯一触目惊心的是可怕的身体的毁形。“从前打渔村最美丽的女人”月英瘫痪后受尽丈夫的折磨，变成“形状可怕的怪物”，她的身体“腐烂成蛆虫的巢穴”，终于死去。女性之躯任人摆布的无望还体现在乡村妇女的性经历中。与男性身体相比，女性身体表现的是对自己命运的无法自主。金枝自由恋爱怀了身孕时陷入了莫大的恐惧和绝望，她开始害怕、憎恨自己的身体。未婚先孕决定了一个女人在人类社会面对的走投无路的绝境。男权中心的社会体制要控制她的身体，苛求她的贞洁，惩罚她的越轨行为，她的身体被抽空了内容，简约成一个被父权制预定了功能的能指。

就这样，女性的身体在《生死场》中不是空泛的概念，而是有血有肉的存在。由于它的存在，“生”和“死”的意义因此被牢牢落实在生命的物质属性上，而得不到丝毫的升华。“生”，意味着女人身体的被撕裂；“死”，让人看到肉体的触目惊心的毁形，而绝无所谓灵魂的超拔。萧红以这些苦难女人的故事，向读者展示女人是怎么活的；她与周围的世界怎样发生联系；为什么身体的经验对于女人是那么实实在在、不容抹煞的。基于此，其实萧红也向男权社会提出了尖锐的批评，这一批评不仅针对男权等级制度对女人的压迫，而且还暴露了萧红的写作同男性写作的疏离和冲突。对于萧红来说，生命并非要进入国家、民族和人类的大意义圈才获得价值。在女人的世界里，身体也许就是生命之意义的起点和归宿，这也是《生死场》与《八月的乡村》的根本之不同。

当然，萧红并不缺乏民主主义热情，相反，在《生死场》中，她高度赞扬了“生是中国人，死是中国鬼”的民族气节和抗日精神。但她不同与萧军，萧军是自觉的民族意识的体现者和爱国思想的表达者，比较萧军热切悲壮的抗日心态，萧红对家乡、国家、民族的概念有几分暧昧，几分质疑，她的民族主义立场是复杂的。她在《生死场》中，用如许多的笔墨描述沦陷以前的东北农村妇女的悲惨命运，女性在贫困、疾病、生殖和男权压迫下承受的身心煎熬，动物一般被奴役、被践踏的生和死，就是要展示在外敌入侵之前，女性其实已被压榨得体无完肤，其实已是生不如死。女性在“我们的国家”中的真实处境，使萧红生不出“我是中国人”的归属感和荣耀感。她在一篇散文中写道：“家乡这个观念，在我本不甚切，但当别人说起来的时候，我也就心慌了！虽然在那块土地在没有成为日本的之前，‘家’在我就等于没有了。”这样悲怆、苍凉的心境，真实地道出了萧红的矛盾情感。《生死场》并非不是抗日爱国作品，但它更重要的意义在于“显示了女性与国家、民族之间深刻的连接和分离”。萧红是理性的，她对于女性苦难的表现没有掩盖和消失在国家和民族的苦难之下，她展示了千疮百孔的女性所处的一个永劫轮回的“生死场”。萧红从女性身体经验出发，建立了一个特定的观察民族兴亡的角度，她告诉我们：女性面对的不是一个而是两个敌人，双重压迫——帝国主义和男性父权专制。对女性而言，往昔生活并不意味着和平，就是在外敌入侵后男女两性共同的家园认同和民族认同之中，仍然存在着无法掩盖的性别的压迫和不平等。国家和民族的归属感很大程度上是男性的，民族主体根本上是一个男性空间。《生死场》塑造了二十多个人物形象，其中的男性人物，无论是进步农民的代表李青山，还是有反叛精神但懦弱、妥协的老赵三，甚至安于现状、只关心自己的一只山羊的二里半，最终都走到了觉醒反抗、奋起救国的道路上。忠于祖国，不当亡国奴的爱国热情和抗日精神重振了这些农人的男子汉之气，使他们发现了新的生命意义和价值。但王婆们只有在成为寡妇，完全否定了自己的女性身份后，才拿起枪加入到抗日“弟兄们”的行列中，虽高喊着“千刀万剐也愿意”的抗日誓言和男人们一起去拼死，却依然无法分享男人们所占有的自尊和地位，无法分享“我是中国人”的自豪感和成就感。而大多数女人，为了生存，只能在男性的压迫和侵略者的凌辱中挣扎，永远也不能有成为“中国人”的荣光。

金枝是《生死场》中除王婆之外作者用心力最多的一个受苦受难的妇女形象。她怀着身孕嫁人，所生为女，刚满月便被丈夫摔死。她长期忍受丈夫的虐待，丈夫死后为糊口去城里做工又遭人强奸，受尽折磨。这一连串的不幸与打击，彻底摧垮了金枝的精神世界，也使她对女性的命运有了深切的认识。因此，当王婆斥责日本兵切开中国孕妇的肚子，残杀女人和婴儿的暴行时，金枝的反应是："'从前恨男人，现在恨小日本子。'最后她转到伤心的路上去：'我恨中国人呢，除外我什么也不恨。'"金枝身心痛苦的经验使她和男性之间形成了一道无法逾越的鸿沟，而她最后的渺茫无着、走投无路的结局也和男性呈现了尖锐的对比。同样是贫苦的农人，同样是家国仇恨，男人们得以借助民族精神超越自己低下的社会地位，获得了新的自我定义。但金枝却没有成为民族主体的承载者。丈夫和强奸者给她带来的身体经验与由于日军侵略而造成的民族身份之间存在着矛盾。无独有偶，《八月的乡村》中，萧军也塑造了一个失去了丈夫和情人、又惨遭日寇凌辱的年轻妇女李七嫂的形象。但李七嫂没有被不幸击倒，而是以觉醒了的战士的英姿站在了飘扬的红旗下。对金枝和李七嫂形象的不同处理，再恰当不过地显示了二萧对女性处境、命运的不同认识，显示了他们在不同性别立场下很难达成共识的思考。李七嫂被强奸的情节，在萧军笔下，只不过是抗日宣传的一种转喻，被用来展示中国的困境。民族主义在此取代了女性身体的意义，否认女性自身经验的特定含义，将具体的强奸行为符号化，赋予扩大的象征性内涵：即中国受到日本入侵者的强暴。相比之下，《生死场》中金枝被中国男人强奸的细节则巧妙地颠覆了萧军在小说中对女性身体的盗用。

和《八月的乡村》一样，《生死场》在艺术上也有把叙事和写景有机结合，用抒情的笔调描写景象的特色。但二萧的着眼点和侧重点是不同的。萧军笔下的乡村像一幅宁静、淡远的田园风光图，平安、沉静，读之让人产生一种愉悦的快感。只有侵略者的入侵，才使这幅“依依墟里烟”的美景变成了废墟。萧军侧重于将日军占领前自由、自在、自足的家园生活和日军占领后的惨景加以对照。而在《生死场》中，撕破抒情的田园图画的，却是多灾多难的女人们的惨叫声。春天来了，树绿花开，景致是美好的，但“生”和“死”却赤裸裸地呈现在人们眼前：众多的产妇开始了“刑罚的日子”，生死搏斗之后，其结果往往是母死子亡，美景变成了惨图。《生死场》像一首长篇散文诗，多侧面地描绘了东北农村的风俗图，自始至终洋溢着浓郁的、悲伤的抒情色彩，其景亦真，其情亦怨。二萧眼中的社会图景如此不同，可能的解释就是因为在他们的作品中孕含着不同的性别因素。在《生死场》中，无论是占领前还是占领后，女人的故事使作者无法将现存的男权社会理想化，国家的劫难既不能解释，也不能抹去女人身体所承受的种种苦难。民族兴亡的革命不能取代性别价值革命，女人格外的不幸，只因为是女人。《生死场》在民族主义的大旗帜下鲜明地呈现了女性的视角和立场，执拗地让女性被遮蔽的性别表达、被忽略的性别牺牲从男性的历史和视野中独立出来，以惨痛的女人的历史，完成了萧红对男性主流话语的颠覆。正是因为这样，《生死场》之于《八月的乡村》就像一条清丽的小溪遭遇到湍急的大河，在抗日救亡这个大关口，它们融汇到了一起，咆哮着唱出共同的声音。但峰回路转，离开那最初的交合点，它们走过的依然是各自的轨迹，它们坚持的方向依然是各自的艺术世界。同工之妙是对那个苦难时代的回答，异曲之实却是留给后世的一份厚重的思考。

一本书，一段历史，一条回乡路

2018年新年伊始，收到了鲁院同学赵宏兴新近出版的长篇小说《父亲和他的兄弟》。

赵宏兴给人最深刻的印象，最是他常常挂在脸上的笑。好像他始终就那么笑着。温润祥和的谦谦君子之笑。而文如其人这句话，用在他身上是极适合的。赵宏兴的文字，无论是诗歌、散文，还是小说，其精神质地都和他的人一样，朴实且温和，深广而善良。在这部《父亲和他的兄弟》里，我再一次读到了这种极富个人标识的为文风格。按一般理解，《父亲和他的兄弟》是很容易写“严重”的苦难题材，饥饿死亡中的命运跌宕，利益冲突下的兄弟反目，无一起事变不让人悲从心生，无一处恩怨不让人扼腕叹息。但赵宏兴举重若轻，他内心勃发的热情，胸口堆积的愤懑，诉之于笔端时往往就变成了娓娓道来的日常，云淡风轻的爱恨。这源于赵宏兴一贯为人的修养，慈悲的心怀，也体现了他在文学创作中的自觉性，对一种独特克制的小说叙事艺术的追求。

《父亲和他的兄弟》一书的故事横跨上个世纪的几十年岁月，算得上是一部年代戏，但情节主线并不错综复杂，主要叙述了父亲的命运遭遇，和兄弟失和的来龙去脉：农村知识分子出身的父亲通过自身努力，完成了身份的变化，成为一名“公家人”。后因突遇家庭变故，为拯救濒临消亡的家庭，父亲辞去工作，回乡种地务农。几年后，当父亲可以重新恢复供销社的工作时，却因小叔出面诬告，使他痛失翻身良机。继续当农民的父亲在穷困的劳作中，频遭精神的打击，因为土地、伙牛、丧母等事件，和小叔的关系越来越走向不堪，直至彻底破裂，反目成仇。两个人在乡村发展的大背景下，进行着完全不同的人生。

小说的结尾，在外打工发了财的小叔回乡盘划坟地的事，父亲被迫再一次遭遇他的算计。虽然，小叔这一次无法得逞，但这并不能使人感到释然，反而更添一种难言的况味。生而为人免不了殊途同归，再自私强势的人也不能抵挡时间的洪流，当算计争斗了一辈子的小叔和父亲一样最终都必须要面对“坟地”的归宿时，那日渐凋敝的村庄里，是否会发生最后的宽恕，和救赎？

我得承认，阅读这部小说的感受，于我是很难轻易表述的一件事。虽然苦难在乡村叙事中向来是不变的主题，虽然像“父亲”这样背负着百转千回的苦难宿命的人物形象，我们已在太多的文学作品里见识过，但赵宏兴的《父亲和他的兄弟》还是让我经历了一种强烈而新鲜的震撼。艰难的乡村生存困境，破碎的亲情伦理关系，层层悲苦，种种不堪，无法抑制的慨叹、伤痛之余，更重要的是，这部小说里的人和事使我有一种不忍面对的尴尬——是的，尴尬。譬如，奶奶为了能从食堂多打一份爷爷的饭，硬是死死瞒着爷爷已经死了的事情，到不得不发丧时，爷爷的尸首已经腐臭了；譬如，父亲虽为孝子，但在明知小叔极端不孝的情况下，他还是无奈地让年迈的奶奶按月轮流在两家住，及至饥寒交迫的奶奶在年关腊月被小叔折磨而死；譬如，为了抢一摊牛屎，小叔狠下毒手，长棍打得母亲半个月走不成路；譬如，父亲多次忍无可忍去找小叔评理，但每一次都颓然而归，连一个耳光都没有抽到，因为只要他动手了，小叔肯定会打他；再譬如，父亲为了女儿的学费，豁出脸面去找小叔借钱，小叔碍于外人在场借了钱，但仅仅过了三天，他就黑着脸气势汹汹去父亲家索要……

已经够了，无需再列举书中更多的情节了。就是这样。那些场景，过目难忘。那一幕幕从心里痛到骨缝的人间惨象，那一次次让人颤栗、震惊，却尴尬得哭不出泪的亲情撕裂。我知道当赵宏兴写下这样的篇章时，内心肯定有挣扎，有震颤。任何一个作家，看到自己的笔下出现如此惨烈的图景，都会为之所动，因之疼痛。但正是在这里，赵宏兴表现出了“真的猛士”直面现实的勇气，他不避讳，不矫饰，更重要的是，他也不置身于话语的道德高地臧否笔下的人物。在一个写尽人间窘境的“家族故事”中，他的笔调始终是波澜不惊的，他只是以淡然、笃定、从容的叙事掌控力，还原乡村苦难生存的真实图景，而不做无谓的同情和鞭挞。没有情绪高潮，没有内心渲染，没有情节翻转，他几乎是平铺直叙地讲完了“父亲”的一生。

可以说，赵宏兴的“父亲”，是中国文学人物长廊上众多父亲形象中的又一个，普通而独特的“这一个”。作为乡土中国最底层的一员，“父亲”素无过人的谋生技能，除了年轻时放弃公职这个极富自我牺牲精神的重大举动，接下来的一生，他几乎没有太多的个人选择，只是被动地接受着命运的摆布，他老实，木讷，软弱，迟钝，习惯了逆来顺受。就是在受到小叔最恶毒的陷害和算计时，也不过是去理论一下，回来后自己生生闷气罢了，从未想过以其人之道还治其人之身——我想，这才是真实的文学书写。是的，面对饥饿，面对穷困，一介农民，除了加倍地辛苦劳作，还能有怎样的反抗？面对恶魔般的小弟，一个善良的懦弱的兄长，除了发狠说一句“我们俩不是一个娘养的”，除了寄望恩怨如云，又能做如何的了断？

但与此同时，他与生俱来善良，宽厚，有着坚忍的品格和美德，即便是在物质最匮乏的年代，也恪守“做生意人要诚实，不要以为别人没看见，菩萨是看见的”；在荆棘遍布的悲情人生中，无论跌到怎样的低谷，他都不曾有过自怨自艾，一蹶不振，他从未放弃为人子为人夫为人父的责任，放弃过让家人过上好日子的梦想。极度的绝望之后，往往是再一次的给自己打气，再一次的乐观面对，从头再来：“父亲的脚步越来越坚定了，不再踉跄。”

在小说快要接近尾声的第八章，赵宏兴这样写：“天地茫茫间，只父亲一个人影在路上奔波着，黑色的影子、孤单的影子、沉重的影子……影子向前倾着，是负重的，是冲刺的，有一股力量在他的身体里积攒，使他快要脱离肉体的身体像要飞翔……”——一个飞翔的父亲！文本至此，所有重峦叠嶂的苦难兀地爆发出了出其不意的诗意。一个在生活的泥淖里翻滚的底层农民，一个为最基本的生存条件含辛饮泪一辈子的苦命父亲，终于在另一个人生维度得到了他本应得到的理解，认可，和尊重。是的，父亲的内心里，应该是一直住着另一个他自己的：那是打算盘打得大珠小珠落玉盘的他，那是喜欢在贴年画的墙上贴地图的他，那是大声背诵“但我坦然，欣然，我将大笑，我将歌唱……”的他，那是也曾经历了浪漫初恋的他——真可谓往事如烟，不堪回首啊。生存的困境图穷匕见，葬送了一个有志青年别样的人生可能性，生活的淤泥层层堆积，埋没了一个乡村知识分子也曾有过的激情，和想往。最初的一切在现实中早已面目全非，不知所往，但谁又敢肯定人也不是那个人了呢？

海明威说，一个人，你尽可以把他消灭掉，但就是打不败他。没错，父亲就是这样的一个人，就是在频临被消灭的绝境时，他也从来没有被真正打败过。

正是对笔下人物的内心世界和精神质地有非常深切的把握，赵宏兴平实得近似于白描的叙事中，才穿插进了如此“浪漫主义”的一笔。但由此一笔，作品的格调便为此一变，人物形象立体起来了，好像整个故事的情境也飞飏起来了。是的，从尘埃里从泥浆里从最晦暗处开出来的花，才是历经沧桑真纯不改的初心之花。有此一笔，小说凄风苦雨的命运叙事中，便升腾而起蓄势待发的诗意，架构出了真正的苦难诗学。这世上，从来没有始终如一的心灵依傍，也不存在亘古不变的亲情温暖，唯心安处即故乡，父亲一生的磨难，艰辛，一生的隐忍，退让，都是自求心安无愧，不负天地良心——应该说，他做到了。所以，他的灵魂，虽然一辈子都因为无力超脱沉重的肉身存在而倍感痛苦，但在最后的停靠处，却是安妥的。一个负重前行、从没尝试过在无羁的天空下自由飞翔的人，事实上是最懂得，最贴近飞翔的本真意义的。

这个“父亲”，该是有着赵宏兴自己的父亲的影子吧？小说的许多地方，从开篇描写年迈的父亲进城看病，到结尾处父亲变得老态龙钟，“我”带妻子女儿回老家下杜村过年的情节，都可以看得出作者并不想掩讳的自叙传色彩，而在《后记：天下父亲》中，赵宏兴更是直接写到：“从我记忆起，家里就在不断说着父亲的各种事情……后来我决定写他。”正是这种亲历者的回望视角，使得这个极富普遍性意义的乡土故事，同时又具备了一种私人化写作的特征，颇见独特的叙事张力。我在阅读中，不由得一遍遍想起我所熟悉的赵宏兴，却原来，他温厚笃定的笑容后面有着那么多悲酸的心结。生于忧患死于安乐，贫穷坎坷的成长记忆，艰辛磨难的家族历程，更能赋予人砥砺奋进的精神，正如小说里所写“我们因为生活在贫困的家庭中，只有发愤学习，才能逃离苦难”。而父亲的正直善良，宽以待人，应该是血脉传承在赵宏兴的品格中，才使他成就了收获的人生吧。

对于我这个缺乏乡村生活经验的人，阅读长篇小说《父亲和他的兄弟》另有一种不期而至的别样心得，那就是关于作品浓郁的乡土气息，尤其是，迥异于北方的安徽肥东农村的地域文化与风土人情。从自然山水地貌，婚丧节庆风俗，到耕牛年猪挂面，四季农事收成，赵宏兴娓娓道来，无一生僻，他的文字细微又清丽，朴实而隽永，读来有一种身临其境的现场感，乡风乡俗扑面而来。这样的功力，源于他对原乡故土的无比熟悉，对父老乡亲的深厚情感。他笔下的故事都发生在一个叫“下杜村”的地方，那也是现实生活中他的故乡。他曾经对它无比叛逆，决绝地远离，而多少年后，乡愁遍地，他具备了在一定的距离外审视它的眼界和立场，这才发现“下杜村这个名字在我的心头呈现出另一种意象来。它坐落在肥沃的土地上，和千千万万个村庄一样淳朴，安详。现在我可以呼它为故乡了，这个金质的名字是我用近二十年的时光打磨出来的”。

众所周知，这些年来，文学表达与地域维度的关系几成炙手可热的话题，“故乡”和地域文化资源对作家的影响越来越得到热切的关注。赵宏兴以自己的创作实绩印证了关于地域性的理论考量，他的作品就像一幅幅肥东农村的山水风俗画，他追本溯源的追忆与还原，使更多的人共鸣了那片土地上的苦难回声和坚强搏击，“下杜村”由此成为一个鲜明的文学地理坐标。可以说，赵宏兴用近二十年的时光打磨出来的故乡，终于使他自己成长为一个有根的人，一个能以完全的文化自觉为沉默的土地发声代言的人——对于一个作家，这实在是无与伦比的幸福。

所以，究其实质，说长篇小说《父亲和他的兄弟》是在体认父亲的历史，回望幽暗的过往，毋宁说是在打量自身的存在，拷问明天的去处。二十年时光，二十万字的爱恨情仇，其实不过是一条深深浅浅的回乡之路，一条安妥灵魂的求索之路。

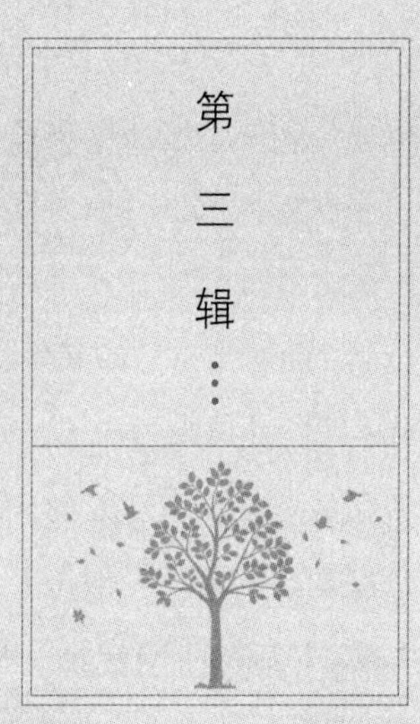
第三辑

谁在唱盛唱衰

▲▲

这个时候才来谈论这个话题，实非聪明之举。关于如何评价中国当代文学，关于如何高度如何低谷，如何黄金如何垃圾，如何中国立场如何世界眼光，从去年底开始，关于这一切的争论可谓达到了中国文坛近年来又一个“前所未有”的聚焦状态，至今方兴未艾，人声鼎沸。而戏已过半才踉跄冲进来的加入，充其量只能算个掺乎，任你有多大的嗓门，多猛的姿势，多雷人的言辞，终究不过是拾人牙慧，唱口水歌而已，混夹在人堆里看似帮人打架、劝架，实则自娱自乐，风头早被那些被看热闹的人围着的“场子里的人”抢去了。

所以，选择在黄花菜早已凉透了的当儿愚蠢地加入这个话题，并非因为我突然生出了自己也必得掺乎一下的使命感，必得上一下场的言说欲，而是基于我旁观大半年来的一些沉重的思虑。大半年过去了，事情还在进行时态中，还未到尘埃落定的总结时候（难道会有这么个总结？），但它从一开始就潜伏着的问题的另一面，在我看来现在已是非常鲜明地呈现在众人面前了，那就是：当代文学是盛是衰似乎并不重要，唱盛唱衰也并不重要，重要的是谁在唱盛，谁在唱衰，唱盛唱衰在进行着怎样的较量，最后谁胜谁输，如何了结。

也许，这就是文学在媒体时代的不堪遭遇，一切严肃的声音都被娱乐化，一切有益的探讨争鸣都被煽风点火成这派和那派的擂台战，赚人眼球的永远是各路骂派的队伍阵容，出手的章法技术，而真正的主角——文学却被蒙尘，被冷落，被遗忘，到了最后，骂的双方和看骂听骂的众人都想不起为何要骂为何在骂，我骂故我在，反正只要骂着就行。就是这样，媒体真是个怪东西，被它的聚光灯一照，许多人便情不自禁地理直气壮地纷纷登台演将起来，扛着神圣的旗帜映红自己的脸，用凛言厉语诽词谤句染白别人的脸。殊不知，在台下看热闹的人眼里，戏之所以好看，是因为那台上的铿锵唱将们鼻子上都抹着一抹白灰。

可是，并不是所有的问题都可以归结为“都是媒体惹的祸”，你之所以“被媒体”，是因为你自身刚好具备了吻合了能媒体的要素。回到对中国当代文学的评价这个话题上来，从一开始，如果唱盛唱衰派都不是那么各执一词真理在握的架势，不是非此即彼、非黑即白的水火不容，不是不仅要驳倒对方的“盛”“衰”观点，而且要把对方连人也一并打翻在地的骁勇姿态，那么媒体的苍蝇会无故来叮一颗圆润正常、自在运动的蛋吗？且不说学术商榷的正常形态云云，哪怕稍稍多一点态度的平和、宽容、理解，多一点对对方学识人品的应有尊重，多一点对常识人情的尊重，事情其实原本都可以离文学近一点，离媒体远一点。而现在的情况恰恰相反，大家都知道关于如何评价中国当代文学，学界著名人士们已吵还正在吵着一场著名的架，但他们的唱盛唱衰到底对大多数人正确认识现下文学起了怎样的的引领作用，有什么启迪意义？经过他们的吵，读者对中国当代文学是否有了豁然开朗的认识？中国当代文学，到底是好，是坏？说好说坏唱盛唱衰对它究竟有着怎样的意义？在这样的唱盛唱衰中，关于文学又有什么新的学术生长？

我很难过地看到，答案是否定的。这场著名的争鸣对中国当代文学的贡献，毫不客气地说几无建设性可言。本来驳杂难言的中国当代文学经过这场唱盛唱衰，更加地面容模糊，本来并不清澈的一滩水，现在被搅得更混了。为什么在一些人看来是前所未有的高度，偏偏在另一些人眼里就成了无法饶恕的低谷？为什么一样东西，可以被人既看成是黄金又能看成垃圾？为什么你说的污秽下流之作到他的口里却硬是成了标志着“高度”水平的“穿透之作”？在这样纯然绝对的两极分化的观点面前，读者该听谁的，如何做出自己的判断，从而最大程度地接近本来的真相？中国当代文学又该听谁的，哪一面镜子照出的才是它的脸？

有一千个读者，就有一千个哈姆雷特；有一千个评论家，或该有一千种中国当代文学（可惜的是，现在没有一千种，只有两种，黄金的中国当代文学和垃圾的中国当代文学）。这第一句话是从一张伟大的嘴说出又被无数张嘴重复过的真理，这第二句话是从第一句话衍生出来的，它自然也不会错哪儿去，但比这话更对的是关于人和事的一些常识，一些可以靠人的肉眼就能看出的真相，一些通常的普适的标准。虽然横看成岭侧成峰，虽然黄金有时候会掉落到垃圾里，但一般情况下在正常人眼里，高度和低谷，黄金和垃圾，它们之间的区分度还是明显的，被混淆的概率约等于零。那么，为什么，一般人可以凭借常识做出的判断，在著名学者们那里，却会变得如此地“高难度”起来？

正如大家所看到的，对中国当代文学的批评自上世纪 90 年代以来就没停息过，人们有足够的理由对它表示失望。目下的文学，无论是在整个新文学史框架中，还是就建国 60 年而言，都不可能如唱盛一派所说的达到了“前所未有的高度”。这样的褒扬之语，若不是出自无知（又怎么可能是无知？），就肯定是昧心的谄媚。然而，不是前所未有的高，就是万劫不复的低吗？不是黄金就肯定是烂苹果，就是垃圾吗？我是旗帜鲜明地反对顾彬的垃圾论的（据后来澄清，顾老头也是被冤枉的，他其实并无此宏论），无论他是多么学贯西中的大学者，无论他出于对中国文学何等的热爱和责任感，他的垃圾论在我的评价里从一开始就是站不住脚的，我自信这不是因为我潜意识里有什么义和团情结，而是出自我对中国当代文学的一贯认识和基本判断。

就是这样，我对中国当代文学的评价说出来似乎显得极其多余，因为它看上去多么中庸、调和，是最没有学术含量的无观点派，也是最容易被人诟病的“骑墙派”，中间派。但我不能为了把自己装扮成有思想的“疑似学者”，就背叛自己的眼睛，漠视内心的声音。从文学青年到文学中年，从一个当年自觉选修有关现当代文学的所有课程的学生到今天以专门讲授中国现当代文学为饭碗的教师，时光荏苒，见识也略长一二，但有一种认识是一以贯之的，那就是中国当代文学和任何时代的文学一样，有好有坏，也许太多外部内部的环境导致它坏多一点，好少一点，但它绝不是垃圾，它从来就没有断绝出现过启迪人心温暖人性的好作品，没有断绝出现过直面现实拷问灵魂的好作品，没有断绝出现过让人对世界同时也对文学充满信心的好作品。它早已走过了青春花季，但还正在艰难地生长着，它离甘甜如饴的境界还差得太远，它可能是酸酸甜甜的李子，但也不会统统是烂苹果。只要有一些善良、光明、有良知、有尊严的作家还在认真地写着，中国当代文学就不是也不会是倒人胃口的烂苹果，让人掩鼻而过的垃圾。但与此同时，我也不认为它在这几十年里走到了什么高度（前所未有的也罢，有过的也罢），它充其量就是一座高高低低逶迤交错的丘陵。它深一脚浅一脚地向前延伸着，还远未走到那个著名的老人所说的它“最好的时候”（“最好的时候”是个怎样的概念，怎样的量化标准，我很是不解）。

前几日，电影《唐山大地震》公映。随即就有人高喊，此片是大师级的史诗性的作品。对此，冯小刚回答说，我不是大师。他还更进一步地指出，谁也别装大师，因为这不是一个出大师的时代。这话本是一句很平常的老实话，但在时下的环境里，从一个一向以逗乐国人为己任的贺岁片电影导演口里说出，就显得弥足珍贵。多么奇怪啊，这不是一个出大师的时代，却是一个忙着封大师的时代，动辄“被大师”的时代。正如某作家自言一不小心就会写出一部《红楼梦》一样，现在是某一类作家但凡写出作品，小心不小心都会被提前送进文学史，封为“大师”“经典”。也许，这就是之所以被认为是“最好的时候”的一大原因吧？

所以，我认为这“最好的时候”出现的最大问题，其实不是在创作当代文学的人身上，这些作家们其实和任何时候的作家们在本质上并无二致，有崇高的，也有卑琐的，有清洁的，也有龌龊的，有以笔为旗坚守理想和精神的，也有卖稿子数钱写文章求荣的。这难道不是历来有之的景观？“痛心疾首”派一直以来很有市场的一个说法是 90 年代以来的商品消费社会导致了文学的种种堕落沉沦现象，但我觉得这种观点其实是极没有历史眼光的偏执和褊狭。几千年来血雨腥风的历史，多少的探照灯都无法照亮的幽暗的过往，偏就作家诗人们个个干净挺拔得像松竹梅兰了？我们在今天尊崇古代敬仰传统，那只是因为历史已经给了我们最后的答案，我们看到的是在时间这个唯一的标准下以文学永恒的光芒照亮了后世的真正的经典。所以，现在也一个道理，虽然现在的毛病更多一点，但有什么好着急的，有什么可大惊小怪的？大浪淘沙，该流芳百世的自会流芳百世，该遗臭万年的活该遗臭万年，该自生自灭的就让它再苟延残喘几日得了。一个时代的进步，繁荣和成熟，最大标志该是文化文学的多元并存，这也是常识。过多地指责作家缺乏这个丧失了那个，指导他们要这样不要那样，等等诸如此类，其实是没有意义的，也是无效劳动。难道作家们自己就不想一步站到“高度”上去，不想收获一个“前所未有”？非不为也，实不能也。

这么说，当然不是抹煞文学批评的重要性。恰恰相反，文学批评是重要的，而且在一个充满病症的文学时代，文学批评更是应该“前所未有”地重要。但并不是所有的文学批评都是重要的，因为文学需要的永远只是好的文学批评。这一点毋庸置疑。之所以重复这太过老生常谈的观点，是我认为在今天，比作家们的创作更严重地表现了这个时代文学的症候的恰恰是文学批评，这个领域其实比作家群体更集中地暴露了“中国当代文坛之怪现状”，要说有病，批评要比创作病得更重。我不能说这样的想法是我的原创，因为近年来，对文学批评的批评其实是很热门的话题，可谓骂声四起，几乎被人断定为“走向死地的文学批评”。但骂与被骂者，永远都是一个锅里搅粥吃的人，他们的声音虽很嘹亮但却内虚，扩散不到圈子外的写作者和阅读者那里。批评界的自娱自乐，窝里斗，这种狗咬狗两嘴毛的事早已不是一天两天了。并且，骂过，斗过，咬过，反思过之后，他们的行径并无大的改变，永远都是“病并快乐着”的满足样。

文学批评最初的出发点和最后的落脚点都应该是文学，文学批评家应该对文学负责，对作家对读者负责，这是责任也是义务，是他们安身立命的根基。然而，放眼看看，细致认真褒贬有据的作品论越来越少，切中要害全面客观的作家论越来越少，越来越多的是凌空虚蹈、浮躁媚俗、无的放矢，越来越多的是故作尖锐故作宽容故作宏观故作崇高，越来越多的是这一群把一小撮作家作品捧上天，奉若神明，另一群立马把他们踩到脚下，弃若敝履。在这样的文学批评中，文学不再是最高宗旨，不再是所有的唯一的原因和结果，而成了背景音乐，成了文学批评家们的帮派之争、圈子之争、意气之争的工具，成了供他们争夺山头和话语权而尽情表演的舞台和场子。远的不说，就回到今天的话题，唱盛唱衰大半年了，有目共睹，现在“唱”已升级成破口大骂了，此起彼伏，一片叫嚣，但街市依旧太平，文学永远流驶。你说当代文学是高度是黄金，17 年是永不过时的经典，这一点都无法说服我使我认为当代文学确实已高到我们须仰视才见，无法掩盖我在阅读讲授 17 年文学时所感到的那种莫可名状的纠结，也无法消除我对那些“高度”之作的极其不信任；但他说当代文学是低谷是垃圾，17 年也好新时期也罢都是什么都不是的不堪回首的过往，我也只能置之一笑，我知道所有的文学都是整整一个时代精神历程的记录，是承载了它那个时代和那个时代的人们的生活和梦想的，今天的我只能细读手中的书，也不忘回望那些时代，才能窥见局部的真相，见好说好，见坏说坏。缘于此，在我的理解里，文学批评最原色的特质就是对于一个时代的文学，一定要勇于批判它的无价值，但同时也绝不吝于发现它的价值。面对纷繁复杂的文学现象，任何一种非好即坏的思维，任何一种一刀切的判定都是粗暴的，草率的，也是最终站不住脚的。

所以，那些把粗糙平庸低俗之作奉为“高度”“经典”的表扬家们，那些一听当代文学就好像有八辈子仇恨的“憎恨学派”们，他们并不是真的在为文学操什么心，要不他们怎么会像赌气较劲的顽童，你说高度我就偏说低谷，你说黄金我就偏说垃圾，你说黑我偏白，你说最好我就说最烂？他们争的无非就是自己在这一亩三分地里的话语权，命名权，夸权骂权编选权评奖权罢了。其实唱将们也心知肚明，本来就没有打算要唱出什么结果来，本来要紧的就不是为何唱盛唱衰，而是谁在唱盛，谁在唱衰。所以我们也不要期待会唱出什么结果来，更不必操心唱盛唱衰何时休，让他们继续唱下去吧，关我们啥事，关文学啥事，文学该衰照衰，该盛还盛。

所以，我写此小文，决无对唱盛唱衰派做个判决各打五十板子的意思，我虽无知，但也不至于到如此不知天高地厚的境地。我和唱盛唱衰派那些学者大家们之间的距离，要比那些写出了“高度之作”的著名作家们和斯德哥尔摩之间的距离还要远，这点自知之明总该有的。我不过是想说，关于中国当代文学，且让他们唱去，我们该读的读，该讲的讲，该编的编，该写的还低着头写去，该干嘛干嘛，就这么简单。

当下少数民族文学的民族性和现代性

▲▲

在当今中国文坛，少数民族作家应该说是一支强劲的不容忽视的创作队伍。但相比主流文学，少数民族文学在许多时候依然是面目模糊的缺少主体独立性的存在。这一方面缘于少数民族自身处在地理和文化的双重边缘，一方面更因为少数民族作家在社会转型时期无法处理民族性与现代性的关系，无法融入真正的表现现代社会生活的主流层面，使得少数民族文学一直处于被文化他者观赏、期待、误读，但被同族疏离、漠视、遗忘的尴尬境遇，因而难以担当审视民族特性在全球化背景中的精神走向并完成民族文化转型和精神重建的任务。

从上世纪 90 年代以来，少数民族作家的创作在之前的发展基础上，进入了一个文化身份意识深入开掘、民族热情高涨的新阶段。这是少数民族文学值得肯定和提倡的进一步发展。对于少数民族作家来说，注意到本民族独特的民族心理和变化过程，重视并且努力发掘本民族的文化特征，将其自觉融入到创作中，这是他们文化身份意识的显露，也是赖以创作的源泉，因为任何一个作家都离不开自己特殊的生活体验和文化认知，失去本民族的文化根基而想要建构一个独特坚实的文学世界，是无法实现的。

但问题是，少数民族文化一方面有着强大自足的传统，灿烂多彩的文化，一方面和主流文化相比又有着“天然”的弱势位置，需要精心的呵护和完善的管理，否则很容易在强势文化面前迷失方向甚至走向消亡。正因如此，少数民族作家在面对这样的文化时，既有热爱自豪感，又有弱势地位下极容易产生的文化自卑心理，和由此心理反弹导致的文化炫耀、守卫立场。这样的多重态度，使得作家在创作中表现出来的民族意识和认同感是复杂、多重、暧昧的，既有坚持开掘、弘扬本民族文化传统的自觉和理性精神，也有混合着简单盲目的民族情绪的文化怀旧和守卫立场。

今天，我们窗外的世界正在发生着巨大的变化，少数民族并不因为它地理和文化上的边缘性而置身于这强大的时代洪流之外，它早已开始遭遇其传统的民族性在近百年中国历史尤其是在当代史上的动荡变迁，早已无可避免地被卷入了急剧推进的现代化进程。所以，少数民族作家应该清醒地意识到：现代性作为一种人类社会的普通境遇，任何一个民族一个群体，都不能对此采取简单的排斥、抵触、回避的态度，那样只能使自己族群的文化走向封闭和更加边缘，甚至“窒息”而亡。而作为作家，仅仅有对本民族传统文化的守卫立场是远远不够的，文化是生长着的，没有亘古不变的传奇和神秘，千年的牧歌早已换上了新词，这就意味着我们必须得冲破本民族原生态文化的禁锢，走出对民族性一劳永逸的展示和歌颂，必须得沉潜于生活深处，敏锐地触及当下人们精神生活的深处，关注本民族在社会进程中所经历的精神危机和蜕变，审视并回答民族特性、民族精神在全球化背景中的张扬、再造与重生的大课题。

遗憾的是，依然有不少少数民族作家要么选择一种与现实生活相疏离的姿态，沉浸在自我的抒情和对“过去”的咏叹中，用梦幻般的浪漫吟唱躲避着古老的母土上正在发生的当下生活的真实；要么以一种出于简单盲目的民族情绪的文化怀旧和守卫立场，全面地肯定并且不容置疑地捍卫本民族的传统和文化，对任何可能会影响它的“纯粹性”的异质文化一概予以粗暴的拒绝甚或仇视，完全无视实际上已经发生着的现代性对民族性的席卷和渗透。这样的文化守卫立场，虽出于执着的民族情感，但实际上对民族的发展有害无益。作为作家，他们缺乏面对现代性参与现代性的勇气，缺乏感应纷繁复杂的当下生活的能力，缺乏作为知识分子应具备的心灵生活的广度和深度。他们在拒斥现代化的同时，其实已放弃了介入本民族现实的社会责任，放弃了参与本民族文化转型和精神重建的任务。

当下许多少数民族作家的创作困境可以很好地印证这一点。藏族作家阿来的创作可以说一直贯穿着现代诉求的主题。他已经关注并试图探讨民族性在现代化进程中的命运问题，藏族文化在当下的文化格局中如何生长发展的问题，但他依然是狐疑的，他作品的民族立场和现代诉求往往不能有机地融合，形成富有张力的表现人类普遍性的两难处境的矛盾的审美，而是简单零散地相互悖离，相互拒斥，无法生发出有启示价值的思想。这种症结在长篇小说《空山》中，表现得很充分。《空山》讲述了一个藏族乡村机村，在建国后尤其是在文革中经历的乡村文化被挤压、同时本民族文化又遭到瓦解的双重痛苦。当然，阿来知道这样的“现代性”遭遇是必然的历史进程，所以他并非要以藏族村庄的“自然性”抗拒外部世界的现代性，甚至他也无意于遮蔽那看似丰沛诗意的边远藏区生活其内里的生存困境和精神愚昧。但尽管如此，阿来在这部作品中的思想建构依然是“倾斜”的，他情不自禁地维护了民间藏文化，而对于来自外部的社会力量则表现了显而易见的排斥和抵触态度：放弃部队上的大好前途来到机村姑娘身边落户的达戈，是一个真正的英雄，但古老歌谣中“猎人与美女”的诗意爱情最终尴尬地夭折，因为梦想在“在城里的舞台上唱歌”的美女是势利而虚荣的；村民们在阿来的笔下被旗帜鲜明地分成了两派：巫师多吉、喇嘛江村贡布、额席江奶奶、“阶级立场不坚定”的大队长格桑旺堆、甚至汉族村人杨麻子，他们被外来的革命者判定为落后、愚昧的旧势力，但在民间价值体系中，这些人代表的恰恰是善良、美好和正义，反之，“革命”精神高涨的进步青年索波、央金等人，虽顺应了外面世界的潮流，但在村人的心目中，他们不过是被邪魔附身迷失了本性的可怜人。

这样的对比是很有意味的，就像“革命”在“新的世道”以强势话语遮蔽了许多事物的本来面目一样，今天，阿来民族性、民间性的话语阐释其实也相当程度地遮蔽了“新的世道”的真相，遮蔽了“新的世道”除了“堕落、死亡和毁灭”之外还给一个藏族乡村带来的另一种可能的真相，比如物质条件的便利，文化生活的进步，“外面的世界”带来的现代启蒙。一个古老的藏族村落所代表着的那种规范和体系尽管看起来十分“自足”，但由于在现代文明面前无需质疑的弱势，必然要经受被解体甚至毁灭的苦痛。但苦痛中定然也会有新的精神的滋生，有民族文化在阵痛中的涅槃重生。所以，机村在特定的强势推进的历史时期所经历的文化与人性的破碎，走进现代文明一体化格局中的艰难过程和精神变异，反映的其实是民族传统文化或乡村文明和现代工业文化或城市文明，如何在对立中统一、矛盾中谋求和谐共进的问题，它留给后世的思考应该是更为悠长而深刻的。但遗憾的是，阿来的价值判断看起来却是简单的二元对立。诚然，文学总是喜欢讴歌往昔，从三十年代的沈从文到八十年代的汪曾祺，从愤激的张炜到温婉的迟子建，作家们时常倾向于把前现代时期人与自然的关系想象为诗意地相互依存，而对现代性“掠夺”和破坏的本质予以批判，但问题是，这样的情感立场虽然代表着一种具有普遍性的文化取向，但它并不能有效地解决人类尤其是少数民族在发展中遇到的精神困惑，更多的时候，它只能使人在浪漫的怀旧中规避现时，放弃对当下的责任，放弃参与现代性享受现代性的历史承当。

一位藏族青年诗人有一首关于青藏铁路的诗：“那列火车 / 朝前爬行 / 让我极其反感和厌恶 / 实质上，我和这列火车 / 有什么关系呢 / 火车依然在爬行 / 在我眼里，它将要变成 / 一条巨蛇 / 吞掉我的家园”这其实是一首很普通的诗歌，它所表达的工业文明的强行推进和诗人灵魂的抗争这样一个主题，在自近代以降的百年中国文学中已有了绵延不绝的表现，80 年代末，年轻的海子更是用生命之诗篇祭奠了一个永恒的“麦地”。但因为关乎到特殊的民族地域问题，在时下的政治、文化情境中，同样的话题便似乎笼上了一层复杂的难以言说的意味。抛却这层意思，单就事件本身的世俗意义上说，青藏铁路通车，肯定会带动西藏经济的发展，肯定会给西藏的普通民众带来便利。那么，诗人“极其反感和厌恶”的是什么呢？自然应该是工业文明对西藏文化的侵蚀。这是人类普遍性的一种情绪，但因出自藏族人对自己心灵圣地的守卫立场，而显得更加执著。旷世的孤独和神性的雪山，构建的是诗人心中永恒的神圣。但随着青藏铁路通车，观光猎奇者的蜂拥而入，在铺天盖地的铜臭污染中，曾经的纯净、神秘和高贵是否还在？

这样的忧虑肯定是真诚的，因为铁路带去的不仅是物质，更是精神，是一种异质的世界观和文化观。它肯定会产生对藏族文化的冲击，甚至一种颇具威胁力的同化作用。但问题是，忧虑又有什么用呢？没有一种文化因为它的自我封闭而万古长存，而真正强大的文化，肯定具有对内对外的开放性，能经受和各种异质文化交流互融的考验，只有经受了这样的考验，才能壮大自己的特色发展自己的力量。如果没有这样的信心和定力，那么文化守卫者们岂不是变成了文化悲观主义者？既然那样，守卫又能有什么意义？进一步说，一片净土的存在，如果必然要以这片土地交通的阻塞、文化的与世隔绝、人民的精神物质的封闭落后为前提，那么，它是否也背离了它本身的庇护意义？这样的净土，为谁而存在，为谁而保留？是为到那里寻求心灵的净化、安慰和拯救的都市红尘中人，为那些在想象中痴迷于永恒的纯净的作家诗人，还是为生养于斯默默地在这片土地上躬耕劳作祈求幸福的人民？

全球化现代化的战车隆隆驶过，没有哪一个民族哪一个地域能幸免于难，在这样的境遇中，毫无警惕和批判精神地迎合外来潮流，对自己的民族文化缺少热爱的情感和保护的立场，自然是错误的。但固守自己的民族文化，拒绝学习、融合、发展，想以一种纯粹的民族性对抗人类文明的总体进程，这更是肤浅的，盲目的，从根本上说也是虚妄的。所以，真正热爱自己的民族文化并谋求其发展的人，首先肯定是不囿于偏执的民族情绪和盲目的守卫立场的人。换句话说，只有以辩证的态度审视自我并且敢于自我否定者，才是民族文化的真正捍卫者。这种审视和否定不是对民族文化的怀疑和抛弃，更不是从“他者”的强势文化体系出发对民族文化的彻底否定和同化，而是站在全球化高度，对阻碍现代转型的一切内部毒素进行革除，最终使自己的民族文化走向真正的完善和强大。

如果说，褊狭静止的民族文化守护立场导致了少数民族文学现代性的缺失，那么主流话语阐释、误读下的背离现代性的民族文化展示则是少数民族文学的另一个重要病症。

民族文化传统，民族身份认同，民族文化景观，这一切之于少数民族文学，都是不可或缺的，但这只是构成文学的要素而不是文学本身。无论怎样，一个小说家的民族身份以及小说中的文化景观都不应该比他的小说本身更值得期待，而一个诗人对民族特性和边地风情的外在呈现更不能代替诗歌独特的生命意味和诗意表达。但事实上，少数民族文学创作恰恰严重地存在着这个问题。其原因一方面如上文所述，另一重要方面是主流文化陌生化的期待视野使得少数民族文学对民族性的表现停留在表象上。

曾有学者提出民族文学作家和研究者应该更多地关注本民族初始的本真的生存状态，而不是更多的注意他们已被改良或改造的所谓的新生活状态。这个观点曾引起较大的争议，有不少少数民族作家也参与到了讨论中，藏族作家意西泽仁说："如果将'改良'或'改造'来界定民族发展后的新生活，这个说法不够准确。一个民族在漫长的发展过程中，任何时期都有它'本真的生存状态'，不能用生存条件的改变或生活条件的改善来说这个民族失去了'本真'。如果这样，对一个民族来讲不公平，对这个民族的文学也是不公平的。发展不是某一个民族的专利。每一个民族在文化整合中，都有'无意识的选择标准'，一个民族的文化并不都有明显的'意图'，而采取排他的态度。它是在自身发展的过程中，无意识的吸收了一些，抛弃了一些，那种一味注重文化特性，而忽略文化整合的文学，相反还缺乏真实的可信性。用罗曼蒂克的思想去赞美原始部落的生活，实际是在自己手腕的表带上结绳记事。"

诚如此言，没有一个民族拥有一成不变的"本真的生存状态"，少数民族的生存状态虽然滞后于发达民族的发展，但究其根本，也应该说是“与时俱进”。用昨天的“本真”标准来断定今天已失去了“本真”，是荒唐的。如果可以这样说，那么，什么是发达民族的“本真的生存状态”呢？他们的作家是否也应该更多地表现自己民族“改良”或“改造”前的生存状态呢？任何一个民族，都是一步步地摒弃曾经的“本真”，一步步艰难地选择、整合、转型、发展，在扬弃中创造新的传统，而文学的使命就是反映社会生活的这种发展轨迹。所以，不管出自怎样的一种需要和期待，要求少数民族文学一味地停留在对想象中的“本真的生存状态”的表现和歌咏上，并使其成为规训少数民族文学发展甚至社会发展的心理暗示，这是倒退的不公平的观点，也是危险的观点。

但问题是，这样错误的观点，恰恰不是出自某一个人偏执的思想，而代表着一种对少数民族文化文学的普遍诉求。本来，不同民族、不同类型的文化间的交流和对话应该是一种双向阐释和平等对话的关系。但是，在当下的全球化语境中，我们却更多地看到强势文化或者主流文化对弱势文化或者边缘文化居高临下的阐释。由于这种阐释是从强势文化的文化系统和价值体系出发，而不是从所解读和阐释的对象自身自在的文化系统和文化传统出发，因此势必会发生误读。可以说，中国当代少数民族文学从一开始就处于这样的阐释和误读之中。比如，蒙古族作家玛拉沁夫等的小说，最为引人关注的不是文学观念和表现形式，而是草原文化的另类风景，比如阿来的《尘埃落定》的看点就在于对遥远、神秘的藏区文化的展示上，再比如，鄂温克作家乌热尔图曾在文坛产生过较大影响，其原因很大程度上就在于他所展现的鄂温克原始形态的文化景观极大地满足了现代主流话语系统对异质文化的陌生化期待视野。

但凡提到少数民族文学，许多人就必定会谈民族文化，谈民俗。

这样的主流导向，使得少数民族作家在创作中往往放弃对重要的文学问题的开掘，而浮光掠影地追求所谓的民族特色，忽略作品的审美内涵而生吞活剥地展示虚假的没落的民俗。当然，民俗作为民族审美心理和生命情态的物化形态，从中可以看到一个民族始初的真实面貌。但民俗也是一个动态的发展系统，有些民俗至今延续着，而有些则已经随着文明的进程成为存留在母体的记忆了。所以，对民俗的误读导致的实际上是对整个民族文化的误读。这样的误读比比皆是，使得本来鲜活、多样、复杂的民族生活和民族性格，被抽象化、凝固化、表象化。特别是在少数民族地区的风俗旅游中，这种伪民俗表演已盛行多年，它满足了猎奇者的观赏欲和当地人的表演欲，但却和少数民族的当下生活与“本真”的传统文化相去甚远，其本质上是对民族文化的悖论式、悲剧式、做秀式的文化展示。正如有的论者早就指出的那样，“这种展示一方面表现出弱势文化对强势文化的逢迎，另一方面则加大了弱势文化与强势文化的差距，从而加重了误读的程度。”

当下的少数民族文学可以说严重地存在着这种典型的“民俗村”症候。这个问题当然需要少数民族作家做出反思，但主流文化更要正视自己的责任，审视民族文化内涵的复杂性、多重性、发展性，警惕以“他者”的身份对边缘和弱势文化陌生化的期待视野，从而从根本上改变对少数民族文学居高临下的阐释和误读。正如藏族作家意西泽仁所说，发展不是某一个民族的专利。少数民族既然无可避免地要面对世界一体化的大格局，那么，它就应该和汉族一样和世界上任何民族一样，参与现代化，分享现代化，而不是观赏现代化，或被现代化观赏。鲁迅先生曾在《灯下漫笔》一文中谈到外国人赞颂中国式的东方文明，对此他愤慨地说：“外国人中，不知道而赞颂者，是可恕的；占了高位，养尊处优，因此受了蛊惑，昧却灵性而赞叹者，也还可恕。可是还有两种，其一是以中国人为劣种，只配悉照原来模样，因而故意称赞中国的旧物。其一是愿世间人各不相同以增自己旅行的兴趣，到中国看辫子，到日本看木屐，到高丽看笠子，倘若服饰一样，便索然无味了，因而来反对亚洲的欧化。这些都可憎恶。”在当下中国，也许不存在这样“可憎恶”的文化观，但鲁迅的话，还是有一定的警示意义的。

文学的精神财富是属于人类集体的，无论文学的创造者属于什么民族。所以，如何走出褊狭静止的民族文化守护立场，突破主流文化期待视野的制约，从而改变少数民族文学缺乏现代性、缺乏当下性的症候，从民族性走向更深刻、更广阔的人类性，这是摆在少数民族作家面前亟待解决的问题，也是具有长期性的一个话题。

首先，少数民族作家应该正视自己创作的弊端，变革文学观念，吸取国内外文学大师的创作经验，追求、弘扬民族性，但绝不囿于民族性，从根本上杜绝那种在“被看”的视野、功利的目的、懒惰的思维、固定的套路下的写作，那种放弃了难度的匮乏现实感情和现实能力的再现型的写作，而要以对本民族文化朴素真挚的热爱之情为出发点，不仅深度研究本民族的历史文化，开掘和探究写作的背景资源，更要投身于当下的生活洪流，深切地感受民族文化在现代化进程中的阵痛、变异和生长，提炼出真正反映母族大地的现代诉求的东西，创造出具有独特的民族意味和表达、并能赋予民族生活以崭新的文化内涵的作品，为民族传统文化现代性诉求的社会实践进程提供文化养分，在持守和嬗变中创造新的传统。

可喜的是，不少少数民族作家都已有了这样的文化自觉。藏族女作家央珍说：“西藏的形象既不是有些人单一视为的‘净土’和

'香巴拉'，更不是单一的'落后'和'野蛮'之地，西藏人的形象既不是'天天灿烂微笑'的人们，更不是电影《农奴》中的强巴们。它的形象的确是独特的，这种独特就在于文明与野蛮、信仰与亵渎、皈依与反叛、生灵与自然的交织相融；它的美与丑准确地说不在那块土地，而是在生存于那块土地上的人们的心灵里。"同为藏族女作家的梅卓则从写作者的角度表示了对主流文化期待视野的抗议，她说，自己所属的创作群体过去一直被界定在少数民族作家范畴内，这和自己的创作有关，也和大家的界定有关。少数民族作家对写作的文学意义认识不够，也被认识得不够。比如自己，事先并未想写一个民族的作品，但作品出来，马上被界定是民族的，把文学的意义给忽略了、掩盖了。所以，梅卓虽然深爱藏族文化，但依然渴望突破自己的民族身份和文化立场，使创作不受局限。

阿来在记录他的藏区游历的《大地的阶梯》一书的后记中说："在中国有着两个概念的西藏。一个是居住在西藏的人们的西藏，平实，强大，同样充满着人间悲欢的西藏。那是一个不得不接受现实，每天睁开眼睛，打开房门，就在那里的西藏。另一个是远离西藏的人们的西藏，神秘，遥远，比纯洁的雪山本身更加具有形而上的特征，当然，还有浪漫，一个在中国人嘴中歧义最多的字眼。而我的西藏是前一个西藏，而不是后一个西藏。"关于藏区游记，他"不想写成一本准冒险记，不想写成滥情于自然的文字，不想写成文明人悲悯野蛮人的文字。我想写出的是令我神往的浪漫过去，与今天正在发生的变化。特别是这片土地上的民族从今天正在发生的变化得到了什么和失去了什么？"

可以看出，阿来对"他者"文化对藏族文化的既定的阐释、误读的警惕，在游历主流文化中历来"歧义最多"的山水时，他已经摆脱了民族文化的表象化，那些地域风情性的标签和符号设置的樊篱，从母族美丽博大、苍凉神秘的土地所拥有的恒定的诗性和神性中，从那些司空见惯的文化语境中，他抓住了自然、生命、世界的内在性，和把它们整合、建构成一个情感与精神的内在整体的基础因素。从对“这片土地上的民族从今天正在发生的变化得到了什么和失去了什么？”的追问中，阿来作为一个藏族知识者，面对现代性的灵魂焦虑，正在促使他抵达今天的真实，抵达某种事物的本质。

可以说，少数民族文学在时下中国文学的大圈子里，尚处于一种边缘化的处境，其存在的光芒被误读甚或被忽略也是存在的。但中华民族共有的水草丰美的精神家园，需要五十六个民族共同构筑，新时代的中国故事，需要更广阔、更瑰丽的多民族文学书写。只要有属于自己的色彩和芳香，就一定能收获花开鸟鸣的好风景。所以，我们应该忧虑，也更为期待的是，少数民族文学如何直面自身内部和外在环境的双重忧患，改变当下的重重病象，走向澄明和宏阔。

论女性主义文学的男性关怀

当今的女性主义文学话语中，男性已被置于万劫不复之境地。

但新时期伊始，第一代女作家是举着“爱，是不能忘记的”信仰之旗帜走上文坛的。谁能不被张洁笔下那“此曲只应天上有，人间能得几回闻”的爱情所震撼呢？那个让女主人公至死不渝苦恋了一生的老干部，可谓是女性期待视野中完美的男子汉形象，代表了女性最高的爱情理想。这样的形象，对这样一个理想男性的精心构建，正是新时期初一代女作家的人生理想、爱情态度、及生命追求的最为直接最为显明的外化。

但很快，一种彻底决绝的失望和仇恨使张洁匆匆终结了“男性神话时代”，在《他有什么病》《只有一个太阳》《红蘑菇》《上火》等随后创作的一系列小说中，她毫不留情地抨击了男性世界的丑恶，让男人的灵魂与躯体赤条条地在女人面前曝光。与此同时，同时期的女作家们集体从“无穷思爱”的诗情中幡然醒悟，认清了“你将格外的不幸，因为你是女人”的残酷现实。她们就这样迈出了冲破传统价值观念和话语模式的第一步，她们的女性意识的觉醒是建立在性别对抗上的基础上的，是贯穿在女性对男性由失望——告别——愤懑——嘲讽的感情线索，和女性对男性由仰视——审视——鄙视——蔑视的认知过程中的。就像几千年的男性文学视野中，女性的形象不是被界定为“天使贞妇”就是“妖女荡妇”一样，男性的形象在女性主义文学营建的性别二元对立话语中，也是概念化的浅薄、懦弱、贪婪、低俗、恬不知耻。从对理想男性、对爱情的执着坚守，到对男性不留丝毫余地的戳穿、对爱情绝望的弃绝，女性主义文学的这种转向，虽标志着女性觉悟的程度和立场的自觉，但也昭示着难以言说无处逃遁的伤痛。

张洁、张辛欣们已然在男女两性之间划开了一道无法弥合的壕沟，而到了九十年代，林白、陈染就走得更远了。她们甚至不再愿意讨伐男人的自私卑劣，在她们的文本中，不再有两性间战争的硝烟弥漫，却是不动声色的绝望。她们干脆利落地在自己的女性话语中驱逐了男人。她们塑造的那些美丽非凡的女主人公们无法从心中从灵魂上接纳任何一个男人，全都“天然”地厌弃男性，拒斥男性社会。男人在女性的故事中只是一些拙劣的暧昧的模糊不清的影子，永远徘徊在女性经验之外，无力承担任何责任。女性的对面，是永久的空白，而不是男性，哪怕是张洁她们笔下怎样体无完肤的男性。女性们就这样生活在一个彻底抹煞了男性角色的时空中。她们高度自恋，从不期盼男人推开门扉，而是以自足自娱的方式展开对男人的冷蔑与讥讽。在心性与才智上，高屋建瓴与男人之上，从不按照男人的意志行事，从来都不是悲悲切切临风洒泪对月伤怀的女人。这一代女作家们创作的文本是清丽、妖娆、精致、内敛的，就像她们故事中的女人一样，但产生的破坏性却是巨大的，革命性的。她们以女性故事女性命运让男人走开，表现了病态的复仇和女性本位的图腾崇拜，从而彻底颠覆了男性统治颠覆了男性文化男性历史。

然而，天网恢恢，疏而不漏。世间真的有这么一栋阁楼、一座凉亭、一间卧室、一面镜子，可以密不透风地挡住外面世界的强光和阴影吗？自恋的武器能保护女人使之摆脱被几千年男权意识男性文化剥蚀的噩梦与悲剧吗？就算可以，在这样的人生中，女性能实现独立自由的愿望和理想吗？能真正完成女性活着的意义和价值吗？女人们千辛万苦地反抗男人颠覆男人，就只是为了洁身自好、孤芳自赏，独自消受自我的美丽性感，过完凄清而诡秘、颓败的一生，然后香消玉殒、余音袅袅？

应该说，林白、陈染这一代女作家的创作有明确的女性主义理论支撑，对男权文化的解构更彻底，其女性意识和立场是更自觉的。但她们远离人间烟火，很少观照现代女性生存的现实处境，她们对广大女界人生不具备太多的现实参照意义。女人驱逐了男人，也放逐了自我，她们是绝望而虚无的。她们拒绝男人和外面的世界将她们拯救出黑暗之渊薮，她们执拗地要自己掌灯照亮自己，然而那一星微弱惨淡的光只能照到她们摇曳的裙边。萧红感慨“女性的天空是低的”，而在林白、陈染等女作家个人化写作的经典文本中，女性没有天空也似乎不需要天空。她们是重重帷幕后面的人。她们虽高度清醒却自恋自闭，对女性身份有完全的自我认同和觉悟，然而阴柔之风在闺闱里悄无声息地吹拂，除了撩拨起窗外“他者”的窥视之欲，不能造任何积极之势。

或许很多人在谈论女性主义文学时，会忽略池莉的名字。池莉不是女权意识很强的作家，也可能她的鲜明的世俗化倾向和写实风格多少掩盖了其女性立场。其实池莉对男性的贬抑态度是显而易见的，对男性主宰力量的否定也直截了当，而且池莉更具备了其他女作家少有的力度和胆识。她总是让她的女主人公们从根本上摆脱对男性的依附，并以现代女性极富目的性的行为摧毁男人的决定权。这种摧毁是通过否定男权文化下的成功男性模式进行的。池莉在《你以为你是谁》《小姐，你早》《生活秀》《惊世之作》《云破处》等一系列作品中，都先塑造一个在世俗眼里极成功的男人形象，然后再塑造一个女性，彻底地粉碎他们，并取代他们的权力、金钱和智慧。池莉是极富个性的，在池莉笔下，女性形象总是比男性强大，她们是行动的主体，她们不像张洁作品里那些在男人的世界中四处碰壁、心力交瘁的女人们，也不像林白陈染等所塑造的那些规避现实自我放逐的女人们。池莉的女人们美丽智慧，冷酷决绝，有着敢于破坏一切旧秩序的勇气和力度。池莉在讲述这些故事时，语调是那样从容不迫，她的眼角嘴边是一派气定神闲和无法掩饰的对男人轻蔑的笑：你以为你是谁？

可女人自己，又是谁？女人和男人的关系剑拔弩张到如此情境，还能有什么话说？ 难道仇视、抗争是唯一的方向吗？难道女性的性别意义和生存价值的凸现非得建立在两性对抗的基础上吗？女性主义到底是要以男人为敌，最终以女权代替男权，还是希望与男人一道争得人类的自由与繁荣呢？在几千年的男性霸权文化中，女人的形象被改写，话语权被剥夺，女性的历史被遮蔽。女性长久地“失声”。可是，如今在女性主义文学话语中，男人的声音不是也遭到了抑制，男人的形象不也是被改写的吗？

正如戴锦华所言，也许“我不是一个女性主义者，但由于我生而为女人，女性主义就不可能不是我内在的组成部分”。正是基于这样一种立场，我深爱着本文论及的所有女作家。尤其张洁和林白。她们所表达的失落、愤懑、仇恨、抗争，恍若都出自我身我心。因为身处男性文化的汪洋大海中，我真切地感知着水下的寒冷，那些矫情媚俗作幸福发嗲状的所谓女性写作，那些形形色色的宝贝们的

"躯体写作"，那些粉饰太平认为男女已彻底平等女性已被完全解放的"宏大叙事"，都是我所深恶而痛绝的。但我必须说出我另一种真实的感受，这就是：女性主义文学发展到今日，其自身一直未能走出的诸多误区中，男性关怀的缺失也是很严重的一个问题。

没有人可以否认，男女和平共处、和谐共处的世界是人类共同的最终的理想。就连女性主义的鼻祖西蒙波娃都说："一切应该是完全对称的交流""两性之间最自然的是合作"。然而无休无止的两性战争在男女之间挖出了一条又一条难以逾越的壕沟，这碉堡与壕沟阻遏着至善至美人性之境的早日来临。当然，责任肯定不在弱势的一方，罪魁祸首是男性霸权文化，是建构这种文化利用这种文化耀武扬威的男人们。但时至今日，是否也有女权立场过于激进、女性视角过于狭窄的因素？恩格斯说过："妇女解放的程度是衡量普遍解放的天然尺度。"这句话蕴涵的深刻社会意义足以让人冷静使人深思。

池莉在《云破处》里，让女主人公以女性的仇恨结束了男人的无罪恶感无良知的生命，林白让权势男人在女人的利刃下鲜血四溅从而完成了女性"致命的飞翔"，香港李碧华的《纠缠》写了妻子用锋利的破唱片划伤了负心的丈夫，台湾的李昂在轰动一时的名作《杀夫》中更是用杀夫分尸回应了大男子主义的压迫。两岸三地的女作家不约而同地表达了杀夫的主题，逼上梁山，以弱杀强，不杀不足以平女愤！然而在这系列作品中，我觉得《杀夫》更为理性更为深刻。李昂不仅揭示了女性的苦难，而且透过不自愿不平等的性关系导致的对人性扭曲的描写，揭示了男权主义带给男女双方的深重不幸。

事实就是如此，在一个满目疮痍的世界里，谁能够独善其身？

中国男权制度不仅仅是女界所要致力于批判和消解的目标，它在严重压抑和窒息女性的生存和发展的同时，也压抑窒息着男性的生存和发展。应该说，在政治权力层面上，男权文化确实显示着强大的统治力量，但在文化权力层面上，它也使得男性的个体人格及个性在重重精神枷锁中被定型与压塑成一致的模式，使男性深受其害且无处诉告，它的反人道和灭绝人性是针对所有性别的。女性是几千年男权统治最惨重的受害者，但不是唯一的受害者。

正因如此，与其做过于长久的无谓的性别讨伐，不如从根本上进行制度的清算。在制度设计的缺陷中，怎能考验男人的公正、良知和品行呢？女性其实不应该再去计较再去记恨男人了，就像男人从来都不应该骑在女性头上作威作福一样。两性应并肩作战，共同成为古老的男权主义契约的叛逆者。只有这样，只有和解。和解是两性共同的祈愿，唯一的通向澄明广阔世界的出路。必须和解，因为僭越途中的秘密穿越，男女相依相随才可以完成。若有朝一日，我们不再谈男权，不再争女权，而只为共同的人权携手前行，那才是社会文明进程的新起点，才是男女之大幸。

然而，和解与欣赏必须是双方的，追问与反省也一定应该是双方的。男性要想求和解，就决不能停留在年年一次三八节或者在政府的什么席位上也给女人留一个位子等等这种居高临下的政策、口号和太多的表面文章上，更不能以伪装的宽容大度掩盖其内里的性别歧视。女人们不食嗟来之食，更不会再“回来”，回到男人的鞭子下或者软床上。男性要想与女性真正达成和解，就必须完成现有社会结构和民族文化心理的颠覆与重建，完成几千年意识形态的脱胎换骨。这在现阶段依然是十分艰巨的任务。而女性在负载自己沉重的历史重荷时，仅仅具备反抗意志和“到男人那儿去吗，别忘了带上阉割的刀子”的激进立场还远远不够。女性若缺乏反思精神品位和博大的人文关怀，将同样在新的历史条件下重蹈悲剧性失败的覆辙。我们应该知道两性都不完美。男性霸权使整个人类史千疮百孔血泪交织，若再建构一个女权统治取而代之，势必也不会创造出什么平衡和美的新世界来。进入新世纪，如果女性创作依然以敌视抗争的姿态呈现，依然进行不是男权就是女权、不是你死就是我亡的两性战争，那么世界的情绪势必处于难以调和的激烈状态，而人类的发展则难以为继，两性和谐发展的终极图景只能落于无以言明的虚空中。

也许，当以天下为己任的女性主义者们，正在同依然笼罩着女性的男性霸权进行着集体的“一个人的战争”时，当我们的姐妹们满目苍凉艰难前行来不及抚摸自己的伤口时，两性和解和男性关怀的话题也许不合时宜。但为何女性在实际的日常生活中可以给男人理解、包容和支持，却为什么在应该最大程度地反映现实生活观照真实人性的文学中，坚持“一个都不饶恕”？我深信将女性写作的目光投注到男性关怀这一层面，是中国女性主义文学接受更新的女性观念的表现，是文化多元的标志。和解不是妥协，关怀不是无原则的让步，不是再去重复古老的历史，而是更高意义更深层面上的达成共识，平衡互补，共荣共存。若不这样，又能对解构旧的男权文化系统建立新的和谐秩序发挥多大的建设性呢？这样的女性话语在驱逐男人颠覆男权的同时，也许在很大程度上让广大女界的凡俗人生在自己的视野里渐行渐远了。因为，不管人们生存的花样如何翻新，其本质追求是一样的，爱情至今依然是也应当是人们水草丰美的精神家园。“执子之手，与子偕老”，男人和女人注定是要相爱应该相爱的，可女性主义在挥拳击向男人时，用力过大过猛，其反冲力却击伤了女人自己。

所幸的是，已有相当一部分女作家在关注女界生存境况的同时，也接触到了男性关怀这个主题。可以说，女性写作终于向男性投去了温馨而深情的一瞥。从张洁同时期的女作家谌容的《错、错、错》到后来赵玫的《偿还》，张欣的《爱又如何》《你没有理由不疯》《此情不再》，池莉的《午夜起舞》，赖妙宽的《消失的男性》，王小妮的《很疼》，铁凝的《永远有多远》等等。这些作品不再致力于挖掘和鞭挞男性的假恶丑，也不再让男人在女人的故事中缺席，而是给他们更多的理解和关怀。诚然，现代化的进程中，城市的开放、观念的更新，可能给一些男性带来了机遇、冒险、财富和艳遇，但也使大多数男人面临着激烈的职场拼搏，身心不堪重负。现实生活中，不是有很多这样的男人吗？女作家们以女性的包容和厚道在作品中塑造了这些男性形象，肯定了他们的付出，对他们人性的弱点没有尖刻的冷嘲热讽，而是同路人无言的同情和体恤。生命中没有浪漫传奇、快意恩仇，平凡的男女相互搀扶着艰难地行进在一地鸡毛中。除了那些看不到人间疾苦的款爷富婆，踩空在生活之上永远神思辽远“生活在别处”的“思想家”“理论家”们，谁能说这不是当今生存中的男女故事的真相？

也许张欣的作品算不上女性主义文学的经典文本，但她一直试图在创作中重新审视女性命运，探讨两性关系在商品经济大环境中的出路。中篇《爱又如何》的男女主人公相爱结婚后开始面对家庭事业的诸多考验，职业不稳定，加上买房、赡养老人，生存压力使他们逐渐情感麻木。然后有一夜，奔波的妻子看见丈夫的摩托车后座上是一个长发飞扬的女孩。她震惊、伤心、愤怒，女权情绪像冰山凸现在水面。但接下来她跟踪丈夫时却发现丈夫的身后是不断变换的新面孔。原来，丈夫是利用睡觉时间出去载客挣点钱，而妻子却在第一时间那么万念俱灰地认定丈夫有了外遇。贫贱夫妻百事哀，爱又如何？爱如此容易被怀疑被伤害，爱不再是不渝的信仰，爱又如何？

想要一种纯净的和谐的关系，没有创痛不受伤害不疑不弃的关系，难道没有可能吗？到底是谁置男女于“爱又如何”的困境？当然，女性是无辜的，女性在当今的社会变革中并未改变其特有的弱势身份，而是陷入了另一种尴尬的性别境遇。但如果，女性主义者看不到这一切背后的东西，看不到这个物化的社会最需疗治的顽疾最应铲除的黑暗，不从根本上完成“人”的解放，而总是停留在形而上的两性战场上，那就无异于大战风车的唐吉珂德了

当下少数民族女性文学研究之回顾与反思

▲▲

自 20 世纪 80 年代伊始，随着西方女性主义思潮在中国本土的传播兴起，中国女性文学发展走向前所未有的高潮阶段。与此同时，少数民族文学经过长期以来的沉寂，也形成了一支不容忽视的作家队伍，取得了蔚然可观的成绩。正是在中国女性文学和少数民族文学共同开拓的良好发展空间中，少数民族女性文学由此走向了自己的繁荣时期。从新时期到新世纪，经过 30 多年不懈的探索和耕耘，几代少数民族女作家留下了多姿多彩的文学印迹，所取得的成就为中国文学界高度评价，广泛认可。她们以文学的方式，完成了使少数民族女性从历史的幽暗处，从文化的边缘处一路走来，从此越来越明亮。

创作的佳绩硕果势必要催发研究的热潮，但事实上，学术界对少数民族女性文学的关注和研究，在很长一段时间内未形成对等的跟进之势。少数民族文学对于主流文学界及学院研究来说，一直是个比较冷门的话题，少数民族女性文学处于双重边缘地位，更处于自我失语境况，长期以来成为人们想象的异域，表达的止步。令人欣慰的是，这种死寂局面正在被改写，新世纪以来少数民族女性文学研究，已从萌芽走向蓬勃之势。尤其是近年来，学术理论界对少数民族女性文学给予了前所未有的关注，且视角多维，方法不一，从文学到社会学、人类学等多个领域的拓展性研究，使得多种学科互相交叉，渗透，研究有了更多的新的学术生长点，提供了更为广阔多元的研究空间。可以说，这些富有启示意义的研究，不同程度地解析了少数民族女性文学发展的轨迹和现状，其中不乏深刻的发现，新鲜的论点，和独特的方法，是少数民族女性文学研究的重要收获。正是因为取得了这样的阶段性成果，所以，才有必要对此做出较全面的回顾和理性的反思。我试从以下几个方面探讨少数民族女性文学研究依然存在的缺失和不足：

一、目前常见的当代文学史对少数民族女性文学几无涉及，一般高校通用的主流教材都属于这种类型。少数民族女性文学被权威文学史彻底地摒弃在视野之外，几乎是一件理所应当的事。虽有寥若晨星的三五史家，因为自身的文化身份，以及学术方向上与少数民族文学的交集，会在著述中论及到关于少数民族女性文学的点滴。但很显然，这种泛泛而过的关注极大程度上显示的不过是学术立场的难能可贵，它缺乏独立的研究态度和学术视野，往往只是将其置于中国女性文学和中国少数民族文学的双重框架中，使少数民族女性文学以“逻辑环节”的面目，以整体的构成部分作为附属内容进行顺带的提及，对现象进行概括粗略的扫描，而且评述内容、方式与整体编写多半显得脱节，思想没有更新，新增的内容不过是锦上添花的学术点缀罢了。

事实就是这样，少数民族女性文学要么彻底被“屏蔽”，缺席于文学史的书写，要么被定位于一种极其边缘化模糊化的存在，用来衬托“中心”的绚丽。这样两种对少数民族女性文学惯见的态度，其理论出发点都是消极的，从根本上缺乏多民族文学史观的建构性。

落实到具体层面上说，它粗暴地抹煞、遮蔽了少数民族女性文学自身的光亮，使得少数民族女性文学研究不能向更纵深更新颖处开掘，同时，也有违于中国女性文学整体的发展轨迹。其实，正如有论者所指出的那样，自新时期以来的当代中国女性文学在西方女权主义理论引领下完成了初级阶段的女性叙事后便陷入了焦虑和困境，在现时段中无法寻找到女性叙事的新的生长点，无力为和谐社会的双性健康发展提供有效有益的人文建设范式。而正是在这一点上，少数民族女性文学却避免了女性写作中的“瓶颈”效应，从个人经验的叙事转变为基于对民族、文化、历史、现实的叙事，走出了更宽阔的创作道路，为中国女性文学的整体创作注入了鲜活的生命力。与此同时，在少数民族文学的领域，少数民族女作家在表达民族身份、民族情感，表现民族的历史、宗教、文化方面又表现出了独特的“女性”性，她们挣脱了男性中心主义文化下的社会性话语和“民族寓言”的遮盖，从最初的附着在主流意识话语到建构起了自己的女性话语，在民族叙事与女性叙事之间，寻找到了自我阐述的可能性，以激越的姿态回应了民族文化的脉动，并凸现了女性自我的身份意识与民族意识，为少数民族文学提供了新的民族与性别相融一体的新视角，使少数民族文学从单一走向多元，从平面走向立体，从区域走向全方位，为中国少数民族文学的发展做出了卓越的贡献。可以说，少数民族女性文学既坚守了性别和族别的双重立场，又完成了自己对此主流话语的突围。所以，打破现下的思维定式，把少数民族女性文学放到同一时期的中国文学的大背景下，进行比较研究，剖析少数民族女性文学的比重、地位和独特贡献，挖掘少数民族女性文学和宏观的女性文学、少数民族文学的同构性和异质性，同时性和特殊性，重估少数民族女性文学在性别和族别的双重视域下本已存在的独立的文学史价值，是有待大力掘进的研究方向。

二、鉴于以上所述，在整体研究不尽人意的现状下，目前已经出现的专门的少数民族女性文学研究著述就显得尤为珍贵，但不无遗憾的是，它们或是侧重于对某一具体的族别，如维吾尔族、哈萨克族、回族、满族、藏族、纳西族等，或是集中在对某些特定地域，如新疆、广西、云南、“西部”的作家创作现象的分析研究，再或就是针对某作家作品的零散狭窄的个案研究，所以，在理论体系下对中国少数民族女性文学进行整体观照，对30多年来的少数民族女性文学创作进行系统地钩稽、梳理，全面展示少数民族女性文学的全貌的研究依然处于较空白的状态，亟待出现。

任一鸣是最早研究新疆少数民族文学的学者，她的《关于新疆当代少数民族女性文学的思考》等著述初步整合了新疆少数民族女性文学，充分肯定新疆少数民族女性文学在我国女性文学中的地位，并探讨了其对全国的借鉴意义，及其在世界语境中的文化价值。她的研究丰富、拓展了中国少数民族女性文学研究的内涵与外延，为中国女性文化带有普遍意义的理论建构与学科建设，提供了有力佐证，是近年来少数民族女性文学研究中极富参考性的成果。尤其在目前，“新疆问题”显得复杂而尖锐起来的社会局势面前，任一鸣的新疆少数民族女性文学研究从另一个角度做出了人文学科应有的学术贡献。黄玲《高原女性的精神咏叹——云南当代女性文学综论》是一部对云南女性文学现象作整体研究的学术著作。云南是一个拥有26个民族的边疆省份，对云南女性文学的研究势必要对其多样的民族性给予足够的关注。身兼作家身份的彝族女学者黄玲多年来潜心专注于本土，通过这部厚重的著述追寻了众多云南女作家们写作的个性特色，各民族文学的独异性，从中探讨规律，挖掘异彩纷呈中的地域共性，以及她们的写作为中国当代文学提供的审美内容及其价值意义。黄晓娟《女性的天空——现当代壮族女性文学研究》是一个同样宏大的工程，它对中国人口最多的少数民族壮族的现当代女性文学予以了充分的关照和审视，概览了现当代壮族女性文学发展历程，通过去除历史文化中的遮蔽与厚饰，更为全面、深入地认识了壮族女性文化传统和壮族女性文学发展演变的方方面面，进一步开掘了壮族文学的丰厚内涵。

新时期以来，满族、回族、藏族等少数民族的女性创作有了长足进步，各个阶段各种文体都有了具有一定代表性的作家作品，但研究领域，并未形成相应的规模与特色。满族当代女性文学研究除了散落于一般文学史的粗疏的梳理、介绍性的评述，其余便是零敲碎打的作品分析或作家评述。与蔚然壮观的古代满族女性文学研究相比，当代满族女性文学研究乏善可陈，究其原因，应是满族女性文学的民族性在当下的复杂多元呈现使得统一的观照更不易于把握。众多零散的论述中，潘超青《艰难掘进的女性主体性建构——从三部满族女作家的家族史小说谈起》是一篇有见地的文章，它对颜一烟、赵玫、叶广芩这三位富有代表性的满族女作家的家族史小说做了掘进独特的研究，认为她们凭借深刻的民族历史熏陶、丰富的家族记忆和特有的女性视角，为研究当代满族女性主体性确立的艰难历程提供了典型的范本和视角。回族女性文学研究现状与满族相类似，基本集中在作家作品的个案上，其中关于霍达等知名作家的著述较为多见。近年来，较为整体的研究初露端倪，出现了如赵慧《当代回族女作家散论》之类的概述性文章，此外，可喜的是，回族女性文学研究对新生的作家作品有比较及时的发现。

相较而言，当代藏族女性文学研究虽整体沉寂，却是有迹可循，可供归纳。1990年代开始，把“当代藏族女性文学”看作是一个独立的研究对象的著述，出现了不少。个案研究是起步形式，也是延续到新世纪以后的常见的主流形式。与此同时，系统性、整体性研究也初露端倪，这类研究，往往把几个女性作家视为一个研究群，对她们的创作进行比较阐释，并在区别其审美特色的基础上进一步展开整体性综述。亚嫱的《新时期藏族女性小说发展轨迹》简略地梳理了新时期以来20多年间当代藏族女性小说的发展脉络，归纳指出了不同藏族女性作家的创作呈现出的相似或相同的审美风貌。该文认为当代藏族女性文学具有浓厚的理想主义情怀，而这种理想主义情怀的产生“与现代西藏社会的发展变化相关，与藏族文学的传统相关，更与藏族女作家们高扬自身价值敏锐地感悟时代巨变，同时以深刻的人文关怀面对生活的态度相关”。刘大先的《高原的女儿：当代藏族女性小说述略》一文认为20世纪90年代以来颇具影响的四位女性作家———央珍、梅卓、白玛娜珍、格央的创作都表现出了一种浓厚的女性主义气质，“欲望、情感始终占据着作品的主要部分，她们较少用外在形形色色的意识形态规划约束自己的情绪与思维，透射出具有女性个体对于历史、命运、爱情的体验、感悟、意绪和理解。”刘大先颇富现代性地指出，在当代汉语文学创作，尤其是少数民族文学汉语创作领域，藏族女性文学具有一定的代表性，因为她们形成了属于自己的另类风范。这种风范体现在：以个人话语消解或重构宏大叙事的框架；以现代形式的外壳包容宗教地域文化的内核；以浓郁民族韵味的叙事风格建立了带有普适色彩的美学风格。朱霞《当代藏族女性汉语文学浅论》，梳理了藏族女性汉语文学在当代与时俱进的发展历程，肯定了藏族女性文学在现阶段取得的成绩。严英秀《当代藏族女性文学30年发展简述》也指出：藏族女性文学在30年的成长中，由宏大主题走向对人的内心世界的关注，执着于寻求精神个性的发展，民族叙事兼容了多种审美文化诉求，使得藏族女性文学摒弃了少数民族文学一直以来的风情展示和神性想象的单一空间，呈现出多种文学景观共存的优势，建构了宏阔、悲慨、浪漫，大气的美学风貌。胡沛萍有多篇关于藏族女性文学的独到评述，其中《当代藏族女性文学与中国内地女性文学差异之辨析》一文，认为当代藏族女性文学与中国当代内地女性文学，因其不同的地域文化和民族宗教文化背景，呈现出了鲜明的审美差异，尤其是90年代以来，二者之间的差异更为显著。这些审美差异主要体现在“私人化写作与非私人化写 作”、“物化写作与朴素之风”和“审丑写作与中性写作”等方面。此类概述性文章还有徐美恒的《论藏族女诗人的诗歌特色》、冯登宁 武凌烟《笔下的眷恋：用文字讲述雪域高原的女作家们》。

蒙古族、朝鲜族女性文学也是中国少数民族女性文学的中坚力量，近年来收获颇丰，但相应的研究显然尚未形成气候。总之，各个少数民族女性文学研究的情况虽有微观上的差异性发展，但观其全貌，都是存在着许多明显的缺憾和不足，所达到的高度和深度，与当代女性文学创作所取得的成绩是不相称的。

三、对少数民族女性文学在当下的发展动态、变化趋势缺乏及时、敏锐的“发现”，缺乏在场研究，和理论跟进，且话语模式泛化、固化、僵化。多维度、多层面、多样化的差异性研究不够。对网络时代的80后90后写作的研究尤现滞后，乃至缺席。

全球经济浪潮的席卷，使世界日新月异地发生着剧变，现代化已然成为人类社会的普通境遇，少数民族并不因为它地理和文化上的边缘性而置身于这强大的时代洪流之外，它早已开始遭遇其传统的民族性在近百年中国历史尤其是在当代史上的动荡变迁，早已无可避免地被卷入了急速推进的现代化进程。所以，许多少数民族作家，包括女性作家，都已清醒地意识到，文学的使命就是反映社会生活的这种发展轨迹，要创造出无愧于民族的作品，就要走出对民族性一劳永逸的展示和歌颂，必须得沉潜于生活深处，敏锐地触及当下人们精神生活的深处，关注本民族在社会进程中所经历的精神危机和蜕变，审视并回答民族特性、民族传统、民族精神在全球化背景中的张扬、转型、再造与重生的大课题。经过 30 年的文学实践，尤其是步入新世纪以来，层出不穷的优秀作家作品证明了，少数民族女性文学虽然存在着难以忽视的弊端和不足，但确已做到了投身于当下的生活洪流，正在创造具有独特的民族意味和表达、并能赋予民族生活以崭新的文化内涵的作品，为民族传统文化现代性诉求的社会进程提供文化养分，在持守和嬗变中创造新的传统。

遗憾的是，在这个至关重要的问题上，少数民族女性文学研究也是欠缺的，滞后的，甚至是倒退的。但凡提到少数民族文学，许多人就必定会谈民族文化，谈传统民俗，他们对原本鲜活、多样、复杂的民族生活和民族性格的理解是抽象化、凝固化、表象化的。他们无视文学作品对当下社会生活的动态反映，而尽力去捕捉古老神秘的“民族元素”。诚然，对少数民族文学来说，民族性是不可或缺的，但这只是构成文学的要素而不是文学本身。无论怎样，一个小说家的民族身份以及小说中的文化景观都不应该比他的小说本身更值得期待，而一个诗人对民族特性和边地风情的外在呈现更不能代替诗歌独特的生命意味和诗意表达。可奇怪的是，研究界几乎形成一种主流导向，对待少数民族作家的创作，往往放弃对重要的文学问题的开掘和发现，忽略作品的审美内涵，而是本末倒置，趋之若鹜地揣摩其所谓的民族特色。并以此为尺度，凡不合衡量标准者，就被拒斥在“少数民族文学”范围之外，以异类视之。如此研究，与当下少数民族的真切生活隔着太远的距离，也与作家所感受着的现实痛痒擦肩而过，是隔靴搔痒隔岸观火的不在场研究，是源于陌生化期待视野的文化误读。这种现象，究其实质反映出的是一种居高临下的文化立场，不公平的危险的学术观点，一切真诚的严肃的研究应以此为诫。

上世纪80年代是少数民族文学异军突起的时代，一大批少数民族青年作家顺应时代发展潮流，脱颖而出，进入到当代文坛的主力阵容，如今，这些知名作家已步入中老年，而一个既有传承、又有创造，颇具创作实力和潜质的少数民族青年作家队伍正在逐步形成，这些年轻的作家立足于急剧变革的时代生活，反映少数民族历史文化与现代文明的碰撞变迁，留下了不同民族当下生存状况与精神追求的生动描摹。而这里面，活跃着为数不少的女性作家，启开了少数民族女性文学崭新亮丽的新景观。

但多年来，少数民族女性文学研究处于一个相对的封闭状态，关注点基本定位在早年成名的作家作品上，而对当下涌现的新人新作缺少了解，对少数民族女性文学在新的社会境遇中的发展动态、变化趋势缺乏及时、敏锐的“发现”，缺乏在场研究，对新的创作现象潮流缺乏理论跟进，且话语方式几十年不变，放之四海而皆准，成为一种泛化、固化、僵化的模式，对不同代际、不同族群、不同地域的作家的多维度、多层面、多样化的差异性研究不够。在全社会已步入网络时代的当下，少数民族80后90后作家毫无疑问呈现出了新的写作方式、旨趣、走向，而学术界除了寥寥的关注之外，整体表现漠然，研究明显滞后，乃至缺席。总之，当代少数民族女性文学研究在面对当今的时代思潮、历史语境、现实生活、创作实际时，表现得比较被动、窘迫、乏力，缺乏富有建构性的理论基点，无力做出主体性强大的回应，其陈陈相因的格局，定型的思维，僵硬的规范，已使它失去了勃然生气，在一定程度上走向停滞与蜕化，萎顿与封闭。

四、依然缺乏坚实的、系统的作家作品研究。

如前文所述，当代少数民族女性文学研究从起步伊始到现下，常见的主流形式多为个案研究，因此，按理说作家作品研究领域应该集中展现30余年研究的重要成果，但实际上，情况并不能使人乐观。纵观数量相当的论文评述，会发现称得上坚实的、系统的作家作品研究还是极为稀缺，大多数表现为浮泛，轻薄。常见的作家研究形式往往是选择一个作家的几部作品，逐一分析，在此基础上进行阶段性的评述，最后对作家的创作个性和艺术特征大致总结，形成定论。这种模式貌似宏观地把握了研究对象，但极易于陷入资料不足、论证不力的窘境。作家论是一种全面、深入、细微的学问，牵涉到多种层面多向角度的认知，且不论别的，单就从作品方面来说，了解一位作家肯定需要掌握她所有的文本，以及相关的研究成果。但实际上，很多研究者都做不到这一点，要么作家早期发表的一些作品查阅不便，要么，一些作品难以归类，服务于论点不够畅达，于是避繁就简，避难就易，转而选择那些容易搜集、适宜下结论的文本。试想，仅仅根据一个作家数量不多的几部作品，就企图对她的创作特色予以全面的推演、评判、归纳、概括，难道不值得怀疑？如此以偏带面，浅尝辄止，自然很难窥其作家全貌。可以说，这是当下作家研究普遍存在的一种严重的症候。

同样，作品研究也鲜见富有学术含量和挑战性的重量级成果，这主要源于问题意识不强，深度论述不够。总之，作家作品研究未能达到预期目标，其根本的问题在于缺乏知难而进的谨严的学术态度，缺乏足以全面根本地把握作家作品的思想广度和富于精神价值的审美判断力。

五、缺乏对母语文学的研究。

我国有 53 个民族有本民族的语言，有 28 个民族有本民族的文字，这是中国多民族文化的最直接具体的体现。使用少数民族文字的作家历来有着不可轻视的阵容，新时期以来随着民族地区双语教育的普及，蒙、藏、维、哈、朝、彝族等文字的文学创作更是日渐壮大。据内蒙古作协介绍，近几年来仅蒙古族就有近 3000 人在省级以上刊物用母语发表过作品，其质量更胜于用汉文创作的作品。据新疆作协介绍，目前用维文写作发表作品的作者已达万人，维吾尔文长篇小说至少已 250 左右。藏族的母语创作近年来涉猎广泛，从诗歌到小说，到影视文学，在各个文体都取得了长足的发展。总之，少数民族母语文学在稳健地前进着，这其中自然有少数民族女性文学的成绩，理应吸引研究者关注的目光，但事实并非如此，少数民族女性文学研究对母语文学领域几无涉足，可以说是全然的缺席。

造成这种局面，自然有深层的观念问题，但最显而易见的原因是语言的隔绝，翻译队伍的不够壮大，原始资料的严重匮乏或缺失等等。这是一个任重而道远的话题，应该引起创作、研究、译介等各个领域的重视。

六、缺乏两性视野。

显然，这是一个不争的事实：少数民族女性文学的研究者几乎都是女性。除了在少数民族文学史论著述中捎带论及到关于少数民族女性文学之外，专门做少数民族女性文学研究，或者哪怕只是撰写一二关于少数民族女性文学的专门论文的男性学者都屈指可数。“他们”似乎不约而同、心照不宣地把少数民族女性文学研究的江山拱手相让给“她们”，这里面潜隐着怎样的学术意义上的性别歧视？自然，做汉文学的研究，做更主流的少数民族文学研究，做少数民族的名家研究，更易发现有价值的文本和文学问题，比研究少数民族女性文学更有分量，更显得中心、前沿，当然也更容易产生社会较应，但人文学科的研究总是有责任抛却一定的功利意识，有责任关注更需要关注的领域，谁都知道，社会的和谐发展需要男女两性的互助共存，同样，少数民族女性文学更稳健和谐地发展，肯定少不了来自男性视角的“研究”。无需赘言，少数民族女性文学，不可或缺的是女性的支持，但同样期冀男性的关怀。实际上，这只是一个常识性认识。但问题是，常识已然变成了“问题”，那么，当下学术研究的病症，也可从中看出一二了。

综上所述，少数民族女性文学研究目前确实还存在着许多亟待解决的弊端和不足，作为一门远未成熟、正在生长中的学科，其茁壮成长需要来个各个方面的滋养和助力，它迫切呼唤平等包容的研究立场，多样综合的研究方法，新颖开放的研究路径，不断赋予它以新的机杼，使之成为广阔多元充满活力的学科，并且，少数民族女性文学研究最终的目标，应该是力求突破学术圈的局限和桎梏，使研究意义不止于理论建构，而能落实于实践，以期切实有效地促进少数民族女性文学的发展，使之展示出最亮丽的文学景致，从而做出人文研究应有的社会贡献。

从此越来越明亮

▲▲

一般认为，藏民族是一个有强大的抒情传统的民族，所以，藏族文学领域中诗歌总是独领风骚，大多数作家的涉足文学不约而同都从诗歌创作起步。但事实上，藏族也是兼具备发达的叙事传统的，不朽史诗《格萨尔传》对此做出了有力论证。诗歌是藏民族神性的翅膀，而小说创作却要求作家必须沉潜于土地和生活深处，特别是当下人们精神生活的深处，敏锐地触及、关注本民族在一系列的社会进程中所经历的精神危机和蜕变，关注民族文化精神的再造与重生，回答民族特性在时代中的精神走向的大课题。相对而言，小说创作更能见出作家的社会担当和责任，检验作家感应纷繁复杂的当下生活的能力，以及应具备的心灵生活的广度和深度。应该说，藏族文学在这方面交出的答卷还是令人满意的，扎西达娃早在上世纪80年代就写出了被誉为“藏民族生存的百年孤独”的《西藏，隐秘的岁月》，以及《系在皮扣绳上的魂》《躁动的香巴拉》等直面民族现实的小说，阿来在《尘埃落定》获茅奖之后又有了揭示藏族乡村的现代性伤痛的长篇巨制《空山》，新世纪以来，次仁罗布等更年轻的一代藏族作家迅速成长，不断刷新着藏族小说创作的成果。

自新时期始，女作家就是藏族作家队伍中的活跃群体，她们以自己沉潜而稳健的方式汇入藏族文学的整体书写，取得了众所瞩目的成就。尤其在小说创作领域，她们以喷涌的生命力，以另一种体验方式与言说方式，建构了独特的想象空间、思想空间及艺术空间，为当代文学史贡献了许多具有重要意义的文本。下面仅就其中以汉语写作的代表作家作品为例，对30年来藏族女性文学小说创作情况做一简单的梳理和总结。

80年代：发声与起跑

上世纪80年代初，益西卓玛出版了藏族文学史上第一部长篇儿童小说《清晨》，这也是当代藏族文学史上第一部女性创作的长篇小说。同时，她的短篇小说《美与丑》获全国短篇小说奖。这是藏族女作家在小说界的惊艳亮相，也是藏族女性文学不凡的起跑线，自此之后，藏族女作家成为当代藏族文学发展不容忽视的力量，她们通过自己的写作实践，使得几千年来一直处于沉默失语状态的藏族女性，不仅发出了自己的声音，而且逐渐从民族文化传统巨大幽深的遮蔽处走来，以一种崭新的姿态改写藏族女性的历史，书写新的时代人生。所以说，作为藏族女性的第一个文学书写者，益西卓玛的创作具有超出了具体文本的深远意义。

益西卓玛在80年代的崛起不是偶然的，她来自诞生过不朽英雄史诗的甘南草原，是一位在青春年代就参加革命的新女性，寻常藏族女子不可企及的革命经历使她对社会人生具备了一种自觉的深入的认识高度。早在50年代，她就发表纪实散文《山谷里的变化》，电影剧本《在遥远的牧场上》等作品，表现出了不凡的文学素养。

而 80 年代是至今令人反复慨叹、怀念不已的文艺的春天，欣欣向荣的黄金年代以其特有的感召力催发了益西卓玛积淀日久的文学热情，丰富厚重的人生阅历使得这种内蕴的创作力找到了自然适宜的出口。益西卓玛厚积薄发，以崭新的面貌在风起云涌的新时期文坛上，为藏族女作家赢得了一席之地。她的小说境界宏大高远，语言抒情细腻，充满诗情画意，虽然因为时代的原因，故事建构和叙述话语都没有刻意突出藏族族别，也没有过多地纠结于女性性别，但对母族文化的热爱，使益西卓玛自然地回归了本民族的文化并从中汲取营养，她将藏族语言的活泼绚丽与汉语的纯正规范恰到好处地融合在一起，体现出藏、汉两种文化的浓郁韵味，令人耳目一新。她的故事往往取材于藏地故乡，人物的民族性格、文化心理和生活环境、民风民情在她的小说中都有生动表现。而作为女性，其特有的纤细的感受，敏婉的情思，毋庸置疑地融会在小说的字里行间，使作品的关注点和表达方式自然地具备了独特的女性意味和风貌。

90 年代：开拓与壮大

如果说，益西卓玛以及和她同时代的藏族女性写作者从整体上还是附着于惯常的宏大主流叙事，无力使自己面目清晰地从固有的政治、民族、民俗的文化范式中挣脱、分离出来，那么，到了 90 年代，随着西方女性主义思潮在中国本土的传播、兴起，以及中国女性整体的社会地位提高，随着中国女性文学走向全面繁荣、无限风光的好时段，应运而生的新时期第二代藏族女性作家走进当代读者的视域时，则完全实现了突破性的改变，呈现出民族文化的多元审美风貌。

央珍是这一时期的藏族女小说家中最有影响力的一位，她出生于拉萨，家住八角街，对于拉萨的风土人情，她有自小到大的观察体验，对历史掌故，对生活其间的环境熟稔于心。在母族本土环境中生活成长的这种文化背景，为她将后的西藏题材写作打下了坚实的基础。中学毕业后央珍考到北京大学中文系，这使她和60年代前后出生的大多数少数民族作家一样，有了接受汉文化规范教育的学院经历。当时，正值中国改革开放方兴未艾，文艺思潮风起云涌，知识界大量翻译和介绍域外作家作品，在跨语言、跨文化、跨民族的文化交融和碰撞中，她深受各种文艺思潮和哲学思潮的影响，其中自然包括对一般女性写作发挥了不容低估的作用的西方女性主义的观点。可以说，学生时代的文化熏陶，这种极为难得的多元文化背景对央珍走上文学写作道路产生的意义是巨大而深远的，由此，感性的积淀已上升到理性的自觉，臻于成熟，一个作家有序的写作准备全然完成。

央珍最先受到文坛关注的作品是获得"第三届全国少数民族文学创作奖"的短篇小说《卍字的边缘》。之后，1994年底，长篇小说《无性别的神》出版，这可谓是西藏文学的重大收获，是当代文坛出现的一道亮丽风景，更是藏族女性文学史上具有里程碑意义的一桩盛事。小说一问世，学界文坛都给予了热烈反响。1997年，《无性别的神》获得中国作协"第五届全国少数民族文学创作骏马奖"，并被改编为二十集电视连续剧《拉萨往事》。这部取材于真实人物和事件的22万字的长篇，以独特的儿童视角和成长主题展开叙述，通过一个小女孩央吉卓玛的视听见闻，不仅历史性地展现了20世纪初、中叶西藏贵族家庭、寺院和噶厦政府的种种变迁，而且勾勒了这个重大时代整个西藏地区风云变幻的社会风貌。作品再现了博大的社会历史生活，同时又充满了细腻温情的心灵描写，浓厚的藏民族文化内蕴在故事中自然流露，浑然天成，对民族精神的不懈追寻与建构表现得深沉而凝重。

《无性别的神》除了独特深远的文学价值，更有不可低估的社会历史学、民俗学意义：它大量牵涉到２０世纪初到中叶这一特定阶段西藏的社会体制，政治事件，它全面展现了贵族的、庄园的、寺院的生活，从贵族到农奴的衣食住行，到防雹咒师的法事活动，到圣湖观像，私塾生活，甚至连私塾生活中特有的宗教仪式，学习内容，习字方式，各种纪律规矩，惩罚措施，也都给予了别具一格的描绘。央珍以对一个时代高屋建瓴又细致入微的把握，以她深厚坚实的民族文化生活的积累，使自己的心血之作《无性别的神》这部作品在相当程度上成为表现那一时期西藏社会的百科全书，西藏特色的“清明上河图”。

《无性别的神》全面展现了央珍驾驭长篇小说的能力，正如著名作家马丽华所说，通过这部作品“央珍已显示出她写作重大题材——‘正剧’——的趋向。这是一个引人注目的开端。”事实上，这个开端不仅是她个人的，同时也预示着藏族女性文学又一个新的华丽起点。

90年代的另一个代表作家是青海的梅卓，她的小说倾力于阐释魅力无穷的藏族文化，从宗教轮回、生死爱欲的角度描述藏人，表现藏人的命运和精神气质，尤其是草原女性的心灵、情感、遭际。在她的第一部长篇小说《太阳部落》里，她凄美的文笔穿过现代，扎进了过往岁月的深处，透析了两代女性的人生，命运，以及从中突现的爱情景致。梅卓对藏族传统文化对女性人格的塑造有冷静的揭示，对女性自身的软弱与无能表现了透彻骨髓的痛惜之情，她痛苦地寻找着女性生命本体与民族延续之间的关联所在。但总体上，梅卓对藏族女性以及对她们的情感世界的描述是诗意的，浪漫的，理想化的，她赞美女性，张扬爱情。在《太阳部落》以及之后的又一部长篇《月亮营地》里，女性的命运虽各各不同，但相同的是内心的坚忍顽强，敢于爱己所爱，这些非凡动人的草原女性或歌或哭，都有令世俗震撼的力量。梅卓以文采飞扬、酣畅甘冽的作品重温了那些古老时代的凄美和动人。

梅卓擅长回眸历史，同时，她也直面当下，创作了许多现实题材的小说，短篇《佳姆萨朵黛》就是其中较为重要的作品。它记录了一位现代藏族女性的一段有关寻求的沧桑经历。寻求的内容，从表面上看是对所爱之人的选择取舍，实际上是知识女性成长成熟的艰难的心路历程，是对生活、对人生的理解觉悟过程，是对潜藏在纷繁变迁生活表象下的某种永恒价值的不懈的追寻。由这些作品可见，梅卓除了一贯的潇洒飘逸，更有她特有的深沉老道。她是藏族女性文学领域已形成了自己的写作风格的成熟作家。

格央是这个阶段初涉文坛的一个70后文学新人，1996年她发表了小说处女作《小镇故事》，从这部中篇开始，格央就表现出了她清新、朴实、内敛，近似于"写意"的浑然一体的叙事风格和创作特色：美丽静谧的小镇风景，小镇上寻常人家平平淡淡的喜忧恩怨，时间的流逝中感受着世情落寞的孤单少女。没有起伏跌宕的情节，没有惊心动魄的人物，格央总是用优美的文笔把小说处理成纯静、明丽、恬淡的画面，在叙述描写一个有头有尾的完整故事之后，还能留下足够的空白形成一种平静、舒张的余韵，回味悠长。

格央是独特的，这不仅表现在其叙事特色，更在于她摒弃了藏族文学中惯常的关于宗教及传统文化的“民族叙事”的大视角，而立足旧西藏社会的平凡一隅，致力于挖掘和展现沉浮、挣扎于命运之流的普通人的心性和情感，真实而自然地表现了潜藏于民间底层的更为宏阔的世俗生存和凡人凡性，这种远离宏大叙事的细微却收获了某种更本源、更趋于感性真实的深透性，和不事张扬的淳朴之美。可以说，格央植根于人本的生存体验，深入触及到了藏族民间世俗人群中的动态的"传统空间"，她发现了一个更蕴涵丰富、宽厚的"民间西藏"。

和大多数女作家一样，女性和情感主题也是格央的自觉选择。在长篇小说《让爱慢慢永恒》，以及一些短篇中，她以鲜明的现代情感和审视角度，营构了不同个性和命运的女性人物，富有深度和力度地揭示出普通藏族女性潜藏不露的内在独立品质和生存韧性，并对藏族女性历久沉淀的特定心态和价值观念，做出了难能可贵的理智的反省。

无须一一赘述，这一批藏族女作家取得的成绩，和她们对整体的藏族文学的贡献，都是不容忽视的。她们的小说创作，无论是从叙事内涵、精神品质，还是具体的叙述技巧方面，譬如经验的应用、视角调换、叙述节奏、语言表达上，都是独特而优秀的。历史的机遇使得她们成为开拓了新篇章的弄潮儿，构筑起瑰丽多姿的藏族女性文学世界。

新千年：坚守与突围

众所周知，90 年代的开始和结束对中国女性文学是有别样的意味的，因为在此期间，中国女性文学基本上完成了在西方女性主义理论引领下的女性叙事，那就是解构父权中心主义文化，击穿男性社会的神话面具。问题是，解构和颠覆并非女性写作的终极目标，破坏之后的重建才是亟待面对的，而且往往更为艰难。事实正是如此，所以，新旧世纪交替，越来越进入消费时代的中国女性主义写作，无法掩盖繁华表面下的更大的焦虑与困境，太多的女作家无论在创作视阈、叙事方式，还是理性思索本身方面，都无法超越女性一己的自我内心分裂与纠缠。中国女性写作在高唱战歌清算了男权文化之后却无法建构一种双性协作模式，无法提供更有效的范式，更无法寻找到女性叙事新的的生长点，从而陷进了自身难以挣脱的“瓶颈”。于是，以女性为欲望主体的“性话语”、“欲望叙事”、“私人叙事”及“躯体写作”泛滥而起，成为试图突破原有女性叙事的极端的方式。但显然，这种突围方式是无效的，极端的“私人化”和“欲望化”倾向不仅不能成为拯救的力量，反而变成新的囚禁女性的牢狱，严重弱化了女性文学的力度，降低了女性文学的品格。

在中国女性文学走过高潮逐渐陷于疑惑、焦虑和困境时，我们却欣喜地看到少数民族女性写作开始了行之有效的叙事转身：从外部探索转换成对女性本体的生命与精神的深层叩问，从取材于个人经验的叙事转变为基于对民族、文化、历史、现实等的叙事。少数民族女性文学挣脱了男性中心文化观照下的社会性话语和“民族寓言”的遮盖，从最初的附着在主流意识话语到建构起了自己的女性话语，在民族叙事与女性叙事之间，寻找到了自我阐述的可能性，以激越的姿态回应了民族文化的脉动，并凸现了女性自我的身份意识与民族意识，为少数民族文学提供了新的民族与性别相融一体的新视角，也为突围女性写作困境提供了新的叙事方式。由此，中国少数民族女性文学走出了更宽阔的创作道路，为中国女性文学的整体创作与研究注入了鲜活的生命力。而以文体分别的话，小说创作尤其出色。

发展到此阶段，藏族女作家从事小说创作的队伍较之以往也更见壮大了，新世纪以来，活跃在文坛的除了上面论及的一批作家，更有白玛娜珍、严英秀、尼玛潘多、雍措、白玛玉珍、白玛曲珍、永基卓玛等人，虽然她们的作品还不够成熟，但却质地纯正，品性优良。针对当下女性写作中普遍存在的精神贫弱和情感矫饰之不足，尤其是都市女性的欲望写作，这一批藏族女作家的写作从某种意义上起到了反拨和正音的作用，她们在当下的物欲红尘世界中决不放弃地寻觅真正的精神归宿，这使人依然愿意相信，健康美好的女性文学，是走进人类灵魂深处的最佳途径，是建构真善美的人文基石的有力脊梁。这一批年轻的女作家以风格迥异的小说创作共同阐释了坚守与突围的新千年。

白玛娜珍以长篇小说《拉萨红尘》和《复活的度母》成名于西藏文坛，她是一位从少年时代就接受现代文明洗礼、起步很早的作家，涉猎广泛，才华多样。正因如此，白玛娜珍具有知识女性特有的强烈而自觉的女性意识。她的小说往往从女性视域出发，对女性的生存困境进行细致的描绘和探讨，但她很少缅怀以往，追述古典传奇，她的故事直指时下，表现高原现代女性在现实生活和精神追求中的困境和突围，以及最终迷失自我的困顿与无奈。她展露了对女性的痛彻洞见，同时又歌颂了女性对现时态的种种黑暗，对这个尘俗绝望世界的不妥协的精神力量。白玛娜珍的小说风格斐然，有鲜明的自我印迹。

白玛娜珍对藏族文学的意义在于她立足西藏本土，深层地表现了生活在藏区的现代人在当今急剧转型的社会中所感受到的复杂思绪，表现了一个接受了现代文明洗礼的藏族女性生命中最真实的喜乐和隐痛，大胆而直露地抒写呈现了高原女性幽闭的灵魂。她以饱含着生命汁液的文字淋漓尽致地展示了自己内心的困惑、纠结和忧戚，真诚地记录了自己与时代同步的心路历程。她强烈的女性意识与深切的民族意识是相互纠结互现的，在女性意识中凸现民族意识，传达出对藏族文化传统内涵的独特感知，展示了藏族人民生命的激情和努力，坚韧和厚重，理性深沉地表达了对民族现代化过程和未来前景的思考。可以说，白玛娜珍在小说创作领域的发展势头是强劲的。

《紫青稞》是作家尼玛潘多在2009年完成出版的长篇小说，自此，西藏文坛上出现了又一个令人振奋的名字，这是藏族女性文学在长篇小说创作上可喜的新收获。《紫青稞》真实反映了当代西藏农村生活境况的原生态，20世纪80年代至90年代，外面的世界发生巨大变革，给地处喜马拉雅山脉附近的偏僻村庄——普村带来了震动。普村的年轻人怀着激动向往又狐疑不安的心情，以各自不同的方式走出世代居住的大山。小说围绕着普村寡妇阿妈曲宗及性格迥异的三个女儿达吉、桑吉、边吉的爱恋情史和成家立业的经历，讲述了社会转型时期西藏农村的生活与价值观念的转变、乡土社会与城市之间的瓜葛，以及女性在社会转型过程中的被动、无奈和抗争。《紫青稞》探寻和思考民族生存的现实，反映藏族女性在现代化进程中所经历的时代风雨，展现了传统文化对藏族女性生存的规定与制约，写出了在历史嬗变过程中藏族女性的生存状态及女性主体意识日益加强的过程，是一部充满历史厚重感和鲜明女性意识的优秀之作。尼玛潘多是一位视界远大、胸怀历史责任感和民族使命感的作家，她看到了现代文明对西藏乡村社会的冲击，感受到了传统习俗对世俗人生的禁锢，并由此反思民族传统文化的魅力及弊端，写出了社会嬗变过程中必然带来的精神情感的变化，并以对普村、森格村、嘎东县城及拉萨生活的描写，呈现了从农村到城市的世俗社会生活画卷，描写广阔大气。

《紫青稞》一书恰似这个标志性的名字："紫青稞"，充满了浓郁独特的民族文化和地域特色，有关宗教，血统、仪式、宿命的观念，以及在此基础上形成的独特的思维方式和民族心理结构在作品中都有真实的表现。日常起居，婚丧嫁娶，节日庆典，春播秋收，拜神驱鬼，古老淳朴的风貌，四季运转的风俗，别出心裁的道德伦理法则，处处透露出民族文化的浓重浸染，散发着生活的活力和质感。作为西藏本土作家，尼玛潘多在《紫青稞》中表现出来的语言风格也有鲜明的藏族特色，质朴，率真，不刻意，不雕琢，藏族谚语俗话的引用原汁原味，平淡朴素中蕴含着民间苍凉隽永的生命感悟。

白玛玉珍、亮炯·郎萨、永基卓玛等人近年来也写出了重要的小说文本，她们的创作极富藏族文化的本土特色，都是值得期待的作家。除以上作家，新世纪以来，在小说领域还涌现了许多更年轻有朝气活力的新人新作。

综上所述，藏族女性小说在30年的发展中从单一走向多元，从平面走向立体，从区域走向全方位，已形成了一支整齐有力的队伍，前有先辈，后有新秀。写作目标和主题也得到了内在转换，由宏大主题走向对人的内心世界的关注，执着于寻求精神个性的发展，民族叙事兼容了多种审美文化诉求，使得藏族女性文学摒弃了少数民族文学一直以来的风情展示和神性想象的单一空间，呈现出多种文学景观共存的优势。众多风格鲜明的女作家以以女性独到的包容、通达和敏锐，以更为丰富和柔韧的民族精神，进行着个人与时代，心灵与现实之间的对话。民族文化传统的凝重沧桑和所处地域特有的宏阔、悲慨、浪漫，赋予她们的写作以大气、刚健的美学风貌和奇异、神性的艺术气质，她们融内在细腻与外在阔达于一体，以极富痛感的心灵的文字创造着属于自己的文学传统，实现女性身份和民族身份的双重身份体认，从而建构了藏族女性文学话语自身的独立品格。

从新时期到新世纪，经过 30 多年不懈的探索和耕耘，几代藏族女作家留下了多姿多彩的文学印迹，所取得的成就为中国文学界高度评价，广泛认可。她们以小说的方式，完成了使藏族女性从历史的幽暗处，从文化的边缘处一路走来，从此越来越光明。但无可讳言的是，现有的收获不能遮蔽存在的不足，藏族女性小说创作远未抵达丰赡、坚实、轻飏的艺术境界。要真正改变自己双重边缘的身份，必得以更诚实坚韧的劳动，以凤凰涅槃般的精神华丽重生。任重而道远，期待优秀的藏族女作家们挣脱羁绊，重新出发，在中国小说史上留下属于自己的辉煌篇章。

从当下文学叙事看城市化进程中的农村妇女

▲▲

时下，从国家关于建设社会主义新农村的各项政策，到学术界对三农问题的众多理论构建，到反映农民工进城的当代打工小说，农民问题，以及由此而引发的诸多问题，已成为全社会关注的焦点。农民作为弱势群体，其生存的艰难和困顿，已在较大程度上警醒了社会的良知和责任。但作为这一弱势群体最底层的农村妇女在当下的生存和命运，却仍然没有引起足够的关注。那么，在强调城乡之间社会阶层、身份差异的同时，我们是否可以忽略、遮蔽性别的差异呢？在急剧的市场化、城市化进程中，农村妇女又遭遇着怎样的心灵裂变和精神危机呢？本文以几部当代小说为例，谈一点粗略的思考。

渴望与守望

孙惠芬在长篇《上塘书》中说：“反正，出去变得越来越容易。反正，不出去越来越不可能。”自上个世纪八十年代以来，广大农村和农民不可避免地告别古老的农业文明，势不可挡地卷入城市化进程，这是世界文明进程的必然趋势，也是中国文明发展到今天的必然选择。⑴时至今日，民工潮席卷全国各地，农村但凡具备一定条件的农民纷纷进城，无论会有怎样尴尬和残酷的境遇，无论最终成为一个城里人是多么渺不可及的梦想，他们还是选择进城，完成从脸朝黄土背朝天的种田人到城市民工的身份蜕变。

对于进城，应该说农村妇女有着更强烈执着由来更久的向往。城市对于男人或许只是能挣到钱的很物质的所在，而在女人，城市代表着更文明更“高级”的生活，天然地具有一种蛊惑力和吸引力。对城市的向往，其实是对决然不同于乡村生活的另一种生活方式的向往，是对幸福的向往。城市寄托着她们的梦想，是她们精神的彼岸。王祥夫的中篇《流言》特别典型地表现了农村妇女的这种现代渴望：桃花“喜欢城市，尤其是喜欢城市夜里的灯光。她常常站在村子里往城里的方向看，看那边的灯光。”一个乡下女人在乡村无边的黑夜里眺望城市的耀眼华彩，这一意象蕴含的文化意义不言而喻。其实，自新时期伊始，文学一直在不绝如缕地表现着这样的主题。张贤亮的《绿化树》和路遥的《人生》里，马樱花和巧珍对于章永璘和高加林，自然有单纯的男女之爱，但其深层却源于这些男人与外面的世界的联系。她们的爱情里，凝聚着对知识、文明、城市和一切美好事物的渴盼。铁凝在反映农村少女的现代化向往的《哦，香雪》之后，又创作了《孕妇和牛》，也许有人会认为这样恬淡、宁静的乡村书写和关于城市化进程的沉重话题有什么关联。然而，作者分明写到了那个孕妇所感受到的不安，“住在山里望不出山去，眼光就短；可平原的尽头又是些什么呢？”这位生活在世世代代的乡村妇女人生模式中的少妇，对文化知识，对平原之外的广大世界，对遥远的“现代化”不由自主地产生了遐想和渴望。因着这样的遐想和渴望，这个妇女眼下的幸福已打了折扣。贾平凹的《鸡窝洼人家》里的桂兰，仅仅进城一次，就感慨自己“以前白活了”。

然而，仅有向往又能怎样呢？在进城之风越演越烈的今天，农村妇女，尤其是已婚妇女，依然缺乏自主的选择权，没有“来”“去”的自由。土地需要耕种，老人需要照顾，儿女需要抚养，男人需要随时都可以回去都能回去的家，而这一切，只能由妇女承担。从社会学的角度看，在农村当然应该有这样的大后方，这是转型期必然要面对的劳动分工，也是家庭稳固、社会和谐的有力保障。但对每一个妇女个体，这肯定是不公平的。当男人们对农村做出主动地逃离时，她们却只能被动地接受。她们的身心被捆绑在亘古的土地上，渴望在焦虑中走向死灭。在中国广大的农村，每一个角落都有这样必须要做出牺牲的妇女，触目可见这样无奈地守望的身影。

近年来，人们已比较关注农民工在城市的生存状态了。成千上万个农民外出打工，除了流血流汗，还必须向城市交出自己卑微的尊严。但或许很少有人想到，城市对农民工固然是一片难以容身的荒凉驿站，而乡村，对不能离开土地的妇女也绝非炊烟袅袅的田园乐土。那些留守在农村的广大妇女们的人生，是比农民工更“边缘”的一种存在。

罗伟章的中篇《故乡在远方》是一部很浓重地表现了进城农民工和留守妇女的苦难的作品。石匠陈贵春去广东打工，留给妻子杏儿的是年迈腿残的父亲、年幼的儿女，和超生罚款的两万元债。杏儿在得不到丈夫音讯债主们又频频上门逼债时，常常“整夜整夜地哭”，然而天一亮“哭过之后的杏儿，马上起身赶牛喂猪去犁田耙地，还要去水田里打田坎——这是男人们干的重体力活，累得双腿打颤，汗水从发梢直往下淌，然而她只能发出孤孤单单的叹息”。后来，杏儿已哭不出一滴眼泪了，“她必须独自面对现实处境，独自承担生活的重担，尽快还清债务，再把儿女哺养成人。”然而，生活还是更深重地摧毁了这位苦难的女人，她的女儿被火烧死，她的丈夫在城市里被骗被偷最终铤而走险，成了“败透了整个村子的名声”的恶人。

当然，杏儿的命运有太多的“故事性”，不是所有留守的农民工妻子都像杏儿一样会落得家破人亡的厄运。大多数女人都能等到丈夫从城里拿回来的钱，然后添新衣盖新房，过上光鲜的日子。但这又能怎样呢？男人们将重新出发，田地变得更加贫瘠，儿女们的教育问题千疮百孔，新一轮的劳作、等待和煎熬重又开始，物质逐渐宽裕带来的满足感丝毫不能抵消留守生活日复一日的苦难。这种苦难，不仅仅是因男人的外出而翻倍增长的劳动强度，不仅仅是独自扶老携幼的艰辛，也不再是贫穷的折磨，而是在最为重要的精神层面上要面对的悲剧。她们不是安守寒窑十年盼夫的古典村妇，她们的世界因进城的潮流打开了向外的窗口，但她们业已“启蒙”了的目光只能停滞在荒凉的乡村，梦想被迫夭折在坚硬的土地上。她们如果有过抗争，那微弱的呼喊也被旷野的风吹走了。

事实就是这样，就像当年的革命洪流并没有使广大的已为人妇的女性们成为“出走的娜拉”一样，今日的改革开放也没有赋予农村妇女们真正“解放”的权利。进城的农民工可以尽述在城里的辛酸和痛苦，而广大的农村妇女，似乎只配承受乡村之苦。并且，在进城打工的男人那里，留守妇女的辛酸和痛苦因因袭的缘由是受所应当，完全可以忽略不计。诚然，城市的各个角落也遍布着外来“打工妹”，但她们多是从父母的家里跑出来的少女，而为数不多的已婚“打工妹”，她们或是被丈夫“带来”一同讨生活的，或是来自一些文化习俗鼓励女人挣钱养家的地方。这使我不禁想起二萧常被相提并论的小说《八月的乡村》和《生死场》。在萧军笔下，男性农人们痛恨日本鬼子，是鬼子破坏了他们自足自得的田园美景，而在萧红那里，女人们甚至没对鬼子的入侵有太多的警醒，因为在这之前，她们的生活已经残酷至极生不如死。同样是保家卫国，女人们只有在成为寡妇抛弃了女性身份之后，才能加入到“弟兄们”的队伍中，如同今天，同样是进城打工，女人们往往和田中禾《姐姐的村庄》里的姐姐一样，在被婆家抛弃娘家又难收容已然失去“身份”的情况下，才加入到浩荡的打工队伍中，才有机会去品尝在城里的千般滋味。

方方的中篇《奔跑的火光》一般被认为反映了农村家庭暴力的主题，但我觉得它首先是表现了城市化进程中一个农村妇女的特殊遭际。家庭暴力只是它外部的形态，家庭暴力本身是被包裹在女主人公渴望逃离的乡村生活中的，是乡村伦理中被视为天经地义的一部分内容。英芝原是一个已接近城市生活、已卷入了市场经济洪流的躁动的乡村女孩，只因为草率急就的婚姻，便被生生地拽回到古老僵化的乡村生活中。但心是拽不回去的。她希望和城里人一样过有奔头的生活，她忘不掉自己进城致富的梦想，为此她接连遭到丈夫惨无人道的暴打。最后，英芝从将要被打死的险境中逃出来，差一步她就走到进城的路上了。然而丈夫的出现，戛然而止了她未尽的梦想和挣扎。她一把火点着了发誓要灭掉她和她的娘家的丈夫，她把自己送到了死牢。

这是一个以弱杀强以暴制暴的故事，这更是一个农村妇女渴望进城却无法进城的绝望故事。只是为了争取和男人一样进城干活的权利，只是为了不“白活一辈子”，她付出了生命的代价。这是在古老的土地上，已然警醒过来的农村女人在城市化进程中付出的惨痛代价。在农民工涌往城市的路上，这样的故事并非个案，这样的“奔跑的火光”，吞噬的不只是一个英芝的青春和生命。人是社会关系的总和，体制世界里有着太多的结构格局，一切被划分，有城乡的分化，有阶层的差异，有身份的框定，但毋庸置疑，也有性别的压迫。在弱势的“失语”的农民工的后面，是更为弱势的、言语完全喑哑发不出声的农村妇女。

升腾与沦落

大多数农村女孩进城当然不必经历像英芝一样的悲剧，进城打工如今已是司空见惯的选择。然而，出去，去往何处？从乡村到城市，注定是艰难的过程。城市不是快乐的彼岸，不是尽情实现梦想的舞台，前方当然有许多的机会和可能，但太多可能最终或许只简化为一种可能，那就是：当她们从乡村逃离，企图摆脱原来的命运的时候，另一场宿命早已埋伏在她们前面。在社会尚未建立健全有效的吸纳机制的情况下，农村打工妇女，既要面对城乡二元结构所造成的严酷现实，更要承受这个世界无处不在的性别歧视，承受性别带来的特殊遭际。她们因其特殊的双重弱势身份，加上自身文化素质的低下，谋生技能的欠缺，在城市的发展空间更为狭小，所要面对的意志、智慧和尊严的考验更要严峻。她们其实盲目而困惑，懵懂而浮躁，很少能逃出物欲的摆布，也很难有什么从根本上改变命运、提升精神的事业寄托。她们是奔着幸福去的，但收获的更多的却是失落和创痛。

我们不用细察就知道，城市虽五光十色，但对进城的农民工来说，空间狭窄得令他们无法“大声呼吸”。建筑工地、生产车间、餐馆、发廊、浴室、城市人家，只有这些特定的城市空间，才是农村妇女进城后的存身之所。而“打工妹”，这个对进城农村妇女做出身份界定的称谓，从一开始就带有几许暧昧色彩。许多女孩还没来得及冷却多少有点浪漫的进城想象，便毫无防备地陷进了沉沦的深渊。而更多的人往往经历了艰辛的努力和抗争后，却殊途同归，走到人所不齿的路上。老舍先生的《月牙儿》中，接受了新式教育的女儿唾弃卖淫的妈妈，她发愤要找正当的职业自食其力，然而努力的结果却是痛心地明白了：“妈妈是对的，妇人只有一条路，就是妈妈所走的路。”《月牙儿》的时代似乎很遥远了，但那样的故事至今屡屡上演着。女性到举目无亲的城市里挣钱，经历了千疮百孔，落到最后，好像卖身才是真正可以选择的“正当”的行业。这实在是一个极大的反讽。

李肇正的中篇《女佣》就讲了这样一个沦落的故事。少妇秀兰去城里投奔打工的丈夫壮壮，继而找到一份每月挣350元的保姆工作。她珍惜这个机会，认识到“能住下来赚一份工资，比什么都重要。”但环境对老实巴交的乡下女子是充满蔑视和排斥的，她照顾的老太太和整个弄堂里的人都防贼似的防着她。“城市太生分了，在早晨的车水马龙里，杜秀兰多想自己能像一滴水似地融入，但她是一株水草，被冲刷到黑暗的角落里。”后来，老太太的儿子强奸了秀兰，之后付了她500元钱。作品里是这样写的：“‘你把我当什么人了？’杜秀兰愤怒地举起手。手一松，钞票就要扔过去了。但她的手无法松动。500元，是壮壮扛一个月水泥的报酬。500元，是20担大米，够她辛辛苦苦种一年的。”“杜秀兰把5张百元钞票捏在手心，又抹平，对齐花纹，贴到脸上。泪水打湿了纸币。”

这就是良家妇女杜秀兰在城里的第一次失足。自此后，她就以同样的价格接待老太太的两个儿子，和他们领来的各色城里男人。杜秀兰其实成了隐蔽得很安全的暗娼，她觉得“现在很不幸，要摆脱不幸，只有成为真正的城市人。”有了这样的赚钱方式，她开始有了野心，“时时刻刻在想商品房和蓝印户口。”

我们或许有许多理由谴责这个女人的自甘堕落。她可以安分守己地挣每月 350 元钱，更可以毅然抛弃城里的诱惑，回乡下去种地。然而，这样一个女人，她凭什么非要承担对她来说过于沉重过于强加的道德重负？那些男人开导她说：“秀兰，你想赚钱吗？其实在城里赚钱很容易的。你这么漂亮，这就是资本。”由此，她又怎么能再和从前一样受尽欺侮和煎熬守着那 350 元钱？谁又可以说她就不该有“让自己的儿子一定要像城里的小学生那样穿着校服，系一条领带”的梦想？既然，靠丈夫扛水泥靠自己当女佣不可能为儿子买上城里户口，不可能挣到一座小小的房，那么，我们又怎能理直气壮地去唾弃这实属被迫的方式？

这个“女佣”有着太多的现实代表性。其实，道德防线的崩溃是极其容易的，当城市里眩目的物质反衬着农村妇女的赤贫时，当她们的劳动所得和付出极其不成比例时，当城里人冷漠的目光肆意地伤害她们的尊严时。那些车间、作坊里的女工，那些餐馆里的服务员，那些做着各种苦活脏活的女人，当她们无比辛苦地挣一点活命的钱时，若有意外的诱惑摆在眼前，她们中有多少人可以守住最后的道德底线，而不为物质所动？实际上，这样的假设本身就是残酷的，非道德的，在社会价值普遍失范的时候，往往会有一些“卫道者”把遵循道德的责任义务推卸给弱势群体，夸大他们的道德“亏欠”，使他们更不能融入到社会的主流层面。其实，我们思考的问题首先应该是：一个逼良为娼的社会，其自身到底有多少急需清除的疮疤，急需疗治的病症？我们每一个人，为此又做过多少努力？

诚然，现实生活中，文学影视作品中，也能看到许多农村妇女在城市里发奋图强求得成功的故事。她们从摆小摊成为优秀的个体户和小业主，从端盘子的成为开酒楼的，从做保姆、钟点工到自学成才自谋职业。擅长写外地人题材的荆永鸣有短篇《足疗》，就写一个农村女孩高考落榜后到北京打工，当过宾馆的话务员、酒厂的推销员、酒楼的领班，现做足疗小姐。她很漂亮且洁身自好，坚守着“挣到钱后去上学，学服装设计”的理想。“她要自己挣钱，拯救自己。”

也许，这才是一种真正意义上的进城。对这样的农村女性，城市开阔了她们的视野，锻炼了才能，改变了命运，使她们有了一面不一样的天空。然而，在进城农民的生存几近梦魇，女性更被逼仄到最边缘最尴尬的境地时，更多的妇女不能完成这样的身心蜕变和升腾，而是被迫走向堕落。当然，堕落的形式是多样的。孙惠芬的长篇《歇马山庄》里的小青，为了毕业后能留到城里，竟然花季妙龄委身于卫校校长整整三年；戈铧的中篇《出嫁》也写一乡村少女，历尽曲折磨难只为嫁城里人，后来她如愿以偿，但丈夫规定家中钱财她无权过问，甚至只允许她在买菜时才出家门；绍丽的《明惠的圣诞》里的女主人公，在嫁到城里之后却未能免于自杀的命运。这些以完全牺牲自我为代价成为城里人的，傍上大款被养起来的，看似“升腾”，实则和那些坐台小姐、“发廊妹”，那些和秀兰一样的“女佣”的沦落，并无二致。

在当今农村依然令人震惊地贫穷时，在急剧的社会转型期价值普遍失范、社会机制不健全、处处藏污纳垢时，沦落是肯定的。包括身体和心灵的双重沦落。城市和乡村都厌弃这样的女性，却无力拯救她们。离乡进城，在城市的汪洋大海中，置她们于绝境的是她们的性别，成为唯一的救命稻草的也是她们的性别。事实就是这样，当男人们为了生存在城市出卖苦力时，农村女性不得不出卖身体。

也或者，我们往往对沦落的理解过于“道德化”地偏狭？既然物质的“升腾”并不能救赎精神的危机，那么为什么不可以说那些身体沦落的女性，其实也会完成心灵的升腾？真正有梦的人是不会沉沦的。萧红说“我想飞，同时觉得我会掉下来”，太多的女性其实是在想飞的渴望里“掉下来”了。或者可以说，为了最终的飞，她们必得“掉下来”，必得先忍受“掉下来”的过程。这样的“掉下来”，或许并不意味着真正的沦落，而是在城市化进程中为投身现代付出的必然的代价。当秀兰攒够了为儿子买蓝印户口的钱奔向丈夫的工地时，当许多的女孩怀揣着不曾褪色的梦想在城市的夜色里挣扎着时，你敢说她们的身上没有一双正在引领她们升腾的“隐性的翅膀”？

回归与彷徨

在农民工的故事里，和“进城”相对应的关键词是“还乡”。刘庆邦的中篇《到城里去》的女主人公宋家银在一辈子的的人生目标“到城里去，做城里人”最终落空后，明白了：“城市是城里人的。你去城里打工，不管你受多少苦，出多大力，也不管你在城里干多少年，城市也不承认你，不接受你。除非你当了官，调到城里去，或者上了大学，分配到城里头，在城里有了户口，有了工作，有了房子，再有了老婆孩子，你才真正算是一个城里人了。”这样的认识，随着当今国家关于农民工政策的调整和户籍制度的改革，可能会显得失之偏颇。但毕竟，“做城里人”，在城市安身立足，确乎是不容易实现的梦想。大多数的进城者，最后都要面对回归之路。在城里赚钱了，根深蒂固的乡土情结会促使他们衣锦还乡；在城里落魄了，乡村就成了依然可以停靠的港湾。大家都习惯于说这样一句话：他们的根在农村。

然而，当农村妇女在城市经历了身心的升腾与沦落之后，再次踏上回家的路时，真的有这样的生命之根存在于熟悉又陌生的乡村吗？

关仁山的《九月还乡》和听风堂主的《小姐回家》，都写了“回家”的故事。九月和阿莲都有在乡村长大——进城打工——返乡的共同经历，她们在城里从事的也是同一种行当：“小姐”。从外部形态上看，她们也算衣锦还乡者，因为实现了赚钱的目标。作家们热情地塑造了近乎社会主义农村新人的美好形象：九月变得精明能干，回村后就组织参与村里的各项公共事务。村长逢事必和她商量，她实际上已开始掌管村务。她最让人感动的壮举是：把自己在城里挣的十八万元钱拿出来做村里办农场的资金；阿莲回村后，引来记者，把鱼肉百姓、欺上瞒下的村支书在媒体上曝光，利用法律的武器为村民们伸张正义。

这样的“还乡”和“回家”，显然寄托着作者的美好意愿：农村需要自己的代言人，农民不能被动地等待国家和城市的救助，最终能拯救农民的应该是自救的精神。然而，细读文本内外的农村现实和妇女境遇，我们却不无遗憾地发现这只是一种理想主义的乡村书写。九月和阿莲们如此返乡的可能，以及返乡的形式，在现阶段依然是难以如愿完成的。这一点，作家们也是清楚的，小说里，阿莲最终还是斗不过地方官僚的淫威，她再一次被迫离乡，浪迹天涯；就连信心百倍致力于家乡建设的九月，也陷入了极大的困境，她的新婚丈夫因违法开垦荒地而锒铛入狱，农场被迫停工……

其实，更大的迷茫不是来自这些外在的失败，这里面依然有一个双重身份的问题，农民、妇女。作为领略过城市文明见过世面的返乡的农村妇女，她们有足够的力量和信念，使自己不再重复那些留守妻子们的苦难、那些像英芝一样的女人们的绝望吗？她们手中的钱和脚下的土地，是否能真正为她们支撑起一片经济自足、心灵安逸的天地？在现阶段经济利益统治一切而封建毒素远未消除的农村，这样的女性，真的可以完成身体和精神的双重返乡吗？

答案显然是不容乐观的。虽然作者为九月的重新开始营造了接近理想的环境。她回乡后“脸也灼灼放光了”，“她说到家乡的田园里走走，就是咱还乡女人最好的化妆品。”无需质疑这句话的真诚，它肯定是一个还乡女人的由衷之言，但它依然只是人物极具主观色彩的抒情表白，而不是事物根本的真相。在家乡的田园里素面朝天自由地行走，相对应的是九月在城里涂脂抹粉强颜欢笑的日子，“家乡的田园”因其对面是在城里饱受耻辱的不堪记忆，而显出了它极其美好的一面。但这样的美好，即使不是虚幻的，至少也是脆弱的，它满足的只是疲惫的女主人公热忱的寻根欲念。当城市现代生活造成主体身心的累累创伤时，作家们极容易转向对淳朴乡情的向往，回复到农业文明的想象中。然而，“家乡的田园”其内里的所有的一切，在主人公最初的还乡冲动之后，又会呈现出怎样的一面呢？

文明的转型是极其漫长的过程，在许多的农村，我们看到的，是古老而凝重的“乡土中国”在泥沙俱下的商品经济洪流中呈现出的杂色面貌。阿莲的老家，村支书之所以成为横行乡里的村霸，是因为村民一味地忍让和顺从。大家的眼里，村支书就是家长。在依然盛行封建家长制的乡村里，一个当“小姐”回来的女人，又怎能安妥她受伤的心灵？阿莲第一次回家，遭受了乡亲和家人的唾弃后黯然离乡。她第二次回家，大家尊她如贵宾。如此前倨后恭，其原因却一样令人心寒。并不是村人观念进步了，人性的尺度放宽了，而是他们看阿莲“发了”。金钱万能，他们便不嫌阿莲的钱脏了。利益至上的原则，和农村原始的野蛮落后相结合，使人觉得物质并不能使乡村富裕起来，反而使之更加“贫乏”，愚昧，堕落。在《九月还乡》里，村民们受盲目的潮流趋势，一窝蜂地进城，又一窝蜂地还乡，还乡之后就蛮不讲理地掠夺种粮户的土地和粮食。进城的经历，并没有使他们变成能为农村的和谐发展出谋划策的新型农民。城市化风声鹤唳，包围着农村，而农村的精神人文建设几近荒芜，农民只是在偶然地盲目地摸爬滚打。他们离现代化依然十分遥远。

《九月还乡》有一个耐人寻味的情节，村长为了打通关节要回被征去开发又被荒弃的土地，央求九月去“献身”县长的小舅子。九月哭了，说；“俺既然回家了，就想当个好媳妇，当个好母亲，俺现在越发感到好人难当了。”但她还是听从了村长。村干部们通过正当途径千般努力都无法争取到的结果，却在九月恢复了“小姐”身后轻而易举地得到了。这就是九月回还的乡村在今天的境遇，这就是立志做好人的九月遭遇的屈辱。九月的小姐妹孙艳还乡时在城里做了处女膜修补手术，她们以为这样便修补了所有城里的记忆。然而，现实的乡村，无视她们重新做人的决心，不仅要她们捧出用青春和尊严换来的钱，而且再一次赤裸裸血淋淋地撕开她们的伤口，让她们重复曾经的罪恶。不是“好人难当”，而是她们的身上已然贴上了另类的标签，她们在“他者”的眼里，早已不是好人。正因如此，九月悲壮的“献身”在“好心”的村长的心底，其实并无该有的分量。

上文提到的《流言》中，桃花在城里跑出租时，遭到了歹徒强奸。消息传开后，她的丈夫陷入了近乎疯狂的绝望：“还有什么事情能比自家女人让别人搞了更丢人的事？”因为身体被玷污，本是受害人的妇女却受到了怀疑和诬蔑，种种桃花是个不正经女人的流言在乡村传开，并且被当成了既定的事实。她的丈夫数次逼迫桃花自杀：“你还不如去死，你不去死，要不就我去死吧！”桃花因为舍不得两个孩子而忍辱负重地活着，可丈夫最后却真的喝农药自杀了。在文明昌盛的21世纪，传统的贞节观竟会导致受性侵害的当事人面临生死抉择，乡土伦理的强大与狰狞由此可见。与桃花的悲惨遭遇不同，九月她们还乡后好像走进了一个宽容的充满善意的环境，但究其细里，其实，容纳她们的不是乡村的温暖、温情，而是乡村的势利和伪善。她们的钱被共享，她们的身体被利用。为了地方经济的发展，她们的价值已被充分地发掘和透支。但这并不能为她们赢得真正意义上的尊严。恰恰相反，若九月的“小姐”身份和“公关”经历一旦败露，那么在强大的传统文化习俗中，她完全有可能沦为无路可走的第二个桃花，沦为只能再次离乡漂泊的阿莲。被利用，然后，被无情地抛弃。在“家乡的田园”，九月必将重复上演莫泊桑笔下的羊脂球的命运。

其实，像九月、阿莲这样的农村女性，从她们踏上他乡，成为“小姐”的那一天起，她们注定只能两边碰壁，受夹板罪。城市自然是他乡，难以真正立足，故乡也只能是梦中的情感乌托邦，而不是可以依靠可以回归的精神堡垒和家园。她们是失去根蒂的人，只能像游魂彷徨在乡村和城市之间，承受外面的世界和乡村日子不能和谐的矛盾，承受自身无可诉求的文化认同和精神归属的痛苦。这样的“还乡”和“回家”是虚妄的，是注定的幻灭之旅，因为人和乡正在经历着艰难的蜕变，都已面目全非。因为从深层的意义上看，这个“乡”本身已不存在。

浮世哀歌：香港女作家婚恋小说中的爱情危机感

▲▲

很多人认为香港小说界阴盛阳衰，这种说法也许不尽准确，但二十世纪七十年代以来，香港文坛上确有一支女性作家队伍异军突起，成为一个不可忽视的群体。这支群体不仅人数众多，而且起点不低，创作十分活跃，她们成就了香港小说在社会文化转型期的规模和水准，至今依然是香港小说界的中坚力量。她们以女性特有的敏感和细致，以女性特有的体察和感悟生活的视角，在各自涉足的领域做出了不俗的建树。尤其是作为女性，在表现爱情、婚姻、家庭，表现都市环境中的女性生存和女性意识方面，她们的创作更是呈现出了得天独厚的优势。因此，大批涌现的女作家虽风格迥异，但她们的小说大多反映共同的恋爱婚姻题材，婚恋小说在女性小说中占了相当大的比重。

用林燕妮的小说题目“爱的追寻”来概括香港女作家婚恋小说的主题是非常准确的。爱的追寻，追求一份天长地久的爱情，寻找一个共一生一世的理想伴侣。这是女性也是两性共同期盼的幸福和美满，是古今中外的文学永恒的主题。然而，这一主题在香港女作家笔下，却大多表现为城市女人的婚恋悲剧。生死不渝的爱情在这里成了可望不可及的神话，婚姻危机感和爱情怀疑论像弥漫不散的浓雾笼罩着女作家们编制的每一个故事。活生生的现实，没有梦，只有眼泪和难以愈合的伤口；分离和伤害有一千种理由，浪漫却找不到一个停靠的彼岸，这就是发生在浮华都市香港的爱情故事。香港是一个高度发展的资本主义大都会，是融合了中西文化观念和新旧意识形态的自由港。香港人的婚恋观中，开放与守旧、渴盼家庭归属与崇尚个人自由、追寻真爱与拜金贪欲等等奇特地融汇在一起，使得不少人的婚恋处于极不稳定的状态中。情感的多变、易逝使婚姻关系失去了稳固的爱情基础，成为没有法律约束力的一纸空文。而泛爱、滥情、纵欲的多元化游戏倾向，又加剧了婚姻关系的危机，给家庭、子女和正常的两性关系造成致命伤害。无爱导致纵欲，纵欲更把无爱的婚恋推向畸变和死亡，这就是现代社会病态婚姻关系的实质和要害所在。灵肉割裂，岌岌可危。于是女作家们的笔下出现了大量的外遇、离异、独身、同居、畸恋、奇婚、艳情等等婚恋故事，折射了香港社会现实的光怪陆离，深刻地表达了现代都市人对爱情、婚恋的危机感。

在商品经济主宰着一切的社会中，有不少现代女子出于利益金钱的考虑，根本将爱情弃之如敝履。因此，为名利而嫁、老少婚配的畸形婚恋在香港是不足为奇的。陈娟的短篇《绿萍的青春》中，十八岁的靓女绿萍在三十万元的诱惑下，抛弃了英俊潇洒的男友，闪电般地嫁给了八十二岁的高老头；林燕妮《父亲的新娘》中，吧女出身的十九岁的影星丝丝要嫁给已有二十五岁女儿的言先生，并毫无愧色的宣布：“我卖的是我自己”；亦舒的长篇小说《喜宝》，写了英国剑桥大学女留学生喜宝，以美貌、肉体交换巨富勖老头的金钱，知识女性最终沦为垂死老头的情妇。这类婚恋行为貌似自由结合，实则是完全受经济支配的买卖关系，根本缺乏爱情基础，用喜宝的话来说“爱情是另外一件事。”

畸形婚恋如此不堪，正常的婚恋家庭关系又是怎样的呢？痴情女子负心汉，始乱终弃、不负责任的男人给妻儿带来不幸的古老故事在女作家的笔下还在一幕幕地上演着。对爱情的不信任，对男性的失望和仇恨，对两性关系的难以把握，这重重迷茫、焦虑和痛苦，构成了婚恋小说的主调。方蛾真的《艳痕》中，十七岁的小妻子旅行回家，亲眼目睹了宠爱她的丈夫和别的女人在床上的情景，她飞身跃下二十三层楼，用自己的生命抗议了丈夫的逢场作戏。李碧华的《纠缠》中，也是妻子发现丈夫偷欢，但她没有死谏，而是用杀夫的方式教训变心的男人。最后，丈夫被毁容，妻子怀着腹中胎儿锒铛入狱。在这些人间悲剧中，婚姻的约束力已无足轻重，视爱如生命的女人们在爱情生活中被伤得千疮百孔，爱情的神圣和高洁已被亵渎，荡然无存。正是基于这种对婚姻、爱情的深重的绝望和危机感，许多女性带着共同的身心创痛走进了独身生活。八十年代以来，香港女作家的笔下出现了众多独身女人的形象，她们或因婚姻破裂独立门户，或因工作、事业的原因，难以找到理想的伴侣，或不愿受男人和婚姻的束缚，甘愿孑然一身。这些独身女子形象虽然表明了现代都市女子独立自强的意识和生存能力的普遍提高，但同为女人，女作家们并没有渲染事业性的女人们成功后的喜悦，而是感同身受地从不同角度写出了她们在爱情和婚姻上的失意和苦闷，在漫漫长夜中的孤独和寂寞，在人前人后强咽下的心酸的苦水，以及女性在婚恋挫败后寻求事业的平衡所付出的沉重的代价。这些独身女人的形象是刚强的，但内心却充满了迷茫和软弱，因此，在她们身上引发的是更多无奈的感叹，“她比烟花寂寞”，就是对这一类女子生活和命运的真实写照。

香港女作家的婚恋小说就是展示了这样的现实图景，真实而又残酷。故事林林总总，曲折离奇，但主题是不变的，那就是现代人婚恋生活中的爱情缺席。没有天长地久的纯真爱情，剩下的只是对婚姻、爱情的怀疑、失望甚至恐惧的心态。钟晓阳的《良宵》、西西的《像我这样的一个女子》、钟玲的《窗的诱惑》等小说淋漓尽致地揭示了这种深刻的失落感。《良宵》写一对新婚男女在洞房花烛夜进行的"愚蠢的游戏"，新郎用红绸巾蒙住了新娘的头和脸，他设想自己像古代的新郎一样在新婚之夜才揭开面纱，去看新娘的容貌。而就是一块红绸巾，使当事人的感觉全然改变：新郎觉得"此刻，记忆中的新娘的容貌，任他再努力亦不能与红巾之下的身躯联为一体，这是顶奇怪的现象。仿佛新娘的头与身各自为政，如一具无头尸"，"会不会是鬼？他想起童年时代听过的有关鬼新娘的故事。洞房之夜，新郎发现与他交拜天地的竟是一心复仇的鬼新娘，红绸背后现出骷髅头"。惊魂不定的新郎越想越害怕，不敢去揭红绸巾。而新娘因久久不见动静，"在红绸的蒙蔽下，想象新郎的面目在烛影摇红中，时而光，时而影，像极恐怖片里的灯光效果，使他看起来非常阴险骇人。…… 没有什么比静室中孤独地被谋杀更悲惨的了。她竭力回忆房门的方位，准备一有异动便夺门逃命"。喜气洋洋的花烛洞房，霎时成了阴森可怖的鬼魅世界。刚刚还在做销魂拥吻的他和她，竟成了陌路人。而窗外，他们刚办完喜宴的酒楼突然发生火灾，大火烧尽了欢乐场。《良宵》以喜衬怨，以喜显悲，唱出了现代人对婚姻的一曲哀歌。婚姻并没有给人带来一种真实的归属感，反而萦绕着鬼气和杀机。钟晓阳用她不动声色、极富张力的语调写尽了爱情的虚妄，婚姻的荒诞。一对已定百年之好的男女，只因为一个即兴的小插曲而心思异动，咫尺天涯。那么，这世界上还有什么是真正可以把握的？西西在《象我这样一个女子》中开篇即写：“象我这样一个女人，其实是不适宜与任何人恋爱的。”为什么？不只是因为“我”是殡仪馆的化妆师，这与死人打交道的职业使男人闻之色变，更重要的原因在于：从事这一职业多年的怡芬姑母的爱情悲剧，使“我”的心头笼罩着难以驱散的阴影，“我”从本质上缺乏对爱情的信任。男人爱女人，愿意为她做任何事，发誓永不变心，白头到老，但一旦他看到女人从事的职业，爱情便在一群不会说话，没有能力呼吸的死人面前化为乌有了。海誓山盟，顷刻不攻自破；至死不渝，顿时原形毕露。正因为这样，“我”根本不相信人间会有至死不渝的爱情存在。作者借爱情在死亡面前的瓦解，对爱情的永恒性与神圣性表达了深刻的怀疑与揶揄。《窗的诱惑》属于一则新编聊斋故事，它同样揭示了现代女性对爱情、婚姻的绝望感。自以为享受着“柔亮的爱情的”罗晓妮，在偶然机会发现与自己深深相爱并同居的男子公然与“第三者”走在一起，她一气之下离开香港，住进了澳门的酒店，谁知竟在神情恍惚中遇到了死在客房里的吊死鬼，鬼使神差，差点儿误入圈套，因此送命。这个亦幻亦真、虚实相映的新编聊斋故事，无疑是一则现代寓言：情场上人鬼莫测，床笫间人妖共欢。

亦舒是香港都市爱情小说的代表作家。她笔下的故事，大多没有圆满的结局，她的小说既不沿袭“灰姑娘”的童话模式，也不编造现代爱情神话，更不耽于浪漫的情感梦幻，而是直面商品经济社会中竞争激烈的现实人生，复杂而又隔膜的人际关系，透析爱情中人性在情与理、爱与欲之间的搏斗与厮杀。因此，亦舒写爱情，在很大程度上其实是写对爱情的怀疑，写现代男女的恋爱困境，写当代都市人在资本主义价值观剥蚀下所剩无几的“爱的能力”。《喜宝》中的喜宝卖给了垂死的老头，《曾经深爱过》里的女主人公离家出走，《两个女人》和《风信子》中男主人公见异思迁，从一个女人身边到另一个女人的身边作逃离的游戏。亦舒将故事安排在都市的浮华背景下，真实而自然地反映了女性在香港这个充满欲望的城市里的命运，她们的情爱追求和伤痕累累的经历遭遇。亦舒是悲观的，因此她的爱情小说中，经常出现与爱情相反的力量，比如寂寞和死亡。寂寞是亦舒小说中人物心头拂之不去的阴影，是作品里非常突出的一种情绪主调，而死亡更是冷峻地昭示了人性深层的必然悲剧。亦舒情愿让人痛苦和忧伤，以死亡隔断阳世的深情，让一切在最美好的时刻戛然中止，也不愿让有情人在现实环境中情断义尽，终成陌路。九十年代后，亦舒以“异乡人”为主题，写下许多另类爱情故事：人与机器人的相恋，地球人和外界人的相恋，过去时态的人和未来时态的人的相恋。无须质疑，这些无可奈何的另类爱情故事，表达了亦舒极致的失望：现实人生中已没有理想的两性关系，没有值得追寻的真爱。那么，两性关系的出路究竟何在？亦舒试图从非常情境中找到浪漫经典和失落已久的爱情理想，但答案是令人怅惘的。

和亦舒一样，林燕妮也常常透过死亡来写爱情的宿命，也常常把爱情理想寄托在另类浪漫中，如奇特的人鬼恋上。她喜欢将人与鬼的爱恋与现实中人的爱情相比较，人鬼恋是注定的、深情的、不渝的，而人的爱情常常是偶尔的、易变的、沉闷的。现实中男女关系的不完美，人鬼恋中的婉约凄然，以死亡作为爱真正实现的过程——这为林燕妮的小说带来凄艳迷离的色彩，虽摄人心魄，但却恍惚不定：到底什么才是爱情，什么才是生死不渝？作者无法处理理想与现实的尖锐冲突，只好逃避到一个不可能的世界中去，而把她的困惑，把她对人在现实世界中无法拥有真爱的绝望的感慨留给了读者。把传奇和现实的爱情并置、比较，为过去的时代和地老天荒的爱情唱出了哀婉的怀旧之歌的，还有李碧华。她的言情小说，风格诡异，弥漫着神秘的色彩。生死轮回，缘订三生，色与空的矛盾冲突等非现实因素，成为惯常的情节构架。但我们在奇异的情景，荒诞的情节，不寻常的人物形象中看到的是李碧华对现实人生的洞彻观照。她懂得这个世界上并没有永恒不变的爱，所以才用她的笔借题发挥，借尸还魂。《胭脂扣》中的如花是一个早在三十年代为爱而死的女鬼，她在黄泉路上没能与情人重逢，便拼了一条心向阎王求情，宁愿减寿也要还魂来阳世寻找爱人，于是她飘然从阴间来到八十年代的香港。但阳世是令人大失所望的，所以如花宁愿再回阴间，也不要看到这个夺去了她的生命又摧毁了她的爱情信仰的世界。李碧华借这个女鬼生也不离、死也不弃的爱情观，对应了当代社会易碎的人伦关系，表达了对文明进程、对现实爱情的深刻失望。痴情的如花在这个世界又死了一次。《风诱》里的李凤姐从古远的年代来到今日香港寻找爱情，最终也黯然离去。现实社会中没有如花她们寻找的生死相许的真爱，有的只是为了互相方便走在一起的现代情侣。也许，真正的爱只能在《秦俑》蒙天放三世不渝的等待中，在《诱僧》红萼公主义无返顾的殉情中，在《霸王别姬》程蝶衣化蝶的执着中。李碧华对这些过去了的人物和他们所代表的爱情观、价值观的肯定，正是对已经沦丧了这些人类精神的现实人生的莫大讽刺。浪漫的想象中隐伏着作者深重的爱情危机感，深刻的痛苦和绝望使李碧华的爱情小说弥漫着华美的悲哀。香港女作家婚恋小说对爱情危机的表现至此无以复加。

从现实题材到传奇故事，从写现代人爱情的残缺、易逝，婚姻的千疮百孔到寄希望于另类的人鬼浪漫和古典爱情，香港女作家的婚恋小说其实要表现的是对美好爱情永恒的追寻，和这种追寻在当今社会中深刻的失落。爱情是古今中外的文学亘古的主题，在过去的时代里，各民族对爱情、婚恋的书写因为文化风俗、宗教禁忌和政治潮流的原因，屡屡受到压抑，但未曾有过中断。而到了二十世纪末，在社会高度发展、文化多元的香港，两性关系中爱情的缺席却使得爱情婚恋小说这一强劲的文学传统难以为继，爱情小说因为“爱情”自身的原因，陷入了尴尬的境地：爱情小说里没有爱情，有的只是对爱情痛苦的喟叹和绝望的追寻，无法掩饰无以逃避的爱情危机感，使得人类“执子之手，与子偕老”的理想落于虚空，只成为现代人深藏在内心的情结。这不能不说是现代人共同的悲哀。

写作，像风一样吹过来

▲▲

我已经老了。杜拉斯说。有一天，一个男人向我走来，他说我认得你。那时候，人人都说你美。可我特地来告诉你，与你年轻的美貌相比，我更爱你现在倍受摧残饱经风霜的面容。

我常常想象着那个男人。在遥远的艺术之都法国，那向杜拉斯的晚年之美脱帽致敬的男人。杜拉斯站在他面前，触目惊心的孤独和沧桑，分明像闪电击伤了她自己。这是时间之笔精心雕刻的面容，年轻的美貌怎能与此匹敌？它美得如此尖锐，彻底，如此失败，万劫不复。经历了这样的面容的女人，将永不能被人群淹没。我常常这样想起她，那个酗酒失度、狼狈不堪的小个子女人，那个在语言的阴影里深深沉溺，在表述的翅羽下恣意穿梭的写作女人——杜拉斯。有几个女人，能像她那样，在垂暮之年，还能让容颜之光照亮别人？能在漫漫一生中坚持让欲望和伤害，永不褪色？让爱和美，老而弥坚，老而弥久？

太多的写作女人，都无法追随这样贯穿一生的激情脚步。虽一样地手握锦绣诗笔，写着璀璨文章，但却永不能言说那一份心头之痛。杜拉斯说：没有爱，留下来不走，是不可能的。她哪里懂得，一天一天的尘埃向生活压来，日子里堆积着无法安顿的情节时，太多的心灵已失去了哭泣之声，有几个人还能顽强地发问：所有的“留下”，真的是为了爱吗？在“留下”的最后，还坚如磐石地停驻着那最初的“留下”的理由吗？人常说，逝者如斯夫，时间如流水，其实，时间要是水就好了，水总能见证那两岸的四季晨昏曾有过何等的绽放和谢幕；人常说，时间如刀，刀刀催人老，其实，时间要是刀就好了，刀至少让人记着那看似弥合的伤口下，曾经新鲜的疼痛浇灌过怎样的花朵。可是，时间，它只是风，大多数人漫长的生命，只是吹过他们的风，不知来处，亦无去处，只是一转身，那风就没了。

1941 年 8 月 31 日，诗人茨维塔耶娃自缢身亡。这个“等待刀尖已经太久”的女人，终于走进了她必然的归宿。她死于来自祖国的无理迫害和放逐，“没有保护没有同情”的巨大孤独，死于“我们简直像牲口一样在慢慢饿死”的穷困，死于和家人儿女的疏离冲突。但这一切都不足以构成那最后的死亡之绳索，致命的一击来自时间。时间是风，桀骜不驯的茨维塔耶娃一直以来在风中奔跑着，想要跑到风的前面去。然而，她终于不得不伤痕累累地败下阵来。那个清晨，她从镜子里看到了自己的白发。她眼睁睁地看着最宝贵的东西一点点地从她的鬓边流逝，而她竟然无力挽留。就从那一刻，她丧失了在一切困难中都不曾低头的内心的力量。这个曾与帕斯捷尔纳克激情相恋，曾给病入膏肓的里尔克以“复活”的生命动力的女人，终于被自己的时间之风所击倒。“我原来是那样的习惯于馈赠！”是的，当一个女人，一个诗人，再也不能馈赠无力馈赠，那么，她只有馈赠给自己最后的绝望和尊严。那么，她只能让一辈子颠沛流离的生命，结束于一缕时间馈赠给她的白发。

50 后，在中国台湾，女作家三毛以同样的方式自绝于人世。只是一条丝袜，却比世间所有的生之诱惑更强硬，更专断，它就那么悄无声息地勒断了一个女人风华绝代的一生。说不完道不尽的“三毛之死”，在当年成就了厚厚几大本探秘之书。至今近三十年话题未息，各种聒噪犹声声在耳：三毛为什么死？可是，三毛又为什么不死？早已“万水千山走遍”，“哭泣的骆驼”已随撒哈拉沙漠的长风成了“背影”，“温柔的夜里”也不愿再去细数“梦里花落知多少”。那个公众视野中的“三毛”，教书、演讲、座谈、开专栏、通信的“大家的三毛”，虽然在“朝阳为谁升起”的感动中，找到了“尘归于尘，土归于土，我归于了我们”的归属感，然而，这终究支撑不了一个孤独女人最深的内里，抵抗不了“滚滚红尘”中时间对一个写作女人的侵袭。摄影家肖全的镜头里，最后的三毛，不再彩裙飞扬、丽若春花，她瘦骨铮铮，皱纹深刻，全部的魂魄只在那对眼睛里，强大和脆弱，坚定和迷茫，深情和决绝。这样的三毛，是浴火的凤凰，是一生只歌唱一次的荆棘鸟。她说出“在这个世界上，有谁不是孤独的生，孤独的死”又有什么奇怪呢？当她认定“我的生命，走到这里，已经接近尽头。不知道日后还有什么权力要求更多”时，又有什么力量能挽留她绝尘而去的脚步？

茨维塔耶娃和三毛，一样的死法，一样的死因，“无力馈赠”和“无力要求”，它们的名字，其实都叫“时间”。时间的利刃戳穿了所有的真相，也挑破了一切虚幻的光华。它让生命褪去了一切的外在和伪饰，让时间中的女人，赤裸裸地面对了从来处来往去处去的自己。让她们死于年华。

三毛说：岁月极美，在于它必然的流逝，春花，秋月，夏日，冬雪。但她终究没有直面这极美的过程。太多的写作女人都不能坦然面对这极美的过程，笑傲于时间的尽头。会弹琴爱跳舞的简·奥斯汀，被河流裹挟而去的伍尔夫，美丽的普拉斯，还有艾米莉·狄金森，她说：我不能片刻消停，我必须努力完成这些文字，要不然我就会一点一点消失。有谁不会被这样痛彻心扉的话语击中？是的，就是她们，这些写下不朽诗文的女子，她们用生命诠释了海子的诗句：“不能长久地生活，就迅速地生活”。她们迅速地焚心似火地投入到爱情，投入到写作，投入到值得经历的一切美好和痛苦中。她们透支了一生的燃烧。所以，当所有的萧瑟和寒冷命定地到来时，她们比别人更早地放弃了抵抗。或者说，她们用最极端的方式完成了对将要到来的被剥夺的自我被遗忘的时间的反抗。生命就是生命，但有时它或呈现为诗，或呈现为画，或呈现为世间仅有的一种绝对的爱情——写作的女人，需要这些。她们曾经活着正在活着的证据。但老去的时光不能赐予她们恒定的安然和自信，它总是把她们丢弃在一个人的路上。一个人，在路上，繁花似锦的此岸已成记忆，百炼成钢的收成之彼岸还在前方，中间是风，吹刮着越来越逼近的荒败。

写作女人在这样的路上。到了最后，才知道，掌握多么难，安慰多么少。

所以，能走下去，能走出来，能在旷远的时间的荒风中持久地有力量地写下去的，必是一些有着更强大的心智，更高远的眼光的女人。时间走过她们，不再是利刃刺中了命脉，而是钝刀割磨着日常中的卑琐、散淡和麻木。是的，时间的炙烤对这一类写作女人，永远是一种警醒，一种鞭策。她们不能被时间击倒，更不甘被时间迷醉，她们大睁着眼看流年易逝，青春成昨。她们一定要看清楚那最致命的美和打击藏在什么样的最后。她们一定要让这所有的日子，殊途同归在她们文字的结晶中。她们知道怎样壮烈的谢幕也只是谢幕，所以她们选择走下去，面对衰老，面对无情，面对不可抗拒的一切残酷；她们懂得怎样漫长的一生最终也只是白驹过隙，灰飞烟灭，所以她们更加珍爱每一缕走过她们的时间之风，她们比俗尘中的人更懂得，更慈悲，更热爱，更疼痛。

“花开不同赏，花落不同悲。欲问相思处，花开花落时。风花日将老，佳期犹渺渺。不结同心人，空结同心草。”写下这首诗时，诗人薛涛虽才 20 妙龄，却已饱经人世沧桑了。12 年屈辱的乐伎生涯中，她曾被罚往荒蛮边关，也曾拥有过节度府校书郎的尊贵地位。公元 789 年，在终于恢复自由身后，她一身素淡的女冠服，在浣花溪畔开始了新生活。和很多在历史上留下名字的女子一样，薛涛有着出众的容貌，但她的声名不是因为美丽，也不依附于和那些薄情才子的爱情故事。在女子无才便是德的时代，在庞大而眩目的诗歌唐朝，跻身于那些光焰万丈的繁星中，薛涛以绝世才华，灼灼地发出了自己的光芒，成为一个不容忽视的存在。多少著名诗人曾与她诗词唱和，她的“吟诗楼”，至今耸立在距杜甫草堂不远的浣花溪畔，与“少陵茅屋，诸葛祠堂，并此鼎足而三”。王建《寄蜀中薛涛校书》一诗为后世留下了薛涛卓然的诗人风采：“万里桥边女校书，枇杷花里闭门居。扫眉才子知多少，管领春风总不如。”

然而，有过曾经的热闹，又能怎样？有了身后的光华，又能怎样？薛涛鄙弃世俗功名，梦想的只是把自己的爱安妥在一个忠诚而又热忱的男子身上。但一个苦寒出身的贫家女，一个曾经是乐伎的女子，又怎么可能真正拥有自由？怎么可能收获到与她的美貌、才情、人品真正相配的美好爱情？她一次次付出，一次次让“结同心”的美梦幻灭。凄风苦雨的日子就像锦江的水绵延不尽，比这样的日子还要多的是心灵的风刀霜剑。年华易逝，知音难求，无法把握爱情又无力留驻青春，薛涛看着枝头的花朵，数着指尖流走的时光，就像看着自己的美丽在徒劳地开放，兀然地凋零。

就是这样，一代才女薛涛在她自己的时间里，只是一个在春天里空结着刻骨愁怨的女子。她只是让泪洒落在花瓣上，发出“芙蓉空老蜀江花”的悲叹。她是不幸的，在那么多接踵而至的日子里，她注定了只能是不系之舟，无根之萍。精神上的巨大痛苦倾泻在诗歌里，形成了她“万里桥头独越吟，知凭文字写愁心”的独特诗风。孤独之感，失恋之悲，薛涛以自己的身世之感表达了一代又一代人心口永远的痛。但薛涛的意义，又绝不止于此，她最终完成了从一个让人痛惜的薄命女子到一个使后人无限敬仰的优秀诗人的根本质变。之后四十多年的孤苦生活，她保持着人格挺拔精神高雅，个人遭际并未使她把视野局限在寂寞的小天地里，她依然关怀国事，写下了著名的《筹边楼》。她建了吟诗楼，自制“薛涛笺”，在自己的诗歌世界里，她的生命依然纯粹而完整。“晚岁君能赏，苍苍劲节奇！”薛涛的题竹诗恰似对她自己人格的写照。

一个以柔韧的生命，抗争了流年无情的精神女人。一个以心灵的强大，留住了时间之无限的写作女人。这样的女人，时间的风只能磨砺她们的美丽，却永远无法掠夺她们内心的热力。它只能以破坏之力完善她们，成全她们。那个娇慵甜美的少女为赋新词强说愁，吟诵“知否知否，应是绿肥红瘦”时，她不会懂得只有时间的风才能将她推到“冷冷清清凄凄惨惨戚戚”的境地，让她在国仇家恨中以杜鹃啼血的绝唱，成就了大痛大美的最后的李清照。

1986 年，丁玲走到了生命的尽头，在驾鹤西去时，她对身边的老伴说：你亲亲我吧，我是爱你的。这个 82 岁的女人终于为她刻骨浪漫的坎坷一生划上了完美的句号。政治女人丁玲，风头浪尖上的丁玲，我相信一切的因缘际会，一切的荣耀苦难，都只是因为她无法从根本上逃脱她是一个写作的女人。她终究只是一个在时间的风中经受了一切的文学女人。想起丁玲，就不由得想起阿赫玛托娃，俄罗斯诗歌的“月亮”女神。当古稀之年的丁玲在强制劳动中手上肩上磨出了厚茧，她决心“要在心头上也磨出厚厚的茧子”以抵御精神痛苦时，她其实应该知道，这样的感受在所有的专制社会从来都不是新鲜的体验。早在俄罗斯人不堪回首的大清洗时代，阿赫玛托娃就留下了一个文学女人在恐怖年月所能发出的低沉的最强音：“我要连根拔除记忆 / 我要让心儿变成石头 / 我要重新学习生活”。只有“让心儿变成石头”，只有“在心头上磨出厚厚的茧子”，才能不被时间击倒，不被时间中的一切不洁之物击伤。才能“重新学习生活”，才能让文字“作为世间一切的见证”，永远地留下来。阿赫玛托娃，这个美丽高贵的诗歌女人，她做到了这一切。多舛苦难的一生，“爱情像烙铁和烈火”折磨着她，“诽谤到处追随着”她，她以女性的柔软之躯一次次地承受来自强大的国家机器的“石头一样的判决词”，然而，她以最强韧的心灵之力抵抗住了“命中注定要下地狱”的运命，她没有重蹈好朋友茨维塔耶娃的悲剧，她在时间的尽头，等到了一个人应该拥有的尊贵晚年，和“迟来的荣誉”。然而，就像在过去面对苦难一样，面对荣誉和桂冠，她依旧是平静的，清醒的，她说：“不可能给诗人添加什么东西，同时也不可能剥夺诗人什么东西。”

这样的写作女人，又怎能被时间的风裹挟而去，当她用一生的苦难对世界吟唱：“如果你不能给我和睦与爱情，那就给我苦涩的名声”。

总是为这些无可比拟无可替代的写作的女人感动着，震撼着。

那些早夭的死于华年的花一般星一般的女子，她们在时间的暗夜中划过的闪闪寒光；那些走过春的繁华夏的躁动秋的丰盈冬的严酷的山一般河一般的女子，她们在时间中定格下来的顽强和庄严。当我默念着她们的名字，就像预览着一个个写作的女人未完成的人生，就像诵读着一部部时间的大书。多么快啊，衰老多皱的面容，臃肿病痛的身体，枯黯烦乱的心绪，一切都好像只是抽象的概念，但已真实地兵临城下，四面楚歌。在我的年龄，青春年少只是昨天的事，却分明看到黑惨惨的最后之门半开半闭，在狞笑着生命的脆弱和虚无。这样的时候，阅读和写作都呈现出了之前不曾领略到的意义，那些欲露还藏的暗示和契机。对时间心生恐惧的人，在自身面临松弛、疼痛和凋零时，痛苦使之无师自通地进入哲学，进入语言。然而，述说就能获得救赎的力量吗？谁能逃离时间的深渊？才情与智慧，光荣与梦想，在最后风歇雨住场光地净的时间里，能给写作的女人一角坚实的庇护，使之完成最后的美好的造型吗？也许答案是否定的，一个人肉体的失败其实就是真正的失败，不由分说，没有退路，那样的坠落和沉沦就像秋风中的黄叶跌进绝望的山谷，怎样的精神之力能使之再次清飏向上？然而，即便这样，写作的女人也只能祈望于时间，只能在对时间的恐惧和信仰中走过时间。是的，没有什么人比写作的女人更感知着时间的凛冽和遽促，时间总是最先去欺凌那最优美最敏感的灵魂，但也没有什么人比写作的女人更贴近着时间的温暖和公正，时间总是在最后去恩泽那最柔软也最坚定的精神。

曾经喜欢轻盈灵动的泼洒恣肆的飞一般的女人的语言，慢慢开始更关注沉潜的蕴藉的清明的表达。那些不再年轻的，已面对时间之拷问的女人们的表达。那些朴素的简单的文字。然而这样的朴素和简单，是历尽繁华的简约，是千帆过后的水天一色，是万弦俱寂中唯一的清音。是语言的至境。曾为蒋韵的小说潸然落泪深深沉溺，并情不自禁地写下阅读心得。知道那是正走在时间途中的女人，才能讲出的故事。是已承受了时间的馈赠的女人，才能写下的文字。澄澈，深邃，沉静，悲悯，不再是蝉鸣乱心中的炎阳高照，而是冬日上午一院子的好太阳。喜欢艾云，那是中国女作家中最哲学的女子，然而在北戴河的沙滩上，她一遍遍对我说，关键是生活，你看，这乱麻似的生活，这浪一样扑上来的生活。赵玫的散文随笔，深刻犀利，明白通透，那样的文字后面该是一个因智慧而笃定自信的女子吧？但她却说："我知道，真正的本质是：我的日渐衰退的记忆；我身体中越来越多的不适；我的，有时力不从心的感觉；有时候，仿佛每分每秒都在黑色深渊的边缘；几近疯狂的绝望……"

就是这样。这些话，这些日常中的趔趄，一把细沙从掌心慢慢渗走。它使人们看到了在写作女人的文字中，通常被遮掩起来的那一面。关于她自己在写作中的焦虑，无助，所有的负重，以及在生活中的走下坡路。但这确实是一个写作的女人在时间中的真实。赵玫说："但是我坚持着。"让人敬重让人心酸的坚持。这才知道，其实，一个写作的女人，光有强大的心智、高远的目光也还是不够的，当再无多少好时辰供自己大把挥霍时，她还得有对日常凡俗的整合能力，尤其必须得拥有健朗的身体，她需要能支撑思想将写作进行到底的体力。多么傻啊，年轻时，不懂得这个，以为有缤纷葱茏的才思，有漫天飞舞的灵感就够了。若只是这样，波伏娃怎么能成为笑到最后独领风骚的神话，而热烈博爱的桑夫人又怎么会是写作女人中绝无仅有的传奇？若只是这样，勃朗台姐妹该有怎样的另一番盛大气象？聪慧的萧红又怎能把那半部红楼留于别人写？

无法，不想到萧红。想她一路的坏日子，那些呕心沥血的成长，那些前赴后继的被放逐。而 1942 年的病魔，该是最后的那把盐吧，重重地燃烧起所有的伤口。还能怎样呢，仅有的相濡以沫已相忘于江湖，一切的憧憬追寻也零落成泥。千山万水处，一个早已无家可归的女人泪眼回首，却发现她的故乡并没有消遁，也许能慰籍她残破心灵的，只有留在那遥远的北国小城里的依稀的儿时记忆。于是，她奋力紧攥着这一根泰山压顶的稻草，她在烽火连天的病榻上完成了《呼兰河传》的最后一个字。然而，注定了，就连写作也只是一场幻灭之旅，当呼兰河从幽深的岁月奔涌而来，30 年的时光像不可抗拒的浩荡的河流，流进萧红的生命时，她再次懂得，家园，永在她无法渡过去的彼岸。她 31 岁的生命最后的停泊点，依然是“别人的故乡”。这个字字泣血的女人，当她终于松开手中的笔，脸上该是冷月葬诗魂的凄绝吧？

命运，何以如此多舛，就连河流都不能带她回家。

许多年后，在萧红客死的他乡香港，又一个写作的女人在喧嚣万丈的都市抒写着生命的繁华和枯败。李碧华不喜煽情，伤心的男女故事里她只淡淡地说：她对他的绝望，是鱼对水的绝望。这渗冷入骨的句子，就像拿着一把刀片细细地，慢慢地，割过人的心。我无端地觉得这该是当年萧红一次次重复的切肤之痛。可为什么，她是鱼，她也是鱼？为什么，她们只能是鱼？既为鱼，怎可摆脱水的控制？水要鱼死，鱼怎能不死？既为鱼，又怎能不依附水的需要，不顺应水的欲望？鱼也叛逆，鱼也抗争，但除了在水中折腾出几许无谓的浪花，或将自己抛尸在干涸之地，鱼能奈水何？

但幸亏，这一生遭遇的，不只是男人和水。不只是做一条鱼的命运。幸亏，除了这一切，更有文学。有了文学的缘故，她确曾在低的天空，以稀薄的羽翼美丽地飞过。时间最终成就她，以鱼之身，完成了飞鸟的抵达。

“我梦想像个女人那样写作。”这是德里达的惊人之语。这个狂傲不羁的哲学男人，如此地高看女人的写作，是因为他自认为懂得了写作最深层的奥秘，窥见了女人和写作之间的那条幽秘通道。但他是否懂得写作的女人所承受的别一种压迫，以及来自时间的那仁慈无比而又严酷之极的启示？当写作的女人回顾来时路上所有的悲壮和凄美，坚持和陨落时，她们是否会说，离开吧写作，我只梦想像个男人那样生存？在浩荡而来呜咽而去的时间中，写作也许一开始是女人的，但最终还会是吗？它也许是福地，也许只能是深渊。谁能收获到那持久的永不枯竭的写作的力量，让它的光芒照亮一生？谁，能立于时间的不败之地？

所以，翟永明说：“完成之后，又能怎样？”

然而，没有选择。杜拉斯说，写作像风一样吹过来。是的，当写作像风一样吹过来，写作的女人只能迎着它走去。除了走向写作，在无底无痕的时间中，她们还能怎样地走向自己？

在西部写作

▲▲

2011年底辞旧迎新之际，“甘肃文学论坛小说八骏研讨会”在北京召开，会上我有幸听到了许多前辈老师的教诲，很是启发心智。也有一些言论，让我萌生了有关思考。譬如有评论家说，对现在的甘肃小说真不知说什么好，因为这些作品全然不是多年前所熟悉的西部文学的状貌，无法引发那种亲切感新鲜感夹杂的阅读期待。可以看出，这个评论家的话很是代表了一部分人的心态，因为不少人不约而同都谈到了甘肃小说与“西部文学”的关系。而著名评论家陈思和教授评论我的小说时，更是在在文章里肯定地说“说实话，这些作品并非是我期待看到的西部文学的风格。”

那么，大家期待看到的西部文学的风格究竟应该是什么样的呢？甘肃的小说应该保持怎样的“西部”，才能赢来外界热切而长久的关注呢？

虽然我非常清醒我的写小说只是出于内心的一种热爱，一种情结，我从来都不是有问题意识、坚持什么“主义”的作家，他人对我作品的褒贬也不太会左右我的情绪，但尽管如此，当上述论家的意思变成问题摆到面前时，我得承认，作为一个“西部作家”，我的思绪有点怅惘，有点纠结和失落。因为我知道，那些意思虽表达得各个不同，或直接地表示质疑，或含蓄地贬以褒出，但换句话说，都说的是：当甘肃的小说不再是色彩浓烈、原汁原味的“西部”，而是和“东部”、和中原、和中国广大的别处的文学一个模样，那么，你如何证明自己的存在是必要的？外界又如何界定、如何命名你的创作？你不写大漠孤烟中踽踽独行的神授艺人，不写黄土沟壑下泪眼凝望着远方的山妹子，不写草原帐篷里的恩怨情仇，不写西域驼峰上的红尘往事，却偏要跟到人家屁股后边写城市，写现代人，你既然死活不明白全中国人民都会说、电视选秀节目上天天喊得山响的那句话“越是民族的，就越是世界的”，那么，别人为什么要对你偏远小城市生活的作家的城市题材的作品感兴趣呢？要看城市生活，人家不会去看“香港的情和爱”，不会去看“跑步走过中关村”，不会去看上海的“大城小爱”，不会去看“混在深圳”吗？真是的！

在场的《文学报》敏锐地捕捉到了这一信息，研讨会结束后，记者马上发来了很具针对性的采访题目：“在研讨会上，也有评论家提到，西部写作的地域特色可能在慢慢消退，取而代之的是更具有普遍意义的城市气质。在八骏中，您是身份比较特殊的一位，比如西部作家的身份之外，您还是一位藏族作家。您是否会在写作中试图突出这一地域和民族的身份？您如何理解地域和民族在写作中的意义。作为一位写作者和评论家，您觉得当下年轻的西部作家面临的最大问题是什么？他们可以向哪个方向进行突破？”

我历来不是会做问答题的人，思索良久才浅尝辄止、言不尽意地做了如下回答：“我生活在西部，我是一个藏族人，但作为作家，我迄今为止不曾在写作中刻意突出过地域和民族的身份，从显性的体例看，读者或许不会从我的作品里识别出我是哪里人，我是哪个民族的人，更多的时候，我只是一个书写当代城市生活、表现知识女性的情感命运的普通作家，和任何其他地方的作家并无二致。但这并不意味着，我低估或抹煞地域和民族在写作中的意义，众所周知，地域性写作在中国出过很多名家，而且，还正在源源不断地出着。必须承认，地域资源，肯定是写作的一大宝藏。同时，就算不以地域生活为显性的主题元素，任何作家的创作里，也都会毋庸置疑地留下自己植根故土的明显胎记。而民族，更有着非凡的意义，她不光是一种记忆，一种滋养，更是一种血统，一种底色，一种支撑，一种信仰。我相信我的创作正在践行着母族文化和故乡热土给我的馈赠。

从文学史的眼光看，从中国文学的全局观照，'西部作家'这样一种提法曾经是有意义、也有意味的，但时光走到今天，我认为已经不存在这样一个整齐划一的'西部作家'的群体。生活在西部的作家同样面临的是普遍的中国性境遇，没有谁因为'西部'而可以置身事外，逍遥在千年的牧歌想象中，没有谁不被裹挟进强大而盲目的现代化洪流中，从根本上说，并不存在一个一成不变的'西部'，'西部'本身已面目模糊。因此，西部作家写作时遇到的问题和别处的作家一样，是千头万绪，难以一言以蔽之。每个作家在每个阶段遇到的问题也会不一样。若非要做群体性的区别的话，可以说，西部作家更强烈地感受着山川河流痛失往日面貌的滋味，我们的问题、我们需要突破的地方也许都在这里，即如何用手中之笔有力地表达我们失乡、寻乡的精神历程。"

后来，我从报纸上看到别的作家对"西部写作地域特色"问题的回答，观点基本一致，但显然更高屋建瓴："这只是特定阶段内的产物，这个'西部'和'特色'，只是特定时段里的特定语境。如果我们承认时光在流传，世界在改变，那么，我们就应该承认'西部特色’也将是一个日新月异的所指。据说我国城市人口已经首次超过了农村人口，这便是今日我们面对的格局，文学描述的图景随之转变，也是可以理解的了。当然，文学绝不会是日新月异的事情，那些亘古与恒常的准则，永远会作用在我们的审美中。在这个意义上，我几乎没有将自己的写作落实在某个‘地域’的窠臼中。我个人觉得，生活在中国的西北，生活在中国的内陆，对于一个中国人而言，有利于其对于这个国度更本质地认识。作用在自己的写作中，这样的认识，意义就堪称重大了———更本质地把握我们的国家，更本质地把握中国人的境遇，由此，便可以放眼整个人类的世态炎凉与爱恨情仇了。”

看来，在西部写作，是怎么也绕不过“西部”的，你如果“西部”了，那且好，名正而言顺；如果你不愿意或者还未来得及“西部”，至少你得面对以上的提问，做出自圆其说但终归显得有点心虚的回答，好像自己多么对不起西部似的——我是深谙个中滋味的，因为如记者所说，我除了“西部作家的身份之外，还是一个藏族作家”。我在极其短暂的写作生涯中，不计其数地深度体验过这种对来自外界的期待、界定、命名的愧欠感。我曾一遍又一遍地扪心自问：为什么，我的笔离西部题材这么近，我离藏族题材这么近，但这么多年，只是很近，却从未进入？一条鱼，想要对它所寄身的河流完成一种审视，一种表述，真的是那么难以企及吗？

我相信这是个极其恰切的比喻。是的，是鱼和河流。迄今为止，不是别的。不会是鸟和林子，鸟的食有时在别处，鸟常常飞得很远，并且常常从高处俯瞰它栖身的树林。也许只有作为鱼，才会如此地明白鸟看似随心所欲的姿态其实是多么珍贵。

讲一次小小的“西部”经历吧。几年前的一个暑假，我们一行人集体组织去九寨沟游玩。刚上旅游车，女导游就开始自我介绍说她是中专毕业的藏族女孩“卓玛”，说“藏族人只要会说话就会唱歌，只要会走路就会跳舞”，然后音色平平地演唱了“康巴汉子”，然后口若悬河、错误百出地讲解美丽的九寨风光，讲解生活在九寨的藏族人神秘的天葬，浪漫的婚俗，讲解我们此行需要入乡随俗的种种事项，说得全车人个个眼眸熠熠生彩，充满神往——确乎，相比我们生活的工业城市兰州，远方又是多么荒蛮多么风情的“西部”啊！

接下来，经过有效探察，我已然断定所谓“卓玛”并非我同族，而只是一个导游业务还不甚过关的汉族打工妹。这没什么奇怪，不过是旅游公司的营销策略中一个小小的手段罢了，两下并无碍。车越来越近地驶入了藏区腹地，卓玛高声谈笑的声音像车窗外连绵的绿草地上一掠而过的油菜花一样明艳，使得我长期在严重污染的天空下案牍劳形匆匆奔波的同伴们越来越袒露出了“原生态”的兴奋，若卓玛不是卓玛，而是阿芳或珍珍，快乐总是要打点折扣的吧？——然而，我们却遭遇了一个真正的“卓玛”。

在甘川交界的一片有稀落几家人烟的旷野上，我们的旅游车突然卡壳在马路正中，司机车上车下地鼓捣了好久后，卓玛宣布故障可能还不会很快解除，她抱歉地说大家可以下车活动活动，拍个照什么的解解闷，四处风光甚好，“不过，你们记着不要随便和这儿的居民打交道”，她说，“藏民很坏的！”一言既出，车厢内突然一片异样的肃静。这句话既不符合说话者自己的“卓玛”身份，又严重消解了之前她一路道来的关于藏民族淳朴善良、热情好客的讲解。愕然中，有些人不安地扭头打量我——我是此行中唯一的藏族人。卓玛意识到自己脱口而出的失误，她愣怔了一下，又很含糊地补充了一句："我是说这里的藏民坏。"

虽然对"这里的藏民坏"有了一定的思想准备，但事情还是显得更糟。急着要方便的一群人匆匆奔到前方刷着大红色"厕所"字样的土墙下时，一个穿着简易藏装的妇女挡到了面前，"厕所，收费！三块钱！"她用生硬的汉语喊。什么？三块？见我们不解，她很不耐烦地重复说："三块，一个人三块，男的女的都三块！"这太过分了，怎么能这么乘人之危！人群同仇敌忾地上去讲理，城里的洗手间最高也就五角钱，这儿没有水不供应草纸，不过一面土墙遮个羞而已，竟收三块，也忒黑了吧！也有好脾气的人以戏闹的口气说，原价三块，但这么多人一起上，就打个折一人一块吧？藏族妇女冷冷地瞅着我们，丝毫未被人多势众所威慑，她坚持说："厕所，三块！"绝无薄利多销的意思。最后，有些人嘟噜着"不跟这些刁民一般见识"拿出了三块钱，有些人骂着"少数民族穷了就要抢人"愤然离去，还有一些男人离开人群绕到远些的空地上以图就地解决，妇女望着他们的背影一声口哨，呼地四处冒出来十几个半大的小孩，抓起地上的土坨拉向那些撒野的过客冲去。

我在一切复归安静后无可遏制地走到了那个妇女面前，我用藏语告诉她，不能这样，这样太野蛮太无耻。我说我也是藏人，藏人不该是这样的，从来都不是这样的，但今天你们的行为太给我们民族丢脸！我还说，你怎么能唆使孩子们做土匪路霸，他们这个样子长大了如何做人？那个妇女听见我说藏语，先是露出了惊喜的表情，像是阴冷的冬日天空亮出了一抹阳光，然后她咯咯地笑弯了腰，说"你的口音，哈哈！你的口音！你是青海的，拉萨的，甘南的？你到底是哪里人嘛？"嘲笑完我的方言，她开始安静地听着我的声讨，她的脸上慢慢浮现出悲愤的神情，鄙夷的神情，她说，你想让藏人是什么样子？你知道现在藏人的生活是什么样子？我们的牛肉羊肉被人家拿走了，牛皮羊皮被人家拿走了，人家给我们最低的钱，一转身却拿我们的东西发家致富，全世界去坑人！那些人今天这个来划圈征地建厂子，明天那个来开矿挖山砍木头，十年里，我被逼着拆迁了三次家！他们淘了金子挖了宝贝拍屁股走了，我们的草场干了，青稞烂了，河水脏污成牛喝了都要死！现在，我们的牛羊没处去，我们的人全都被包工头包下挖冬虫夏草去了。你看看，草原这几年变成什么样子了！日子过成这样子了，守个厕所要他们三块钱，我犯什么法了？

一时间，我被她的话击中。她眼中突然迸溅的泪水使我哑口无言。我呆立半晌，慢慢转身，她在背后不依不饶地喊："丫头，你嫌我给你丢人了，我还嫌你丢人呢！你吃上了公家饭当上了城里人，就以为自己是文明人了，就不知道自己是瞎子了！你说这些孩子长大怎么做人，再怎么做人也不会比你们那些城里人更坏吧？他们杀羚羊，贩藏獒，他们把我们的朋友马和狗剁成肉炖成汤，他们见什么吃什么，听说，他们连猴子都不放过呢！啧啧！你就好好跟着他们学吧！"

我在她凛冽的骂声中慢慢走回到我的同伴中，走回到同样凛冽的目光的包围中。车修好了，大家欢呼雀跃，说"赶紧离开这鬼地方"，就在那一刻，我遽然丧失了一种似是而非的相伴，疼痛横空而出，那么尖锐，那么多，它一下子把我和人群隔离开来，我是那么地孑然一身啊。车窗外，那一片被无数的歌谣赞美吟唱过的蓝天白云，依然如美轮美奂的画卷，静默地绽放着天荒地老的孤独。

接下来的行程，导游卓玛眼神飘忽却依然兴致盎然，九寨风光美不胜收，期间她组织大家付费一百元到"古老的土司寨"观赏了藏族风情表演。青稞酒，酥油茶，哈达飞扬，歌舞如海，尖叫像密集的鸽哨，这才是“原始狂野神秘”，才是“能歌善舞、热情善良”，这才是“真正”的藏族特色啊，我的同伴们受了伤害的心又开始焕发出矜持的热情。而我，观赏着旅游产业精心打造的“原生态”，心底又一次隐隐作痛回想前日的情景。是的，这同一片寥廓的天与地，它们都是我的母土，而那立在高原旷野上飞泪诉告的胡乱草率的妇人，她和眼前这些被商业文化包装的鲜艳精致的孩子们，都是我遗失在时间中的亲人。可是啊，走了这么久，家园和人都已千疮百孔，都已经凋了容颜变了声音，当我们如此相遇，我们如何相认？

后来，相似的情景，在广袤的西部不只一次地遭遇过。在自小从民歌里认识的吐鲁番，葡萄架下除了美丽的姑娘，更是大宰外地客的商农。本应在自家院里享受清凉和天伦的老人被安置在骄阳下的大路边，身边立着汉字的牌子“和维族百岁老人合影 5 元”；在内蒙古，一片又一片裸露的沙地横在蓝天下，像一道道触目惊心的伤口，呈现着今日草原之殇；在我的家乡甘肃南部，藏族留守儿童们每逢集日就和邻近汉族村子的孩子们一样，放下功课去城里做买卖，他们的鸡蛋要比普通的鸡蛋卖得高，因为那是城里人需要的“土鸡蛋”，但实际上村里几年前就没有叫土鸡的那种鸡了。孩子们卖了鸡蛋然后买各种黑心作坊加工的不安全不卫生食品，还买地摊上几块钱一张的乱七八糟的影像碟片，反正，外出打工的阿爸阿妈们互相攀比早就为家里置办了 VCD，DVD，反正爷爷奶奶管不了他们……

就是这样——当然，我并不是说我没有看到富强进步，看到团结和谐，然而，当我总是看到另一些无法忘记的生活的碎片时，它们以尖锐的触角弄疼了我，却又让我无力表述。我无力表述的总是越来越多。我多么希望它们只是“西部风格”，而非“中国特色”。

常常想要在阅读中寻找答案。知道有“西部文学”这么一个曾经辉煌的存在，知道它至今还吸引着“东部”的目光，也认识一些依然活跃的“西部作家”，以及更多的“西部少数民族作家”，所以我试图在别人的文字里看到我所置身的西部和我的民族，在今天的情状。但我每每失望。总是浮泛而虚弱的呈现，总是停留在一个类型化的抒情时代，大家千人一面地在作品中铺排、呈现“西部”和民族文化中的一些表象的成分，这些成分在许多时候仅仅是一些地域风情性的标签和符号，总是用这些缺少精神支撑的地理和文化标签、符号制造出来的神秘的宏大，荒凉的崇高，虚飘的神性。这种症候，在藏族文学领域，表现得尤甚。我知道，在眼下，有关藏族，有关青藏，有关少数民族，题材本身就是一种极富价值的资源，有许多人在“东部”陌生化的期待视野下进行着这样取巧的写作——在潜在的功利性美学目的、懒惰的思维、固定的套路下的写作，那种放弃了难度的匮乏现实感情和现实能力的再现型的写作。而我，我所有的，也不过是虽丰富直观但零散表面的肤浅的感受和认知，当我无力从今天的城市生活中抽身而出，“藏族”于我越来越只是一种深厚的母族情怀和永恒的故乡记忆，我无法从根本的理性的意义上去把握那片土地的过往、现在和未来，无法达到从经验的分散性上升到理论的统一性、思想的高度性。我也只能是浮光掠影，得其貌而失其神，如镜中花瓶中水；更如水中之鱼，载浮载沉于与生俱来的惯性中，久而已不知水的冷暖，更无法在一定的距离外完成对水整体的审视。

这就是我什么到现在不敢贸然去碰去写藏族题材，非不为也，是力不逮也。我不能仅仅给自己笔下的人物贴上扎西、卓玛的标签，仅仅给作品置入草原、牧场或半农半牧的背景，然后写一个似是而非的因为高地因为苦难因为信仰所以崇高所以纯粹所以神性的“西部”故事，不，我不能容忍如此地“利用”自己天然的民族身份，和“东部”的“看”。当然，写母族题材毋庸置疑是我的一个心结，我祈愿会在对的时间与此邂逅。福克纳的故乡，是一枚邮票大小的地方，因为他了然于胸，所以开掘出了一个深远广大的世界。我深信我的故乡，那些亘古的蓝天白云，蓝天白云下那些宽阔的草原，以及从草原一路往西往东的更广大的西部，那些有多么悠扬就有多么忧伤的牧歌，那些在绵延不绝的天灾人祸中痛失往日面貌的山川河流，有一天一定会从我的梦中走到我的心中，流到我的笔尖，结晶成一颗疼痛炫目的珍珠。

曾在北戴河认识一个陕西作家，因为我又“西部”又“藏族”的身份，他对我非常热情。他曾去西藏旅游两周，回来后写成关于藏人生活的长篇小说一部，据他自己介绍说相当不错。当他了解了我的创作情况后，他吃惊地问“你为什么不写西藏？不写你们藏族人自己的故事？”这样的问题，我之前之后许多次地面对，在我的族人内部，它更表现为一种有力的质询和不满。我曾那么地踌躇于这个问题。但在认识了这个兴高采烈的西部作家后，对此问题的回答我开始有了一句狠话：对于今天的我，写，是一种迎合；不写，才是坚守。

陈思和教授说我城市题材的小说并非是他期待看到的西部文学的风格后，又肯定了我的小说值得一说的价值，因为“从发展眼光看，现代化的都市建设在西部迅速崛起，现代生活方式及其感情矛盾，也将是西部人所面对的挑战。”这个句子使用的将来时态，使我觉得多么地富有意味！如果我把将来时态改成完成时态，改成正在进行时态，把陈教授的“将是”改为“已是”、“早就是”，他是否会觉得非常荒谬，如同我面对“将是”所感觉到的无奈？我所生活的城市兰州，在东部人的眼里，真的是落后到如此地滞后于时代的发展，以至于“现代生活方式及其感情矛盾”，都还是将要面对的未知数？生活在当今时代的东部人，莫非他真的还在相信兰州人“坐着羊皮筏子过河、骑着骆驼上班”？相信尕妹妹和阿哥是隔着高山望着平川漫着“花儿”定终身？

这里我自然不想做甘肃、兰州和许多的东部的GDP的数据比较，不用比较也知道这其中的巨大差距；我也不想自辩说我的话里没有一个西部小城人由自卑而生的敏感情绪，西部对东部了解的总是很多，而东部对西部了解的总是太少，这恰似过去的许多年里，中国人对西方总是知道太多，而西方人对中国则知道得很少——这是没有办法的事情，弱对强的全力关注和强对弱的余光扫描总是不成比例的。问题的关键不在这里，而在于：事实上就连我的西北边陲城市也早就被裹挟进飞速运转的扩张性的大都市建设中，像火轮停不下步子，“现代生活方式及其感情矛盾”，早已是西部人所面对的日常，当“西部”本身已面目模糊，渐行渐远时，我们的文学该如何的“西部”？我们是表现这古老的西部大地和民族文化在现代化进程中的阵痛、变异和生长，在持守和嬗变中再创造出真正的反映母族大地的现代诉求的新的西部传统，还是永远地开掘取之不尽的“西部”资源，让自己的文字成为类似于少数民族地区的风俗旅游中那种满足了“东部”人的优越感和猎奇欲的民俗表演？为什么我们在抵制“东方主义”的同时，不能有效地警惕“西部主义”？

就是这样。还能怎样呢？多年前，甘肃有过一个叫张子选的诗人，他写祁连山，写阿克苏，写阿拉善以西。后来，他去北漂了。他曾说过一句话，在西部，要靠梦想活着。我不知道这话在今天是否适用，因为，今天的西部，其实到处充斥着物质，和工业垃圾，可供搁置梦想的空间并不富余。也许，在今天，在西部活着，和在广大的别处活着一样，梦想不多不少，能支撑你在大地上的重量就够了。这正如，今天，在西部写作，其实真的不是为了擎起什么旗帜，也不是为了某种宣言，某种说明，它只是一种存在。一种告别了过去，但还不知要通向怎样的未来的，正在进行着的现时态的存在。

面对无穷的可能，和缺陷

——作家严英秀访谈录

▲▲

严英秀是当下中国文坛上一位很有实力的女作家。多年前，我就通过她的文学评论对她有了了解，感觉她行文笔锋锐利，说理论述很有气势。之后才知道她也是一位很有成就的小说家。后来，有机会集中阅读了她的几部小说集，颇多感触。几乎每一篇小说都让人感到很是兴奋。我是在手不释卷的状态下读完她的作品的。这种阅读感觉已经好久没有体验过了。于是，就自己的阅读感受与感想，与作家做了一些交流。

胡沛萍（以下简称胡）：阅读完您的小说后，我觉得您是那种颇具天赋的作家——很会讲故事，或者说知道如何把故事讲好。这种才能对一个作家来说是非常重要的。上中学时就喜欢阅读文学作品吗？有没有在阅读他人的作品时就意识到自己有讲故事的才能？在没有从事创作之前有过当作家的梦想吗？

严英秀（以下简称严）：谢谢胡老师肯定，其实我觉得自己并不是那种很会讲故事的作家。有些人的故事讲得复杂曲折，玄机四伏，高潮迭起，同时又自然流畅，行云流水，我特别羡慕。对文学的热爱当然是从少年时期就开始的，那时候，只要能看到的书，就总是如饥似渴地阅读。读到对自己有触动的作品，也会想，这个故事如果让我讲会是什么样子。我在大学期间开始发表诗歌散文，有时也尝试写小小的虚构题材，应该说，当作家对我来说就是一个很自觉的追求目标，虽然之后很长一段时间，我停止了写作。

胡：虽然你的小说数量不多，但几乎每一篇都称得上是上乘之作。这主要体现在您小说的构思、结构上，富有悬念、紧凑精致。除此之外，故事情节引人入胜，具有很强的可读性。拿到小说集《纸飞机》后阅读开篇的《玉碎》，就不禁为之一振。说实话，在我所读过的小说中，有如此吸引力的小说并不多见。我的第一感觉是，您是一个讲故事的高手。在这一点上，您的作品与欧·亨利的小说有一些相似之处，非常讲究构思与叙事的曲折变化。接下来的不少作品多是有着同样艺术效果的精细之作。我感觉您非常在意小说结构的营造和设计，喜欢制造悬念。您在创作时是不是非常注重小说故事情节的设计与安排？

严英秀（以下简称严）：我一直自认为是一个缺乏叙事技巧的作家，很多人谈我的小说关注的也多半是主题，感觉，语言这些方面。所以，我很讶异胡老师一开始就发现了我小说结构上偶或存在的好的特质，这对我也是一种鼓励。除了您，还有暨南大学的教授姚新勇也曾撰文指出这点：“严英秀较为巧妙地采用了复调的叙事或嵌套式的结构，增加了小说层次的丰富与复杂，也使得一些故事的结局，具有了欧·亨利小说的结尾的魅力：出人意料、戛然而止、又意味深长。但从小说故事叙述的整体感觉来看，又不纯然是欧·亨利男性叙事式的紧凑、干练，而是不无机妙的谋篇布局，与张爱玲式的从容、怅然、隔世之感相契合”。你们不约而同地提到欧·亨利，这在我也是一种突然的“发现”。我读过欧·亨利，零星半点，根本谈不上精心研读，而且是早时的事了。如若不是你们这样说，我还从来没有留意到自己的作品和这位优秀作家有相似之处。或许，大师对人的影响就是这样一刹生根，润物无声？

正如您所言，我非常在意小说结构的营造和设计，认为没有悬念的小说是有极大欠缺的。但问题是，有这样的理论自觉和在具体创作中实施这种理念是两个概念。我是一个感性的人，创作通常属于那种兴之所至、信马由缰的状态，许多篇小说动笔时只有一点电光火石的触动，几乎没什么明晰的情节构思和完整的人物关系，开始写了却不知道能不能写下去，不知道最终会写成什么样子。面对已经开场的故事，再怎么去注重之后的设计与安排，如何注重，有时候自己很茫然。有句话，被许多写作者所信奉，当然也屡屡被诟病，那就是小说人物会牵着小说家的鼻子走。我对此是有体会的，我不认为这是故作高深的矫情之语。一个小说的开始，便寓示着一些人走进了“自己”的命运，是的，自己。我并不认为我完全有能力按照创作构想设计他们的人生，或者扭转他们的命运。故事长出了你全然想不到的藤蔓，人物突然冲出了你的规定情境，这样的事时有发生。所以，设计与安排会半路落空，而悬念往往不是制造的，是不期而遇的。就像您提到的《玉碎》，我原本的构想是关于女主人公自己的爱情故事，但开篇不久，笔下就出现了小姑这个人物，然后，所有的情节便都绕着她展开了。那真像是一种魔力。2014 年发表的中篇《遇见》动笔时，我想好了怎么正面塑造叶子矜这个女性，但故事一路走下来，叶子矜自始至终坚持躲在别人的述说中，愣是没露面。而且，她几乎是水到渠成地拒绝了我最初给她安排的结局。

胡：您的不少小说不但在形式方面具有引人入胜的艺术魅力，同时还蕴含着摄人心魄的艺术力量，读完之后总是让人难以释怀。

愤怒、不解、不平、可惜、哀叹，各种情绪交织在一起，让人难以平静，会不禁自问，生活怎么会是这样呢？我的感觉是，您对生活的态度是相当开放的，至少在进入创作状态时，往往会把生活多面化，并以宽容的心态接受它。不知我的这种判断是否切合您创作时的艺术期待？

严：应该是这样。一个写小说的人会常常面对生活喟叹：生活怎么会是这样呢？我好像在《纸飞机》里说过，生活永远比小说更像小说。我至今还是这样想。我在生活的多面化面前诚惶诚恐。

胡：您的小说有一种极致化的叙事倾向。我说的极致化，是指把人的心理和故事情节的发展态势推向极限，推向让人难以接受的地步，或者说令人感到不可思议的地步。比如您的小说在写爱情时，当事人要么爱得天荒地老、痴心不改；要么爱得赴汤蹈火、覆水难收，甚至飞蛾扑火自我戕害。这种极致化的叙事以很强的冲击力刺激、考验着人的心理承受能力。我很赞赏您的这种叙事倾向。我觉得您是一位具有自觉的叙事意识的作家，努力把故事讲得不同凡响。是这样吗？

严：我应该是一位具有自觉的叙事意识的作家，但我并不能做到把每一个故事讲得不同凡响。我前面也说了，在具体的写作过程中，一些清醒的理念，一些自觉的追求，都不能得到有效的实现。小说创作中，作家最重要的不是具备怎样的意识，有怎样的理论自觉，而是在多大程度上能自然地贴近人物，理解人物，细腻、准确、透彻地描写每一个笔下的人物，哪怕他们处在怎样特殊的境况中。所以，我认为如果我的叙事有极致化风格，那不是因为我有这种叙事倾向，而是我的人物在情节中一步步走到了此种情境，他的，她的全部的心性，所有的遭遇，都决定了“非如此不可”。

当然，这样说并不意味着我在推卸一个创造者的责任，事实上，我必须得承认，我的人物之所以赴汤蹈火地走进一种激烈的命运，这完全是因为我从一开始就拒绝了一种温吞水似的写作。生活是凡俗的，琐屑的，但庸常的表象下时时有暗潮涌动，其实许多人在许多时刻都需要做出非此即彼的选择。一失足成千古恨啊，不见棺材不落泪啊，这些俗语说的大概就是生活不温和的那一面。我看重对生活流的写实，但个性使然，我有时候可能更愿意直面严峻尖锐的人生，更愿意表现高纯度的情感，这可能就是你讲的极致化风格。换句话说，生活其实永远是不好不坏，能让人过下去的，但我一根筋地想要从这样的生活中提炼出意义，追问出价值，想要找寻出之所以一步步走下去的坚实理由，这样一来，很多东西就土崩瓦解了。

许多人说我是理想主义，是不是就指这种宁为玉碎不为瓦全的拧巴劲？这样，是不是有点虐？

胡：阅读过您小说的一些人都认为您的小说语言纯粹干净。对此我非常认同。您的小说不但语言如此，故事情节也是这样。这是您刻意追求的吗？这也许是一个特点，但未必是一个优点。因为它似乎离生活有点距离。现实生活可不是纯洁无暇的，日常生活中的语言也不是绝对干净文雅的。艺术当然要对生活进行必要的过滤和提纯，但毫无尘埃的生活则有些虚无缥缈。中国有位作家（他同时也是一个评论家）谈过一种创作经验，大意是：一个人写作如果没有点流氓气是创作不出好作品的。这也许有点绝对，但从艺术与生活的相互关系来看，也是有一定的道理的。不知您对此有何看法？

严：是的，确实有很多人注意到我的小说语言，或曰纯粹干净，或曰书卷气，文人气，甚或有人概括为语言洁癖。您说“这也许是一个特点，但未必是一个优点”，我认为您的说法非常对，非常精辟。那个作家兼评论家的话大概也是有道理的，纵观古往今来，真有不少有流氓气的人写出了好作品。但这个，我是没法学来的。您问我语言的纯粹干净是否刻意追求，恰恰相反，如果要我写出“流氓气”，那才是刻意追求。我知道一个作家应该有多样的语言风格，荤素都能拿得起放得下，但我承认自己的局限，有些东西，非不为也，是不能也。

我有一些异议的是，表现生活的尘埃，一定得用不干净不文雅的语言吗？

胡：在一个访谈中，您把自己“纯净良善”的叙事取向归结为藏族传统文化潜移默化的作用。我个人的看法是，藏族传统文化中的一些精神，比如追求良善，向往美好，肯定对您的创作有影响，但我不认为是藏族传统文化中的这些精神因素单方面地决定了您的叙事取向。我认为您的个性和情感内质才是决定性的因素。这样才能在根本上解释您的艺术世界的特质——对女性爱情的极致化描述，同时也能够解释，为什么那么多藏族作家里唯独您的小说是如此面目。同样是受藏族传统文化影响的作家，有许多人的创作并不纯粹干净。我现在还是想就这个问题听听您的看法？

严：这是共性和个性，内因与外因的关系。任何作家都不会单方面地被某种文化决定其写作风格，关键性的因素还是自身的个性和情感内质，这说得没错，但一个人在母族文化的哺育和滋养中一点点成长，这样的浸染肯定会潜移默化地塑造、成就他的个性特质，这种影响或许是无形的，但却是巨大的。总之，我认为藏族文化中的许多共性，与我个人的性格、气质和精神追求非常契合。这种东西，用不着外在符号去标示，它在日常的生活中，是自觉的行为规范，在写作中，是天然的血脉渗透，是一种底色，这跟写什么故事什么题材无关。藏族传统文化的精神，支撑着我为人为文始终如一的精神和追求，那就是对生命、生活的热爱和疼惜，对道德良善永远的信仰和追寻。爱美、信美、求美，是我作品中不变的主题。这是我的出发点，也是我致力要完成的抵达。作为一个写作者，我觉得个体能为人类文化的建构所做的也就这点了。

胡：《纸飞机》所描述的爱情简直让人然难以置信。痴迷、坚韧，甚至有些疯狂。读这篇小说，既能够感受到爱的执着热烈，又让人觉得那是一种病态和野蛮之爱。原本人性中美好的东西，到头来却成了伤害当事人的一剂毒药。人性的复杂、生活的无常让人感到不寒而栗。小说里的阳子是一个个性鲜明的女性，她身上所表现出的性格特征和心理意识，是对幽深驳杂人性的的一种展示。她对情感的处理方式让人有些难以接受，但仔细想想又觉得也有合情合理之处。您塑造这一人物时想表现些什么？我很想知道，身为女人，您创造这个人物时的心态？

严：我自己觉得《纸飞机》是一个特别的作品，从根本上不能和我其他的小说相提并论，因为它不表现生活，甚至也并不是为了展示您所说的幽深驳杂的人性，《纸飞机》里的生活和人性，其实是经过高度过滤和提纯了的。如果说，我的小说有极致化的叙事倾向，那么，《纸飞机》应该是一个典型文本。事实上，它从精神特质上属于诗，而不是小说。阳子这个人物，根本上就是诗意的产物，她无比热烈，其实又简单至极，塑造这么一个女性形象，我想要表现的无非是曾蛊惑过我们感动过我们的“问世间情为何物，直教人生死相许”。身为女人，我看着自己笔下的阳子，就像是看着自己早已弃掷的诗章，看着渐行渐远的青春狂想。她理想到虚幻的地步，如果她真的存在于生活，也只有自取灭亡。可哪个女人，不希望在心中珍藏一段不蒙尘的爱情，在意念中为这样的爱情出生入死？

胡：如果我说这个人物是一个情感偏执狂，甚至有些情感“变态”，因为为了爱情，她什么都不顾，甚至不顾伤害他人。您能否接受这样的说法？

严：我说了，阳子离生活有多远，所以，从生活的角度，以正常的伦理标准评价，我太能接受您的说法了。

胡：读您的小说，总有一种无名的伤感涌上心头。我很佩服您对人性与生活观察、体悟的深刻程度。能不能说这是您一种与生俱来的禀赋呢，比如说敏感、情感细腻、喜欢思考？因为不是所有的作家都能够写得如此细腻深刻。

严：其实，生活中的我性格外向，有点大咧咧，作为一个写小说的人，我先天后天都还是有很多欠缺。但我认为作家应该有这样一种与生俱来的观察、体悟人性与生活的禀赋，如果他不是人群当中最敏感、最柔软、最容易受伤而又最宽仁最体贴最忧患的那一个，他又怎么能表现广大的世界呢？

胡：在您的小说中，女人大多都是失败者，尤其是爱情婚姻的失败者。她们是受伤害较重的那一方。考察现实生活，这似乎是一种残酷的现实。从这一角度看，您的小说具有鲜明的现实主义特色。您小说中的故事是不是都有一些基本的原型？

严：基本没有真实的完整的故事和人物原型。有时候，也有一些听到看到的生活中的人和事，会零碎地片段地用到小说里。除了《纸飞机》这篇小说，我的故事都还是很贴近现实生活，很接地气的吧，所以虽然虚构却很有真实的感觉，经常被人问到小说人物有没有原型的问题。

胡：您的许多小说塑造的主要人物多为知识女性。这些知识女性都非常优秀。在学业、工作上都算是佼佼者。但这些女性的生活并不美满，尤其在情感方面都是严重的缺失者。她们心怀纯真的感情，且爱得极为投入，却无法得到回报和满足，人生因此而显得苦涩无奈。我觉得这种情感困境折射出来的其实是人的一种生存困境和悖论。您的一篇小说中的一位女性人物曾说过：不相信男人，但相信爱情。这多少有些荒诞，这种荒诞指涉的就是生活的悖论，有点形而上的意味。不知您在创作此类小说时有没有感觉到人生的这种荒诞与悖论？或者说塑造这类人物就是为了表现人生的这种荒诞与悖论？

严：人生究其深层，原本就是荒诞的，荒凉的，荒芜的，充满着各种悖论。若每个人拷问灵魂深处，其实都是情感的缺失者。这是人无法超越的生存困境。所以，是婚恋方面的不如意也罢，是其他的困顿也罢，生活中的苦涩无奈处处可见。我塑造的人物都是些用心活着的人，所以他们很累，很痛，尤其女性。没有一种人生不是残缺不全的，所以，怎么过，都是不快乐。但我并不因此就认为人生是那种伸手不见五指的黑，我确信生活的皱褶里包裹着太多弥足珍贵的温暖，我愿意我的作品更多地提供这种亮色。我悲伤，所以我写作，我写作，因为我依然愿意相信。就是这样。我认为一个作家的品格如何就看他是否有心力写出开在泥淖中的花。也许，爱与美的境界永远无法最终完成，正因如此，心灵的坚守和相对的超越才有意义和高度。所以，我写为生计奔波的卖鱼女，心里却藏着一个关于翠玉的梦，我写在爱情中历经伤痛的知识女性，依然执拗地相信着爱情。她们不是痴傻，而是千帆过后的天真，痛定思痛之后的不放弃，是最初的也是最后的对世界的坚信。所以，“不相信男人，但相信爱情”这话貌似悖论，实则不然。我在这句话里寄寓的东西很多，绝不单指男女爱情。浮生如寄，难道我们不需要这样的信仰吗？

胡：《1999：无穷思爱》似乎并不是一篇小说，更像是抒情性的回忆录散文。我觉得这篇作品可以视为您人生的一段心路历程，对于理解您的小说创作很有帮助。作品中有一段话是这样说的，“没有多少友情会经受住这样的考验。现代人的感情脆弱得不堪一击。人海茫茫，孤单的人们急于拽住谁的手抚慰自己。他们是那么容易牵手，而又是那么善于分手。”这是否可以看作是您小说中常常出现“情感破裂”这一情节模式的理论依据和现实根据？

严：感谢您阅读得这么精细，《1999：无穷思爱》确实不是一篇严格意义上的小说，而更像是抒情性的回忆散文。唯有这篇作品，其中的人和事都是来自我生活中的真实，它记录了我人生的一段重要心路历程。我上大学时，同宿舍的几个女孩相处得非常好，她们大都比我早一步婚恋，开始了丰富而严峻的人生。参加工作后，单位上又有许多个年龄相仿的单身女同事，那个时候，大家喜欢吃吃玩玩都在一起，完全不像今天这么清淡、隔膜，这么忙碌。应该说，这两拨女伴是对我产生了很深的影响的人。她们的情感、生活，我曾是亲历者，甚至是参与者，她们的受伤、失败，我感同身受。我从她们各自迥然的人生中，加深了对女性感情世界的理解和体悟。说实话，很长一段时间里，我都走不出她们的故事，胸中块垒，无以浇释。这些，在作品中都写出来了。这是我 1999 年的作品，记得写完最后一个字，泪水喷涌而出，继而通体舒泰，有一种完成的感觉。不仅仅是完成了一篇作品，更是完成了某种成长的仪式，我觉得我终于卸下了什么，可以朝前走了。是的，《1999：无穷思爱》对我来说，更像是对青春年少的最后挥别。那种意味，至今缭绕不已。这篇作品，它不太像小说，但从某种意义上说，它几乎是我后来很多篇小说的母体，因为，关于女性的友情，爱情，事业，家庭，关于付出，伤害，关于挣扎，妥协，关于破碎，救赎，凡此种种，《1999：无穷思爱》都试图做出自己的思考和表达。当然，现在，回头看看，大都很浅显，毕竟那时候还不满30岁，无论是对一个作家，还是对一个为人妻人母者来说，生活都才刚刚开始。

胡：用女性主义来解读《1999：无穷思爱》看上去非常合适。您在其中几乎用哭诉和质问的口吻描写了现实生活对女性的种种不公、挤压、盘剥，展示了女性在社会、家庭生活中的弱势境况。从这篇作品看，您是一个女权主义者。但您的小说在这方面表现的并不特别激烈。您对女性主义或女权主义有何看法?

严：不只是《1999：无穷思爱》，我得承认我的许多篇小说都有鲜明的女性主义的视角和立场，我是一个女性，我做不到超越性别，我必然地更为关注现实生活对女性的种种不公、挤压、盘剥，展示女性在社会、家庭生活中的弱势境况，揭示男权文化的无处不在。但正如您的发现，我并没有通常的女性主义者身上那种剑拔弩张的激烈铿锵，如果说我也是一个女性主义者，那么我是温和派，因为我知道两性都不完美，各有优点和劣根性，都需要自省，生长。一种霸权文化的消除，需要全社会更积极持久地努力，若只是一味地鞭挞男性，其实也于事无补。两性只有互补互助，才能铲除疟疾，依存发展。我主张以建构为目标的解构，所以，我对在仇恨和破坏这条道上走到黑的女性主义是持怀疑和警惕态度的。事实上，女性主义思潮在中国风起云涌了一阵子之后，现下也逐渐式微，这是因为国情所限，当然也是因为自身的桎梏。

胡：小说集《纸飞机》里描写女性情感纠葛的几篇作品，有一个比较鲜明的倾向，那就是，陷入情感漩涡的女性都心事重重，把自己的情感看得特别重，或者说非常在乎自己的爱恋感受，由此总是陷入其中不能自拔，竭力想获得一种超越世俗的爱。但她们都是“爱情缺失者”。事实上，她们遇到的问题往往是第一次情感投入没有得到理想的回报，由此而抱憾终身，即使现任丈夫对她们体贴关爱，她们也觉得自己失去了最珍贵的东西。我们也许能够理解她们对自己纯真情感的迷恋，但这种太过自我的倾向似乎也有些过分。我觉得，说她们是严重的“自恋病患者”，或患有情感方面的歇斯底里症，也许是合适的，尽管她们很多时候是受伤害的一方。您在创作时，似乎对她们的这种情感取向很是同情，甚至是赞同。不知我的这种判断是否合理？您对此有何看法？

严：您不觉得文学向来是更青睐有缺失的生活和有病患的人吗？所以，如果我写一群知足常乐的贤妻良母，反倒是不自然的了。我写您总结的这类“自恋病患者”时，谈不上赞同与否，能做的只是尽量去理解她们，体贴她们，揣摩她们的心跳和体温。没有人心甘情愿地自绝于幸福吧？所以我认为她们之所以不能幸福，并非只是出自自恋。那么，到底是什么原因导致她们成为如此的缺失者，这就是我的小说所要表现的。或许，我挖掘得还不够。

胡：您在几篇文章中提到法国女作家杜拉斯。这位对男女情爱描写极为独特而卓异的作家在爱情问题上显得非常决绝痴迷。在她的笔下，女人的爱是大胆而疯狂的。我感觉您对女性爱情的描写多少受了她的一些影响？

严：真的吗？我很喜欢杜拉斯，着迷于她的个人魅力。但我自己感觉不到对女性爱情的描写有受她的影响，这个差距太大了，生活环境，文化背景，一切都不同。您这一提醒，我才发现其实我从杜拉斯的笔下就没看到过什么具体完整的爱情描写，我从来都会忽略她的剧情，抢眼的，凌驾于故事之上的永远是她自己的声音，她独有的剖白，激情，绝望，魅惑，剽悍，决绝，什么样的形容词能形容她那些不讲理的造句？就是这样，杜拉斯最吸引我的是她的语感，她有无人可以媲美的语感，她是天才。杜拉斯对我来说，其实并不代表别的，她等于那些横空出世的句子，那些无与伦比的短句啊！

胡：用“情感与伦理冲突”来概括您的一些小说的叙事模式似乎比较合适。在情感冲动与伦理规约之间，往往会发生激烈的冲突，当事人处于其中不得不经受煎熬折磨。这也许是您内心“情与理冲突”的一种外显。在现实生活中，您更倾向于哪一方面？

严：现实生活中，我是无可选择地遵从伦理规约的那种人。

胡：您有一两篇小说是描写家庭亲情的，很让人感动。对于亲情，您的叙事态度似乎非常严肃，不偏不倚，与社会心理所期待的伦理规范相一致。为什么在描写这类情感时，您倾向于中庸之道，不做极致化叙事？

严：因为在家庭亲情中，你面对的是最现实的人生，它要求你踏实，负责，每一步都按照既定的生活轨道，每一步都要合乎社会伦理规范。在我的年龄，描写这类情感时，唯有谦卑地低下身去，紧贴着地面，严肃地谛听这个苦乐世界的秘密。若还有极端的叙事，另类的内容，越轨的笔致，那就是不真实的，做作的“飞翔”。

胡：您的小说可以大致分为两类。一类是表现女性情感纠葛的，前面我们谈论的主要是这类。另一类是反映高校人事生活。您的几篇描写高校人事生活的小说也相当精彩。作为一位老师，我感觉很是熟悉、亲切。当然，这些小说反映揭示的问题并不限于高校这个特殊场域。高校只不过是一个特殊的舞台而已。阅读这类小说时，我感觉您的笔调轻柔得多。情感沉稳舒缓，为什么有所改变呢，是题材原因吗？

严：是啊，生活本身就是按部就班，波澜不惊，看上去真没有什么大起大落的波动，大爱大恨的纠葛，大是大非的抉择。我只能站在一定的距离外，慢慢地捕捉那些自认为的“严重的时刻”。

胡：《一直很安静》简直就是一幅校园浮世图。把中国普通高校里的人事生活描绘的活灵活现。看得出您对高校里的人事风景观察揣摩的很是透彻。高校也是一个光怪陆离的小社会。从小说的行文笔调和叙事态度看，您似乎对这个小社会里的各色现象比较宽容，能够坦然接受，尽管有时笔锋里透露出嘲讽的语气。在实际生活中，您对小说中所描述的现象也持这种态度吗？

严：小说中那个潜在的我，似乎比实际生活中的我高明一点，呵呵。真实的我，对很多现象都不能够做到你说的坦然接受，动辄还是爱憎分明，嫉恶如仇的愤青样。不过，又能怎么样呢？最终不过变成对自己的嘲讽。

胡：出于教学需要，您还从事学术研究，对中国当代文坛的创作状况应该有一定的了解。您认为新时期以来中国当代文学在哪些方面值得肯定。在中国当代文坛，您比较偏爱哪种类型的作家？

严：这是一个大题目，很难一言以蔽之。应该说新时期以来的中国当代文学在许多方面都是值得肯定的，也出了不少好作家好作品。最主要的可以说从文化的向外看齐逐渐改变为向内寻，向根寻，汉语写作本质上的自觉性已然确立。我好像在 2008 年就写过一篇《谁在为谁唱盛唱衰》发表在《文学自由谈》上，我反对那几年吵得很热闹的什么“当代文学是垃圾”啦，什么“当代文学达到了前所未有的高度”啦等等，我不理解对一个时代的文学怎么可以有那么斩钉截铁的完全相反的评判，我认为这样的唱盛唱衰都很简单粗暴，缺乏理性的文学史观。但不可否认的是，我们这个时代的文学确实存在着很严重的病象，思想能力和审美能力都在退化，文学似乎再也不能渡我们抵达灵魂的彼岸。作为一个作家，一个研究者，一个以教当代文学为生的老师，我不时感觉悲哀且愧惭。

如果以一个普通读者的角度来看，我的偏爱确实比较偏，我多年喜欢的是张承志，史铁生，蒋韵，格非等几个不多的当代作家。显然，他们也不是一个类型。

胡：一直以来，当代藏族文学的发展态势都很不错。我拜读过您写的一些关于当代藏族文学的评论，注意到了您对当代藏族文学中存在的一些问题的看法，感觉您的判断还是很到位的。您认为当代藏族文学在哪些方面成绩比较显著？

严：当代藏族文学的成绩，主要在于确立了历史、宗教、传统文化的“民族叙事”。这可能也是一个共识。新时期以来的几代藏族作家，以不同的创作风格，不同的题材视角，不同的性别立场，殊途同归地探寻了浓厚的藏民族文化内蕴，表现了对民族精神的追索与建构。藏族文学在当代中国少数民族文学的视阈内，是面目清晰，风格鲜明的。

胡：舟曲是您的故乡，但您的作品很少有这方面的内容，除了有一两篇涉及到舟曲遭受自然灾害的情况外，其他方面难见踪影，尤其是您小时候的经历几乎看不到（这些经历可能与您的藏族文化身份联系更为紧密）。当别人问您其中的原因时，您的解释是，至今您还没有寻找到很好的契机去写自己生活了十多年的故乡。从您的言谈中，所谓的契机似乎主要是指您还没有从故乡旧事那里遭遇到让您怦然心动从而激起您创作冲动的那些东西。从创作心理学的角度而言，我能够接受您的这种解释，所谓灵感之说，可能与此有关。只不过一个作家“遗忘”故乡，没有遭遇到合适的契机似乎只是一种原因而已。我个人觉得您之所以无法从故乡那里获得创作灵感，还在于您目前的状况。您目前的作品基本上把题材和主题限定在都市男女的精神境遇方面，多年来一直执着于此，这多少限制了您对其他方面的关注。当然我的这种推断也只是一面之见，不知您对此有何看法？

严：您说得对，我之所以疏于故乡叙事，一来确实是因为没有遭遇到合适的灵感契机，二来也是因为创作视野所限。我多年驻留在城市里，生活形态说起来其实也是僵化的，频频出门无非是从一个城市到另一个城市。有句流行的话，说每个人的故乡都在沦陷。我常常想，就算不沦陷，那个自小离开的故乡于我也是模糊的记忆。再加上我是一个很懒散的人，几乎没有过为某个题材查资料、做田野的经历，所以，关于这方面的创作计划，就一直搁置下来。但后来，事情有了变化。我在去年发表的一篇题为《怀念故乡的人，要栖水而居》的创作谈里谈到这个：我以为，关于故乡，将来总有大把的时间可供面对。我以为，故乡永远在我的身后。直到 2010 年，一场夜雨，一场倾城之殇，故乡把承载着我所有成长记忆的物事埋到了泥沙的深处。灾难的两周年祭日，我写完中篇小说《雨一直下》，那是我自己的一个仪式。我终于完成了献给故乡的第一部小说，之后是中篇《雪候鸟》，之后开始写长篇《归去来》。

三部小说的故事源起于一个共同的地方：江城。没错，江城就是我的故乡，遭受特大泥石流灾害的舟曲。您看，我的故乡书写已经开始了。虽然，我还不清楚这一切预示着什么，但一个故事之后接着是许多个故事，“往事不会逝去，往事甚至不会成为过去”，它必将在文字的镌刻中留下见证。我会在在一次次的渐行渐远中，重新抵达岁月深处的故事。

呵呵，这是那篇创作谈中的话，听上去有点像表决心，对吧？但愿如此。

胡：您是当代藏族作家中非常独特的一个。一是您的作品涉藏题材不明显，二是人物绝大多数是城市女性，但藏族女性很少。在一般的理解中，藏族作家写藏族题材的作品似乎更为合适，事实上不少藏族作家也是这么认为的。但您的创作完全打破了这种思维定式（文学上的身份主义）。这对其他藏族作家的创作是一个很好的启迪。就您目前的创作取向和状况来看，您如何定位您在当代藏族文学中的位置？

严：少数民族作家应该写自己本民族的题材，这几乎是一般人的共识，也是少数民族作家的自觉认同，更是研究者们的期待视野所在，他们大多倾向于从地域、民族文化的角度切入，试图发掘其中的民族文化内涵。所以，像我这样很少涉足藏族题材的藏族作家，缺乏鲜明的民族身份表征的少数民族作家，是很难被归类的，因此常常被忽略不计，被视而不见，不仅如此，还要遭受来自各个方面的质疑。每每面对外界，我似乎都有一个无以推却的义务，就是解释为什么不写藏族人的生活？极少的几个写我的评论家，也要替我解释，替我辩解我不写的合理性，这种情状，着实无奈。所以，您说我的创作对其他藏族作家是很好的启迪，我是不敢认同哪！难道您没发现，其实我在当代藏族文学中的位置是有些尴尬的？

当然，我自己对此是很淡定的。我认为无论怎样，一个小说家的民族身份不应该比他的小说本身更值得期待，而且，民族性的表现也不仅仅是停留在显在的题材选择上。文学上的身份主义，是弥足珍贵的，您也发现了，我对那些有鲜明的民族特征的藏族作家是无比崇敬且羡慕的。但这一切应该是自然而然的，是从心灵和文学本身出发的。若是为了迎合某种外界的需求，为了文学之外的功利目的，刻意凸显文化的特殊背景，刻意涂抹民族的风情符码，那就离民族文学的初衷背离了。您知道，这样的作家作品还是不少的。认识我的人，都认同我是一个特别地道的藏人。我在《走出巴颜喀拉》这篇散文中也曾说“没有什么关于我的种种，比我是个藏人更抵达我的本质、我的内里。”我认为不管我写什么，从民族文化内涵的角度探析，我的文学都是藏族文学的血脉分支，是藏族文学的有机构成。时代发展到今天，任何一个民族的文学都不会是一成不变，千人一面的，所以，当代藏族作家的队伍中有一个看似很另类的我，也算是我为自己本民族文学的多样性尽了绵薄之力吧？

胡：拜读过您的《读他们》这篇评论。看得出您对藏族作家能够写出带有醇正民族风味的作品很是欣赏。民族作家如何创作出属于自己民族特色的作品是个非常有难度的问题，尤其是用非母语创作。您觉得藏族作家应该如何处理好非母语创作与民族特色之间的关系？

严：一个人来到世上，最先听到的是母语，之后也许他会经历许多种语言，但他离开世界时说的最后一句话，定然是母语。甚至，或者，他已经不能够再开口，停驻在弥留之际的散乱的思维，也是用母语进行的。这话是不是都有点悲壮的意味了？随着年龄渐长，我确实是越来越感觉到母语的重要性，但非常遗憾的是我用两种语言生活，但却不能用两种语言创作。相比而言，母语创作当然更易于写出带有醇正民族风味的作品，但有难度不证明不可行，非母语创作只要熟稔且热爱自己的民族文化，把民族特色自然内化为作品的底色，熔透为语言的基质，使之不受文字载体的羁限，那么，一样能创作出特色浓郁的作品。您说的《读他们》那篇评论，我写的两个藏族作家的作品也都是非母语，但藏地风味可谓扑面而来。藏族文学的成绩是藏语和汉语两支创作队伍一直以来共同努力的结果，今后更要并驾齐驱，互补相长，不能厚此薄彼，自缚手脚。

胡：写作对您意味着什么？在《自己的沙场》中，您把写作视为自己的“沙场”，给人一种“杀气腾腾”的感觉，显得有些悲壮。您在另外一篇小说中也写到了诗人在现实生活中遭遇的种种尴尬。在文坛上“混”的时间长了，也许会感觉到有些疲惫。在创作中是不是也经常遇到让您十分困惑，甚至感到沮丧、苦恼的事情？在写作中，什么样的外在因素会让您感到最受折磨？

严：《自己的沙场》是七年前的一篇小说，题目来自齐秦的一支歌名。这个您可能记忆有误，我并没有表达过把写作视为自己的“沙场”的意思。我写了一个叫苏笛的写作女人，她的写作状态是这样的：“苏笛是极不用功的。她从来没有为写什么东西过分地劳思费神过，她有一搭没一搭地写写东西，而那些东西也就一篇一篇地变成了铅字。一些文友说：写作之于苏笛，好像只是一种生活的调剂，一种稳固的爱好罢了。这话貌似说中了事实，但其实不是。其实没有人懂得苏笛。苏笛的疏懒不是因为写作仅仅是生活的点缀，恰恰相反，在苏笛心目中，写作其实就是生活本身。苏笛常常看着笔下的文字，就像抚摸着自己的一段段心事。一个人的心事，怎么可以这样地公布于众呢？读到这些心事的人，又有几个是懂得你，值得为他倾诉的人呢？苏笛常常这样想，这样一想，便越发地写得少了。”

我之所以具体引出这样一段旧文，是因为您提起了这部小说，由此发问，也是因为确实这篇小说里的女主人公的写作状态吻合很长一段时间内的我自己。您注意到吗，除了《纸飞机》里写过诗的阳子，我笔下的写作女人，也就苏笛一个了。关于写作，她有点钻牛角尖，彻底摒除名利杂念的理想主义。我早年也是这样，因为真的热爱，反倒很疏离，有点虚无主义的意思。现在，我不这样想了，现在我认为不管何种情形，只要写着，就是美好的。一个人做自己喜欢做的事情，做给自己看，就是幸福的。所以，写作对我来说，绝无“杀气腾腾”的“沙场”感，它使我在最大程度上贴近自己的心，使我有存在感，还是杜拉斯说得好，对，写作是我“疲惫生活中的英雄梦想”。

至于您问到在文坛上“混”的时间长了，是不是会有一些外在因素让人感到受折磨，我觉得在我身上这个问题倒是近似于没有的，我在高校工作，您知道高校听上去好像很热闹，其实是比较边缘，封闭，隔绝，自成体系的，与外界交集很少。我在日常生活中与任何其他老师都没有区别，我较少参加外面的活动，几乎没有在文坛上“混”的感觉。我认为这样相对单纯的环境与我很相宜。我的困惑，沮丧、苦恼，多半都不来自外界，而是源于自身。

胡：您写了不少高质量的文学评论，文笔犀利尖锐，分析深刻透彻，既有深度又又气势，有些甚至给人一种不可辩解的“霸气”。这样的评论风格出现在一个有着浓厚抒情意味的小说家身上，可能会让人觉得有些吃惊。一般都认为，评论和写作运用的是两套不同的语言思维，不太好统一。但您却很好地处理了二者之间的“矛盾”。能否谈谈您的评论和创作之间的一些联系和互补关系。

严：文学批评和小说创作在思维运行模式上，确实有着明显的差异，但对我来说却是紧密相连的。我教中国现当代文学，评论作家作品是我的职业。因为有自己切身的小说创作体验，我在讲课和写评论时，能有一些穿透理论的发现，更切肤的掘进，更在写作“现场”的感触，以及更生动鲜活的表述。而写小说时，评论经验也会起作用，使自己尽量规避以评论家的眼光审察不会认可的叙事。有时候，本来写着挺得意的一个篇章，搁下几天再看，感觉不对了，天，这要是让我自己批一下，还不得给批臭了！但事实上，这样的幡然醒悟也不是经常发生，文学评论的理性思维对创作的引领、指导是潜在的，真正进入小说状态时，我的研究者身份就隐退了。这就是我为什么振振有词地评析别人，但自己依然在写有问题的小说。那么多作家对评论家的苦口婆心听不进去，除去别的原因，确实也是因为这是自成体系的两个行当，听进去又能怎样？改不了。这种纠结发生在我一个人身上，有时候觉得又无奈，又有趣。评论面对的是别人，理性，超然，容易做到正确，创作面对的是自己，准确地说，是面对自己的缺陷。